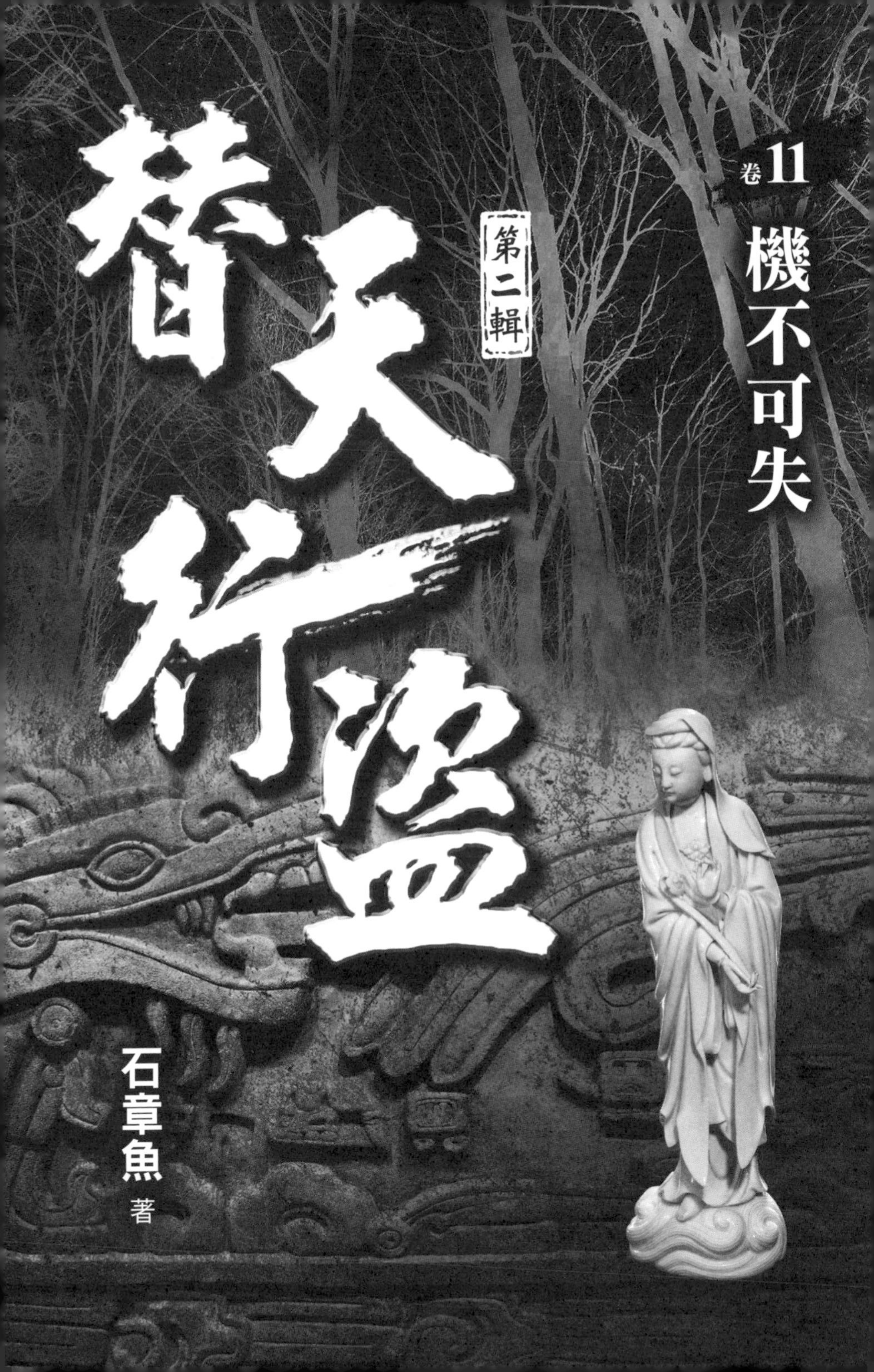
蒼天行盜
第二輯
卷11
機不可失
石章魚 著

真正的偉大
是你為當世人做出多少有意義的奉獻
為後世人又留下了多少有價值的東西

目錄

CONTENTS

第一章

渾水

關了燈，躺在黑暗中，
那鐸的眼前又浮現出老鬼的那根血淋淋的指頭來，
禁不住打了個冷顫，
那鐸有些後悔了，放著自己的好日子不過，
偏要摻和到這趟渾水中來，值得麼？

顧浩然伸出雙手，做了個下壓的動作，使得弟兄們安靜了下來：「此一戰，或許是我安良堂創立以來最險惡一戰，對手實力不弱，個個都是精挑細選的高手，而且，種種跡象表明，他們抓走老鬼，無非就是想引我弟兄去救，而他們，則早就給我們挖好了陷阱。我本想利用洋人員警來破了他們的機關陷阱，可老鬼徒弟說得對，如此一來，老鬼難逃一死，因此，即便那倉庫佈滿了各種殺人機關，也只能靠咱們兄弟們去趟。」稍一頓，顧浩然深吸了口氣，接道：「家中為獨子的舉手。」

眾弟兄紋絲不動，無人舉手。

「家中已有妻小的舉手。」

眾弟兄仍舊是紋絲不動。

「那只有抓鬮了！我只需要帶五人潛入，其他弟兄，在外掩護，分散對方注意力。」說罷，顧浩然令人捧出了一只盛滿了竹籤的竹筒，「抽中印有紅心的竹籤跟著我。」顧浩然擺了擺手，就要準備讓眾弟兄抽籤。

趙大明突然收起了左輪，站了起來，來到手捧竹筒的那兄弟面前，道：「我先來！」一邊說著，一邊居然將竹筒拿到了自己手中，然後倒出其中竹籤，挑出了其中五根點了紅心的竹籤。「喏，這個還給你。」也不管那兄弟如何，趙大明直接將竹筒塞了回去。

「大強，大方，大平，大輝，你們四個過來把竹籤分了。」趙大明招呼過來四個兄弟，分了那五根點了紅心的竹籤，再對眾兄弟道：「咱們這一支，一多半都是大字輩兄弟，但被先生賜了字的卻只有我們五人。哎，這平日裡吶，有好吃的好穿的都是我們幾個先撈多占，都養成習慣，改不過來了，所以啊，今天誰也別爭別搶，這便宜還得是我們五個占著。」

轉過身來，趙大明衝著顧浩然笑道：「先生，大明說一句大逆不道的話，您老了，身手不像以前那麼利索，幹這種事還是讓我們年輕人來吧，您呢，就在外面虛張聲勢一下，有您露面，那幫牛尾巴的注意力才會真正被吸引過去。」

趙大明所言不虛，顧浩然真的老了，一個年近半百之人，無論是力量速度還是反應力，比起年輕人來都差了許多，若是一味堅持，或許起不到帶領作用，反而會拖了趙大明他們的後腿。

正猶豫沉吟，堂口上突然響起了趙大新的聲音。

「等一下！我趙大新也是大字輩的，雖然不是顧先生賜字，但也是設過香堂的，天下安良為一家，你們不能把我給扔在一邊！」

趙大明笑道：「我就知道你趙大新也是個多吃多占的主，行吧，那就算你一份好了。」說著，將手中竹籤掰成了兩截，隨口咬破了手指，滴了滴血在上面，扔給了趙大新。

說是扔，但那一扔之勢，卻猶如利箭，只是準頭稍有欠缺。

趙大新擰腰側身飛起，半空中抓住那根竹籤，順勢一個跟頭穩穩落地，博得了滿堂喝彩。

顧浩然雖未發聲，卻也是微微頷首，以示讚賞。

趙大明拔出左輪，對向了趙大新，似笑非笑，道：「再接我一顆子彈如何？」這分明是玩笑，引得了眾弟兄的哄笑。

顧浩然道：「莫要再胡鬧了，既然大明直言不諱說我老了，我也不必牽強否認，那就按大明的方案，我率眾弟兄與周邊虛張聲勢，大字輩五兄弟，哦不，是六兄弟，你們趁著夜色，潛入那間倉庫，救出老鬼。」

趙大明道：「救出鬼叔後，我們會伺機破壞掉那幫牛尾巴設下的陷阱，然後咱們就一擁而上，痛痛快快地群毆他們。」

顧浩然點頭道：「對方虛實不明，我們必須以最強對手來看他們，周邊弟兄的虛張聲勢一定要循序漸進，先做出刺探模樣，然後逐漸加強力量，最後做出強攻姿態，這樣才能最大程度迷惑對手。」轉而又對趙大明道：「萬一出現意外，立刻撤出，不得逞強。」

趙大明罕見嚴肅，衝著顧浩然抱拳道：「知道了，先生。」

顧浩然再問道：「大明，你可想好了潛入的策略？」

趙大明道：「他們在哈萊姆區跟咱們玩了一手遁地大法，那咱們就回敬他一個從天而降。」

顧浩然點了點頭，道：「你想好了那便是好，就這樣吧，各位兄弟，各就其位，各行其事！」

李喜兒選中的這個二號藏身點距離安良堂總堂口並不算太遠，步行也就是不到一個小時的樣子，此處原本是一個港口，只是地理條件很一般，停泊不了大型船隻，近些年來逐漸荒廢。港口荒廢了，之前所建的倉庫也就跟著荒廢，李喜兒選擇的便是諸多已經荒廢掉的倉庫中的最邊緣的一間。

趙大明領著五位安良堂大字輩的弟兄來到了這間倉庫周邊，用望遠鏡仔細觀察了倉庫四周的情況，雖然月光皎潔，但仍顯視線不夠，趙大明觀察著，卻不住地搖頭。

倉庫正面，是一片開闊地，一條三米來寬殘破不堪的水泥路直通到了倉庫門口，道路兩側均是灘地，幾無藏身之地。右側是一處垃圾場，其中堆滿了亂七八糟的廢舊物品，左側則依傍著大海，若是風疾浪大，海浪甚至可以拍到倉庫的牆體上。

趙大明看過之後，默不作聲，將望遠鏡遞給了趙大新，問道：「若是讓你選，你想從哪邊進去？」

趙大新仔細看過後應道：「右側是什麼地？我看從那邊溜過去比較容易。」

呂大強不禁笑道：「你要是看中了，想必人家也會看中。」

趙大新反問道：「你什麼意思？」

趙大明道：「他的意思是說，不能從那邊過去。」

趙大新不解，道：「為什麼？」

趙大明躺在地上，伸了個懶腰，回道：「餵飯！」

呂大強戳了下趙大明，道：「明哥，下決定吧！」

趙大明掏出了左輪，苦笑道：「這玩意沾不得海水啊！」

趙大新已然明白了趙大明是想從海裡游過去，到底選擇哪一側，那是趙大明的強項，趙大新沒啥好說的，但手槍禁不起海水浸泡的難題，他倒是可以給點建議：「這很簡單啊，用油布包裹嚴實就是了。」

趙大明苦笑著衝趙大新豎起了大拇指來。

一旁呂大強不無嘲諷道：「我說這位大哥，你還真聰明哩，那什麼，回去拿油布的活就交給你了。」

趙大新被嗆之後，並無惱羞，略一思考，道：「這兒的廢舊倉庫那麼多，應該能找得到防水的東西吧！」

趙大明兩眼一亮，翻身抱住了趙大新，來了句英文：「哦，我的甜心，哥簡直要愛死你了！」

兄弟幾個去了周邊的倉庫，雖然沒找到類似油布油紙一類的物品，卻也找到了解決泅渡時左輪被海水浸泡的辦法。

將五把左輪連同子彈放進一隻小木箱中，然後將小木箱再放入到一個大木箱中，如此，即便海水浸到了大木箱中，因為還有一層保護，那左輪以及子彈再被浸泡的可能性便是微乎其微。

兄弟幾個的水性還算不錯，而此時大海剛過了漲潮，退潮時間還沒到，正是海面最平靜之時，哥六個脫了個赤條條，將衣服塞進了大木箱中，為左輪和子彈又加了一道保險。

「大輝，把飛鉤也放進去啊，背身上不嫌累啊！」趙大明先下了水，一轉眼，卻見到張大輝光著個屁股卻背著一卷飛鉤繩索。

張大輝拍了拍腦門，不好意思的笑開了。

兄弟六人一路泅渡，順利來到了那間倉庫的左側位。很顯然，那幫牛尾巴根本沒想到安良堂的人會從海上游過來，因而，這一側幾乎沒有設下防備措施。

「大明，你說的從天而降是怎麼打算的？」光著身子，貓著腰，來到了倉庫外牆的一角，趙大新忍不住問了一句。

兄弟們需要點時間將身上的海水抹乾並穿上衣服，因而，趙大明很有耐心地跟趙大新做了解釋：「洋人造房子跟咱們有些不一樣，他們很看重一個地下一個天上，地下嘛，就是排水管道嘍，而這天上，呵呵，說白了就是通風管道。像倉庫這種建築，洋人們的通風管道的設計尺度絕對可以爬進去一個人。」

兄弟們的衣服濕倒是濕了些，卻沒濕透，因而那小木箱中的左輪以及子彈幾乎就沒沾到海水，饒是如此，趙大明他們五個使槍的兄弟還是將左輪拆開了，用衣服的乾爽部位擦拭了一遍。

「大輝，扔鉤。」

張大輝目測了一下倉庫的高度，然後將繩索重新盤好，活動了幾下四肢，然後立住了，手中拎著鐵鉤，望著倉庫的頂端，凝神靜氣，呆了片刻，隨後低吼了一聲：「走！」鐵鉤應聲飛出。

月朗星稀，海風輕柔，浪濤似乎也睡著了，只發出輕微的鼾聲，四下裡一片寧靜。張大輝以獨特的手法拋出了鐵鉤，鐵鉤恰到好處地落在了倉庫房頂上，只發出了微弱的『叮』的一聲，下拉繩索，使得鐵鉤勾住了倉庫頂層的邊沿上，張大輝試了試力道，對趙大明道：「明哥，可以了！」

兄弟六人依次爬上了倉庫屋頂。屋頂上，依舊不見任何防備，只是長約六十餘米寬也有近三十米的偌大平台上赫然可見多達六個通風口，該選擇哪一個呢？其他五兄弟不自覺地將目光投向了趙大明。「天意啊！」趙大明聳了下肩，笑著說道：「要不，咱們一人一個？」

趙大新隨即流露出為難之色，他從沒有過這方面的經驗，就連通風管道這個名詞也是第一次聽說，若是單獨一人爬進去，恐怕到了裡面便要迷失了方向。

趙大明呵呵笑了，拍了下趙大新的肩，道：「開個玩笑，緊張個什麼呀？」轉而再對呂大強道：「你帶大方、大平從這一頭下去，大新、大輝，你倆跟我，咱們從那邊最頭裡的一個鑽下去，動作要慢，要輕柔，萬不可發出聲響驚擾了人家的美夢，不然，會顯得咱們很沒禮貌。」

通風管道並沒有想像中寬敞，人鑽進去，也只是勉強動彈。倉庫已然廢棄很久，管道裡落滿了塵埃，喘氣也要小心翼翼，稍微大一點便可能吹動了塵埃而發生嗆咳。趙大明爬在了最前面，以倒栽蔥的方式鑽過了三米來深的垂直管道後便是一條平鋪的管道，順著這條管道向前也就是不到兩米的樣子，便出現左右兩側並排的岔道。

趙大明事先研究過洋人們對倉庫這種建築的通風設計，一般而言，主管道和各個岔道形成了「丰」字結構，直著往前爬，則是穿行在中間的主通風管道中，最終將來到倉庫的正中間。倉庫的高度至少有八米，直接跳下去肯定不行，且不說會不會驚動了對方，更不說倉庫的正中間很可能佈滿了陷阱，單是這高度，再加上昏暗無比的光線，若是跳下去沒摔斷個胳膊腿的都算是萬幸。

只能轉個彎向兩側爬行，運氣好的話，或許不用折回頭便可找到落腳點。

就在趙大明猶豫著該往哪邊轉拐時，右手一側的岔道中居然現出了一絲光亮來。

緊接著，便聽到了那鐸的聲音。聲音可是不小，但傳到管道中卻因回聲而無法聽清，但這並不妨礙趙大明做出判斷，他立刻扭曲了身子，向右側轉了過去。

光亮一直在，而下面的說話聲也逐漸清楚起來。

那鐸道：「你們幾個都在幹什麼？大半夜的不睡覺，還把五爺我也給吵醒了。」

一陌生聲音應道：「對不住了您，那五爺，您睡您的，咱哥倆到外面搗鼓這玩意去。」

那鐸重重地歎了口氣。

接著，光亮滅去，周圍又恢復了沉靜。

這對趙大明來說已足夠，他記下了那個透出光亮的通風口位置，透上來的光亮想必便是房間中的燈光，那麼，通風口之下，極有可能便是倉庫的一間閣樓。

緩慢爬到了那個通風口處，趙大明伸手試著想把通風口上隔欄取下，卻因年久失修，那隔欄卻鏽住了。「大新，刀。」趙大明輕輕踹了後面趙大新一腳，以極其微弱的聲音招呼了趙大新一聲。

趙大新連忙拔出腰間一柄飛刀，向前爬了幾步，將上身貼在了趙大明的雙腿上，這才將飛刀遞在了趙大明手中。

怕弄出聲響暴露了自己，趙大明在撬動那塊隔欄的時候非常小心，只用了最小的氣力，每一下都極為緩慢且輕柔。花了十多分鐘，總算將那塊隔欄翹鬆了，但趙大明的最後一下卻不小心發出了聲響。

下面閣樓中，那鐸始終沒能睡著，木箱子堆成床硌得人渾身不舒服，那幫手下還鬼鬼祟祟不知忙些什麼，一向對睡覺很講究的那鐸怎麼也無法適應。關了燈，躺在黑暗中，那鐸眼前又浮現出老鬼那根血淋淋的指頭來，禁不住打了個冷顫，那鐸有些後悔了，放著自己的好日子不過，偏要摻和到這趟渾水中來，值得麼？忽聽到頭頂發出了聲響，那鐸下意識地拉亮了電燈，仰頭向天花板望去。

上面傳出一陣老鼠奔跑的聲音來。

那鐸鬆了口氣，關上電燈，重新躺下。

趙大明不小心弄出了聲響，急忙用五指在管壁上摩挲了幾下，做出了老鼠奔跑的聲音，但見下面開了燈又關上，趙大明也是鬆了口氣。

靜置片刻，確定那鐸已放鬆了警惕，趙大明揭開了隔欄，探出了上半身來。身後，趙大新死死地抓住了趙大明的雙踝，一點點往前送，直到將趙大明的整個身子全都送到了通風口之外，然後鬆開了趙大明的雙踝。

趙大明雙手觸地，就勢一個前滾，卸去了下墜之力，不待那鐸有所反應，便縱身撲上前來，右手一把掐住了那鐸的脖子，左手同時捂住了那鐸的嘴巴。「想死你就叫！」趙大明就連恐嚇那鐸的話語都充滿了戲謔玩笑的意味。

那鐸脖子被卡，嘴巴被捂，想叫也叫不出聲啊！

趙大新隨後躍下，將一柄冰冷且散發著寒光的飛刀貼在了那鐸的臉面上：「說，我師父在哪？」

那鐸突遭變故，已是慌亂不堪，想說話討饒，可脖子被卡嘴巴被捂，只能嗯嗯啊啊發出像啞巴一般的聲響。

「乖啊，哥鬆開手，你可不許叫啊，不然的話，他那把刀可是會毫不留情割斷你的喉管的呀！答應你就眨眨眼……哎，這就對了嘛，做個乖孩子才會討人喜歡嘛！」但見那鐸拚命眨眼，趙大明鬆開了捂著那鐸嘴巴的左手，右手仍掐住了那鐸的脖子，倘若那鐸不老實的話，他只需手上稍微發力，便可令那鐸的嚎叫聲悶回到肚子裡去。

「你師父，在，下面。」那鐸喘著粗氣顫著嗓音，回答了趙大新。

「下面是哪面？乖，說清楚點，說清楚了就不會挨打了。」趙大明已然拔出了左輪，用槍口摩擦著那鐸的腦門。

「出門，下樓梯，向左轉，大概走二十步吧，有一扇鐵門，你師父就被關在那間房中。」

趙大新聽了，卻先看了趙大明一眼。趙大明點了點頭，然後招呼了剛從通風管中跳下來的張大輝一聲：「大輝，你看住他，我跟大新下去看看。」

按照那鐸的交代，這哥倆溜下了樓梯，貼著牆根左轉走了約二十來步，果真看到了一扇鐵門。鐵門上雖然掛了把鐵鎖，但鐵鎖並沒有鎖上，趙大明躡手摘掉鐵鎖，輕輕將鐵門推開了一道縫隙。趙大新閃身而入。

門外的光線已是極為昏暗，進到房中，更是漆黑一片，趙大新只得小聲呼叫：「師父，你在嗎？師父！」

老鬼被痛昏過去後又被痛醒，醒來不久再次昏迷，此時正處在意識朦朧似昏非醒的狀態，被趙大新這麼一叫，終於幽幽醒來。

「大新，是你麼？」

趙大新聽到了師父的聲音，激動萬分，連忙摸黑撲了過去：「師父，你還好麼？」

老鬼歎道：「還死不了！」

趙大新將老鬼從牆上放了下來，然後從衣兜中掏出了兩根半扎長的鋼絲，遞給了師父老鬼。擱在平日，老鬼用鋼絲打開這種手銬也就是眨眨眼的功夫，可這一次，卻足足用了一分多鐘。

「師父，你的右手……」趙大新發現師父在開左手上的手銬時十分彆扭。

老鬼歎息道：「師父的右手算是廢了。」

解除了手銬，趙大新攙扶老鬼來到了門前。

「大明，我找到了師父了，咱們原路返回吧？」

趙大明道：「鬼叔，你還好吧？」

老鬼應道：「是大明啊，放心，鬼叔沒事。」

趙大新攙扶著師父老鬼出得門來，正準備貼著牆根回到閣樓上時，樓上突然傳出了那鐸殺豬般的嚎叫聲。

趙大新猛然一驚，下意識扭頭去看趙大明。趙大明面帶微笑，攤開雙手，聳了下肩，嘟囔了一句：「那就幹唄！」

趙大新反應頗快，連忙掉頭將老鬼送回房中，拔出腰間飛刀，便要出門與趙大明並肩作戰。而這時，趙大明已在門外扣動了左輪手槍的扳機。

「砰砰——」

趙大明連放兩槍，然後閃身退到房中，衝著槍管吹了口氣，笑道：「真是奇了怪了，大輝怎麼知道咱們找到了鬼叔的呢？」

趙大新掌心中扣住了一柄飛刀，緊張道：「大明，看到敵人了麼？」

趙大明撇嘴搖頭。

趙大新疑道：「沒看見人你放什麼槍啊？」

趙大明聳肩笑道：「緊張啊，手抖了。」

李喜兒留下來的八名手下在倉庫的正面做足了準備，他們對洋人建造的建築只是一知半解，以為這種用水泥鋼筋砌出來的牆壁足夠結實，安良堂的人即便強攻，也無法破牆而入。而天色擦黑之時，倉庫的正對面便隱隱看到有人正在向這邊張望打探，且之後的人影是越來越多，那些人以為安良堂正在聚集力量，等待向倉庫這邊發起強攻的最佳時機。因而，那八條牛尾巴的注意力全都被吸引到了倉庫的正面防守上。

眼看著倉庫對面的人影越發密集，且有向倉庫這邊移動的跡象，那八人開始緊張了，除了留下二人繼續為各色暗器淬毒之外，餘六人均以進入到各自的位置而嚴陣以待。等了半天，沒等來安良堂的強攻，卻等到了身後那鐸的一聲慘叫。

那鐸的慘叫並未引起八人的驚慌，畢竟大家都能看出來，這位那五爺確是一名不折不扣的慫貨，或許是做了噩夢，也或許是睡覺時被老鼠爬了臉，總之，並沒有人能想到倉庫中已經混進了安良堂的人。

趙大明原本就沒想著要靜悄悄撤回去，當老鬼應了趙大新的時候，趙大明已然聽到了老鬼的聲音，於是快速返回到閣樓上，向張大輝交代了兩句。張大輝默數著數，估摸趙大明應該回到了原處的時候，隨手在桌台上摸了個什麼便扎進了那鐸的腮頰。

那鐸一聲慘叫後，趙大明沒等來想要的結果，於是舉起槍來，衝著倉庫的中間位置放了兩槍。

這兩槍，終於驚到了那八根牛尾巴。

沒有人不知道槍的威力，但威力巨大的槍也有著明顯的短板，只要能獲得貼身肉搏的機會，那麼槍也就派不上多大用場，若是能引得敵人打光了子彈，那槍也就成了一塊廢鐵。那八人以手勢交流，決定將正面之敵先放一放，聯手去除身後隱患再說。

趙大明躲在鐵門後，只伸出了手槍，「砰砰」又是兩槍，只是毫無準頭，那子彈打到了何處都不知曉。

「你這樣根本打不到人！純粹是浪費子彈！」身旁的趙大新看不下去了，向趙大明提醒道。

趙大明苦笑道：「好歹也能嚇唬嚇唬他們，對麼？」說著，就好像是故意在氣趙大新一般，手指一扣，又盲放了一槍。

趙大新道：「大明，就算你子彈帶得多，那也不能這樣浪費啊！」

趙大明聳了下肩，回道：「不打光子彈，怎麼好顯出你飛刀的厲害？」

趙大新很想說一聲他並沒有多少實戰經驗，若是面對敵人，他真不知道手中飛刀還能不能保持準頭。話剛到嘴邊，那趙大明突然拉開房門，衝了出去，「砰」的一聲之後，便是連續的「啪啪」的撞針空擊聲。

「他沒子彈了！兄弟們，兩面包抄，幹掉他！」那幫牛尾巴終於現出身來。

趙大新急得直咬牙，右手扣緊了飛刀，將師父老鬼放在了地上，就要衝出去將趙大明救回來，卻見到門外突然一亮。

閣樓上，張大輝點燃了那鐸身上的被子，從二樓上扔了下去。

火光映射下，那八人的身影清晰可見。

趙大明換子彈的速度非常之快，但當他再次舉起槍來的時候，另一側的槍聲先響了起來，槍聲密集，應該是三把槍同時射擊。閣樓上的張大輝同時也拔出了槍，和另外兩側形成了三面包圍。

五把左輪一輪齊射，打光了槍中的三十發子彈，那八條牛尾巴中最不吝的也吃到了一顆子彈，而運氣最好的那位，身中五槍當場死亡。

「別躲著了，出來認輸吧，知道大清朝怎麼打不過人家八國聯軍麼？這火槍的威力，不承認不行啊！」趙大明抱著膀子陰陽怪氣喊著話，喊完了話，頗為愜意地吹了下槍口。

那八人早已經做好了必死的決心，如今身陷險境，卻未能滅去了他們心中的信念，在其中一人的帶領下，剩下的還能動彈的五個人同時發出了一聲怒吼，手持各自兵刃，衝了出來，撲向了距離最近的趙大明。

趙大明不慌不忙，單膝跪地，左手托住右手手腕，「砰——」爆頭一個，「砰——」再爆頭一個。

閣樓上，張大輝不甘閑著，「砰砰」兩槍，放倒一人。

另三位兄弟從另一側齊射，打發掉了另外兩人。

「窩靠！你們真不講究啊！帶你們來是跟明哥搶生意來了，是不？」趙大明吹了下槍管，一邊叫嚷，一邊將左輪手槍重新裝滿了子彈。「最不仗義的就是你張大輝！還好意思笑？」

倉庫中的槍聲傳了出去，外面安良堂的弟兄們不等顧浩然下令便要向倉庫這邊奔來，顧浩然大吼道：「都給我站住！」眾兄弟不由一愣，有幾個衝了出去的也收住了腳。「慌亂什麼？這條道雖不長，但很可能佈滿了殺人的陷阱，那裡面的是安良堂的兄弟，你們也是安良堂的兄弟，我顧浩然不願意見到任何一個兄弟白白受傷甚或死亡。打起火把，仔細查探了再往前進發！」

待眾弟兄來到倉庫門口的時候，裡面的戰鬥已經結束多時。

那八人雖然設下了諸多機關陷阱，但若是不觸動機關，卻也沒什麼危險，趙大明在前探查，趙大新背著師父老鬼，張大順押著那鐸，另三名兄弟斷後，一行人小心翼翼地打開了倉庫大門。

顧浩然率先迎了上來，陰沉著臉斥道：「把我的話當成耳邊風了，是麼？」

趙大明盡顯委屈狀，回道：「先生，你可不能這麼武斷啊！不分青紅皂白便把責任扣我頭上，你知道當時發生了什麼嗎？」

顧浩然冷哼一聲，道：「那你說說，當時發生了什麼？」

趙大明道：「我跟大新找到了鬼叔，就準備原路返回，這貨便跟被宰了一般大嚎了一聲，嘖，這不就暴露了麼！先生，你若不信，可以問大新啊！他那麼老實，肯定不會撒謊。」

那鐸被趙大明踢了一腳，順勢便跪倒在地上，衝著顧浩然哀求解釋道：「我不是故意慘叫給他們報信的，我是被他扎了一下，吃不住痛才叫出聲來的。」臉上被扎了個洞，那鐸說起話來極為不便，發出來的聲音甚是好笑。

張大順辯解道：「先生，是他先叫的，我是為了封他的口才扎了他一下，先生，你知道大順是一個講究完美的人，要不是情急，這活也不會幹得那麼粗糙。」

趙大新緊跟著作證道：「是的，顧先生，事發突然，大明他們也是無奈。」

顧浩然輕歎一聲，來到了老鬼面前，道：「鬼兄，受苦了！」

老鬼擠出了笑來，道：「老鬼多謝顧先生前來相救。」

顧浩然擺了擺手，道：「份內之事，不必相謝。」

轉而又對手下吩咐道：「開我的車，趕緊把老鬼先生送去醫院！」

老鬼喝止了上前攙扶的安良堂弟兄，舉起了右手，冷冷道：「此人斬去了我的食指，毀掉了我的師承絕技，我說過，這一刀斬在我老鬼手指的同時，也是斬在了他那鐸的脖子上，顧先生，你有何評判？」

顧浩然沒開口，從身旁弟兄的手中取了把長刀，遞向了老鬼。

那鐸慌了，連忙調整了跪倒的方向，對著老鬼哭求道：「老鬼大哥，我也是被逼無奈啊，都是那個死太監李喜兒逼著我這麼做的呀，他們原本是想殺了你，是我好生相勸才讓你活下來的呀……」

老鬼怒道：「一派胡言！他們分明是以我為餌，設下陷阱想殘殺安良堂弟兄，而你那鐸，不過是為虎作倀借勢作惡，如此奸惡卑鄙之人，我老鬼今日便替天行道……」

話未說完，老鬼手中長刀已然揮下。

那鐸不及哀嚎，便已是身首異處。

顧浩然面無表情，揮了揮手，吩咐道：「連同裡面的，全都扔海裡吧，記住了，箱子裡多裝些石頭，省得漂上來給紐約員警添亂。」

老鬼一刀砍斷了那鐸的脖子，自己卻也有些不支，左右搖晃了兩下，顧浩然早趟大新一步扶住了老鬼，道：「鬼兄，既然心願已了，還是快去醫院吧。」

老鬼搖了搖頭，道：「讓他們暫且退下，我有些話要對你說。」

顧浩然道：「你先去醫院，等養好了傷，再說不遲。」

老鬼依舊堅持，道：「事關重大，老鬼不敢有半點耽擱。」

顧浩然無奈，只好令眾弟兄退後。

老鬼將聽到的對話向顧浩然複述了一遍。

顧浩然一邊聽著，一邊不住點頭，末了，道：「內機局當初是太后這老女人為了清除朝廷異己而設立，之後又用來對付革命黨，只是革命黨卻沒那麼好對付，搞得內機局好是狼狽，甚至有風聲說朝廷有重臣建議撤了內機局。鬼兄，我想你聽到的那些，很可能是內機局設下的局，為的就是能讓你把這番話帶到。那個李喜兒啊，算是個人才，只可惜還是嫩了點，設下的局，痕跡太重。行了，鬼兄，你安心養傷治病，剩下的事情我來處理。」

送走了老鬼，顧浩然叫來了趙大明，還沒打上照面，顧浩然便變了臉。

「這一戰很過癮是嗎？」

趙大明剝了塊口香糖扔進了口中嚼著，嬉皮笑臉回道：「您是想聽真話，還是假話呢？」

顧浩然鐵著一張臉道：「當然是真話。」

趙大明呵呵一笑，道：「一點也不過癮，對手太弱。」

顧浩然輕歎一聲，道：「你什麼時候才能穩重一些？」

趙大明聳了下肩，回道：「我也想啊，可怎麼吃都不長膘，您讓我如何穩重？」

顧浩然狠狠瞪了趙大明一眼，喝道：「你能不能嚴肅一點？我在跟你說正事！」

趙大明卻一把攬住了顧浩然，耍賴道：「你能不能別這麼嚴肅？你知道，我趙大明對你的位置不感興趣，別把我當成你的接班人來培養，成不？」

顧浩然抓住了趙大明的手腕，使了個擒拿手法，將趙大明放翻在地，然後再惡狠狠瞪上一眼，轉身離去。

趙大明躺在地上揉著摔痛了的屁股，叫嚷道：「這一招叫什麼招數啊，你怎麼從來沒教過我呢？」

一周後，老鬼出院了。

出院的那天，顧浩然親自來了醫院。

送老鬼去環球大馬戲團的路上，顧浩然問老鬼：「鬼兄，接下來你是如何打算的？」

老鬼道：「手指沒了，戲法也變不成了，只能靠徒弟們養著了。」

顧浩然道：「來我安良堂吧，你我雖不是同門，卻也是同道。能讓我顧浩然由衷敬重的人並不多，你老鬼，算是一個。」

老鬼笑道：「多謝顧先生抬愛，老鬼一生過慣了閑雲野鶴的生活，不習慣被你堂口的規矩所約束，還請顧先生收回邀請。」

顧浩然歎道：「顧某尊重鬼兄的意見，顧某只是想說，我安良堂的大門隨時向鬼兄敞開，你什麼時候想來了，不用打招呼，隨時過來。」

老鬼點頭應道：「此生能交到顧先生這樣的朋友，也是我老鬼的幸運。」

隔了一天，老鬼將八個徒弟叫到了一起，並向馬戲團餐廳借了個爐灶，親自弄了幾個菜，說是要跟徒弟們吃頓團圓飯。飯局中，當著大夥的面，老鬼提到了趙大新和甘荷的婚事。

「你們兩個啊，一個有情，一個有願，年紀也都老大不小的了，趁著師父還在，今個就把婚禮辦了吧，咱們混江湖飯的，命苦，也就不要將就那麼多了，給師父磕個頭，然後喝個交杯酒，這婚禮也就算成了。」

趙大新、甘荷二人欣喜起身，來到師父面前，齊齊跪下，磕了三個響頭，並給師父敬了茶。在眾師兄妹的吵鬧中，趙大新和甘荷又喝了個交杯酒。

老鬼露出了難得的笑容，從懷中掏出了一只長命金鎖來，交給了趙大新，囑託道：「師父祝你們早生貴子，師父這一輩子也沒落下什麼好東西，這把長命鎖就當是師父的一點心意。大新啊，等師父走後，你要照顧好你的師弟師妹。」

趙大新驚道：「師父，你說什麼？你要去哪兒？」

老鬼長歎一聲，道：「落葉歸根，師父老了，想家了。」

安翟突然道：「師父，我跟你回去，我要給你養老送終。」

時光荏苒，歲月蹉跎，一晃，便度過了四個年頭。

紐約的春天總是習慣於姍姍來遲，已是陽春三月，卻偏偏飄起了雪花。雪飄了一整夜，第二日起來，整個世界似乎只剩下了一種顏色。

銀裝素裹固然分外妖嬈，但少了其他顏色的點綴，總是讓人感覺有些單調。滿視野的潔白中，遠處突然出現了一個黑色的身影，那身影的移動速度相當之快，轉眼間便來到了環球大馬戲團駐地的大門口。

看大門的白人小老頭在門房中看見了那一身黑色運動裝的小夥子跑來，主動打開了窗戶，熱情地打著招呼：「嘿，諾力。」窗戶打開，屋內的熱氣向外擴散，形成了一團白霧，而小老頭的眼鏡片也登時模糊，拿下了眼睛擦拭著，小老頭繼續招呼道：「下這麼大的雪，還要跑步鍛煉啊。」

這小夥正是羅獵。

「山姆大叔，早啊！我啊，習慣了，早晨要是不運動一下，一整天都會覺得不舒服。」羅獵跟看門小老頭打過招呼後，踏著積雪奔跑向了宿舍樓。

宿舍樓口，一個身材曼妙的金髮女郎正在做著體操，聽到了羅獵踏著積雪的腳步聲，不由停下了動作，轉過頭來。「諾力，你瘋了，這麼大的雪……好你個羅獵，竟然用雪團偷襲我！」那女郎咯咯咯笑著跑進了雪地中，團起雪團跟羅獵開心對戰。

羅獵扔擲雪團時並未發力，但極有準頭，女郎一連數次被砸中了腦門，卻也不氣惱，仍舊堅持反擊。羅獵原本可以躲閃開女郎扔擲過來的所有雪團，但有時候卻偏偏不願意躲閃，甚至將腦袋湊過去，故意挨上一兩下。

饒是如此，那女郎也是落了下風，只能是且戰且退。

羅獵卻不追擊，仍舊立於原處，只是手上稍稍加了些力道。

便在這時，趙大新背著雙手出現在樓口，女郎連忙求救道：「大師兄，快來幫我！」

趙大新面帶微笑走進雪地，卻是朝著羅獵的方向，並道：「哪有自己人打自己人的道理，是麼，七師弟？」

羅獵轉向趙大新，剛想附和一聲，卻見趙大新手腕急抖，一團雪團極速射來，羅獵順勢翻倒，輕巧躲過，同時抓起一把雪來，反手擲向了趙大新。

趙大新不躲不閃，任由飛來的雪團砸在胸膛，手中卻是不停，一連五團雪團擲向了羅獵，用盡了左手預存的雪團，趙大新半蹲下身來，左右開弓，胡亂抓起一把便擲向羅獵。另一側，那女郎抖擻起精神來，也對羅獵加強了火力。

羅獵左支右拙，終於招架不住，只得狼狽逃竄。

「看你還敢欺負人不？」看著狼狽不堪抱頭逃竄的羅獵，趙大新開心地笑著，轉而又向那女郎招手道：「艾莉絲，大師兄有個好消息要告訴你。」

艾莉絲歡快地跑向了趙大新，問道：「是不是去三藩市演出的日程確定下來了？」

趙大新點頭應道：「小安德森先生剛跟我通完電話，他已經訂好了後天啟程前往金山的火車票，我們今天再演出一場，明天放假，你可以約羅獵上街為你媽媽選購禮物了。」

艾莉絲撲上去抱住了趙大新的胳臂，叫嚷道：「噢——可以回家嘍，大師兄，這真是個好消息！」

趙大新剛想回應，卻看到羅獵抱著碩大一個雪球悄無聲息地從艾莉絲的背後包抄上來，連忙想將艾莉絲拖到一旁，可是已經來不及，那羅獵撲了上來，將雪球兜頭砸向了艾莉絲。

艾莉絲氣得直跺腳，趙大新想為艾莉絲出氣，可那羅獵卻已經壞笑著跑開了。

「大師兄！羅獵他欺負我……」艾莉絲委屈地撇著嘴，一副要哭的模樣。

趙大新無奈，只得衝著遠處的羅獵扯嗓子吼道：「你給我滾回來，不然的話，今天就沒你的飯吃！」

少被趙大新如此處罰過三次，但見艾莉絲的樣子像是真的要哭了，而大師兄又不像是在開玩笑，羅獵只得乖乖地回到了趙大新的面前。

趙大新先是陰沉著臉，卻突然出手，拿住了羅獵，叫道：「艾莉絲，報仇啊！」

艾莉絲跳了起來，連忙在雪地中捧了一大捧雪，倒在了羅獵的頭上。

羅獵苦笑道：「大師兄，你怎麼能胳臂肘往外拐呢？」

趙大新雙臂環抱羅獵，笑道：「你若是不情願，我能抓住你麼？」趙大新話音剛落，羅獵雙肩忽地一沉，抓住了趙大新的手腕，向上一舉，然後抽身出來，順勢將趙大新的左臂反擰。趙大新悶哼一聲，左臂發力，將羅獵帶近身來，同時右腿向後伸出，別住了羅獵雙腿，再猛然擰腰，右臂攬住了羅獵脖頸。

二人切磋了個平手，誰也無法控制了對方，最終摟抱著倒在了雪地中。艾莉絲咯咯笑著，再捧起了一捧雪，不分彼此地倒了上去。

三人笑作一團。

樓上現出了甘荷的身影，叫道：「你們再不上來吃飯，飯可就涼了啊！」

艾莉絲率先應道：「知道了，大師嫂。」

甘荷嗔怒道：「叫我三師姐！都跟羅獵學壞了！」

羅獵和趙大新終於分開了，各自爬了起來，拍打掉身上沾的雪片，羅獵嘟囔道：「分明就是大師嫂麼，幹嘛不承認。」

趙大新附和道：「就是！這女人哪，就是太好面子。」

華人的胃，終究適應不了洋餐，而馬戲團又找不到稱職的中餐廚師，因而，已然成為了環球大馬戲團台柱子的彭家班向小安德森提了個自己開伙的要求，而小安德森欣然應允，單獨騰出了一間房間改造成了廚房加餐廳，專供彭家班使用。

甘荷主動擔當了大廚的角色，雖然廚藝一般，但自己做著吃總會可口一些。只是，過了年之後，甘荷大了肚子，師弟師妹承擔了做飯的任務，比起甘荷，他們的手藝更是不行，但大夥圖一樂，多數時還是堅持自己做飯吃。

沒有了安翟，羅獵變成了小師弟，原本應該是一個最遭人疼愛的身分，可他偏偏喜歡捉弄艾莉絲，以至於沒少被師兄師姐教訓。艾莉絲起初做為老鬼的演出助手，在舞台上和老鬼的配合甚是默契，得到了老鬼的喜歡。

老鬼有意收下這個洋徒弟，只可惜尚未來及，便出了事故。雖然沒做成老鬼的徒弟，但師兄師姐們還是將艾莉絲當成了最小的小師妹看待，因而，每當羅獵捉弄艾莉絲的時候，師兄師姐們均會毫不猶豫地站到艾莉絲那邊。

艾莉絲也很會討人喜歡，短短四年，便學會了一口滾瓜溜熟的國語，洋人原本就擅長讚美他人，而艾莉絲在此方面更是優秀，即便師兄師姐燒出來的菜鹹了或是淡了，聽到的全都是艾莉絲的讚美而沒有一句抱怨。

吃完早飯，照例是練功和排練，如今的羅獵，一手飛刀的功夫可不在大師兄之下，他搭檔艾莉絲，已然成為了環球大馬戲團的一塊新招牌。

「小七，今晚上是咱們在紐約的最後一場演出了，這次出去巡演要走好多地方，等再回來的時候，恐怕要到明年了，所以啊，大師兄想著今晚上咱們師兄弟兩個能不能連袂上演一場好戲呢？」練功之餘，趙大新將羅獵叫到了一邊，跟羅獵商量起了自己的想法。

一場馬戲表演顯然不能同時上兩個飛刀節目，但如今環球大馬戲團的名聲及規模已經遠超了四年前，因而，小安德森將每日一場演出的規矩改做了下午晚上各一場，而趙大新和羅獵便可在一天內分別登台演出。

「你是說咱們同台玩飛刀？大師兄，我就想跟你說了，咱們來一個飛刀射飛刀的表演，怎麼樣啊？」聽到了趙大新的提議，羅獵來了興趣。

趙大新琢磨了一下，以他兄弟二人的飛刀水準，完成這項表演應該不存在問題，但關鍵就是怎樣排練才會讓演出效果更加震撼，給觀眾們留下更加深刻的印象。

但見大師兄沒反對，羅獵更是興奮，接道：「咱們同台演出，可以做出相互爭搶風頭的表現，從而引出咱們兩個矛盾，最後你氣不過，射了我一刀，我同時也發出飛刀，擊落你射出來的那柄飛刀。」

趙大新眨了眨眼，點頭道：「嗯，這個創意不錯，挺有戲劇性，表演起來，舞台張力也不小。」隨即，趙大新叫來了甘蓮和艾莉絲。

甘荷大了肚子後，甘蓮替代了姐姐做了大師兄的搭檔，舞台表演上雖然沒有艾莉絲那麼搶眼，但也是中規中矩，聽完了趙大新和羅獵對節目的構思，甘蓮微笑點頭表示了認可。

但艾莉絲卻不樂意了。「那我跟四師姐在舞台上做什麼呢？傻愣愣看你們兩個表演麼？我認為，製造矛盾的線索應該是爭風吃醋才是最精彩的，觀眾喜歡看，而我跟四師姐也不會太尷尬，對嗎？」

羅獵大笑，指著艾莉絲道：「爭風吃醋？為了你還是為了四師姐？」

艾莉絲手指自己的鼻子，道：「當然是我了？我是洋人，爭我，觀眾們才會有共鳴感！」

講真，艾莉絲的建議著實不錯，比起羅獵的設定，艾莉絲的建議更有情節，也更符合洋人們的文化，為了一個女人而決鬥，那不是愚蠢，而是英雄。

但羅獵不懟一懟艾莉絲他就會渾身難受，艾莉絲話音剛落，羅獵就做出了嘔吐狀，並道：「天哪，這場演出我可以不參加麼？」

艾莉絲叉著腰甩了下一頭金髮，喝道：「不能！不然大師兄不給你飯吃。」

趙大新跟著點頭道：「我支持艾莉絲。」

羅獵誇張地趴在了練功房的地板上，哀嚎道：「席琳娜，你能聽到我說話嗎？你那麼溫柔，怎麼生出來的女兒那麼霸道呢？」

翻過身，再瞅了艾莉絲一眼，羅獵壞笑道：「艾莉絲，你知道用中國話該怎麼形容你呢？」不等艾莉絲有所回應，羅獵呵呵笑道：「在我家鄉，你這樣的叫潑婦。」

艾莉絲也不生氣，依舊叉著腰，道：「應該叫美麗的潑婦。」

第二章

飛刀出手

重獲自由的漢米爾自然不肯放過羅獵，翻過身來便是一計擺拳，
羅獵被打中下巴，踉蹌間摸出飛刀，反手揮出，一道寒光閃過，
那抓著甘荷頭髮正要耀武揚威的牛仔登時鬆開了手丟掉了槍，
雙手捂住了脖子，瞪著一雙極度驚詫的湛藍眼眸，
緩緩地癱軟下去，雙手指縫中汩汩冒出了鮮血。

當晚的演出非常成功。起初，兄弟二人表演出來的爭風吃醋橋段引起了觀眾的開心哄笑，但當二人做出了決鬥態勢時，所有人的心全都提到了嗓子眼。

之前看飛刀表演，無非是表演者將助手固定在一個轉盤上，先是靜止不動射上幾刀，然後讓轉盤轉起來，再射上幾刀，這種表演也很精彩，但觀眾們總會有些審美疲勞而無法達到震驚的狀態，可當晚這場飛刀表演卻完全跳出了傳統套路，二人以飛刀互射，將會是一個怎麼樣的結果呢？

電光火石，趙大新先發出一刀，方向直指羅獵。羅獵腰身擰動，單手揮出，一道寒光迎了上去，「叮——噹啷——」兩柄飛刀在空中相撞，發出叮的一聲，然後落在了地板上，又發出噹啷一聲。趙大新很不服氣，左右手同時揮出，兩柄飛刀閃爍著寒光向著羅獵飛來，羅獵一個後空翻，仍是單手揮出，卻同時發出了兩柄飛刀。

四柄飛刀在空中幾乎同時兩兩相撞，那「叮」的一聲在安靜的演出現場中更加清脆。隨著「噹啷」一聲響起，觀眾們這才反應過來，登時爆發出雷鳴般的掌聲。

觀眾們難以按捺被震撼到極點的心情，紛紛起立鼓掌，台上四名演員連續三次謝幕，那掌聲依舊不息。精彩絕倫和震撼無比似乎都無法表達出觀眾的真實感受，數年之後，看過這場演出的觀眾對當時的場景仍舊是記憶猶新，一旦提及，必是嘖嘖稱讚。

只可惜，這場演出在環球大馬戲團的駐地只上演了這唯一的一場。

隔了一天，第三天，彭家班以及其他馬戲團部分成員登上了駛往三藩市的火車。已然成為了馬戲團台柱子的彭家班定然不會被小安德森先生所虧待，別的演員乘坐的全都是四張鋪一個艙位的臥鋪，但給彭家班八個人購買的卻是兩張鋪一個艙位的票。不用爬上爬下不說，那床鋪的寬度也要寬出個十公分，而且床鋪上還包了軟墊，睡上去很是舒坦。

在分配鋪位的時候，羅獵還以為大師兄會安排艾莉絲跟四師姐在一塊，三師姐和大師兄兩口子自然在一塊，可上了車卻發現大師兄居然將他跟艾莉絲安排在了同一個倉位。趙大新如此安排也是無奈，甘荷大著肚子，他一個大男人不懂得如何照顧，只能將甘荷甘蓮姐妹倆安排在一起，剩下的一個艾莉絲，只能安排跟羅獵在一塊，反正大夥都看得出來，這兩人別看整日裡吵吵鬧鬧，卻是一對你情我願的小情侶。

但羅獵卻不樂意了，原本挺開心的一趟旅行，卻要跟一個女子待在一塊，極不方便不說，還要給師兄師姐們留下諸多調侃戲謔的素材。不過，這種不樂意的情緒只是在明面上，內心裡，羅獵還是有一些美滋滋的感覺。

艾莉絲很興奮，根本未覺察到羅獵這種細微情緒的變化，一上車便拉著羅獵述說她的感受。「諾力，你知道嗎？我實在是太激動了，整整五年了，我都沒有回過家，終於能再見到媽媽了，噢，我的天，我實在是……羅獵，你不為我感到高興嗎？」

羅獵道：「當然，我離開三藩市也有四年了，不知道席琳娜還能不能記得我，艾莉絲，你有一個好媽媽，我真羨慕你。」

艾莉絲傲嬌道：「她是世界上最偉大的女人，我為自己有這樣的媽媽而感到自豪。對了，諾力，這麼長時間以來，怎麼沒聽你說起過你的媽媽呢？」

羅獵的神色突然間黯淡下來，囁啜道：「我很早以前就沒有了媽媽，那一年，我才七歲。」

艾莉絲流露出悲傷的神色，道：「對不起，諾力，我很抱歉，讓你想起你的傷心事了。」

羅獵擠出一絲笑容來，道：「沒關係，那都是很久遠的事情了，我媽媽和席琳娜一樣好，她很疼愛我，從來沒罵過我，更沒打過我。」

想起了故去的母親，羅獵的神情稍有些悲傷卻又充滿了幸福。「我時常在夢裡見到她的，和以前一樣，還是那麼年輕漂亮。」

看到羅獵情緒有所好轉，艾莉絲重新興奮起來，道：「你媽有我這麼漂亮嗎？」

羅獵隨即做出嘔吐狀，道：「天哪，這個問題……好難回答啊！」

艾莉絲逼近了羅獵，直勾勾盯著羅獵，質問道：「我不漂亮嗎？」

羅獵舉起雙手，討饒道：「你漂亮，你當然漂亮，你是天底下最漂亮的女孩。」

艾莉絲不依不饒，繼續質問：「那你喜歡我嗎？」

羅獵舉著雙手苦笑道：「喜歡，喜歡到了如癡如醉不能自拔的地步。」

艾莉絲嚷道：「上帝啊，告訴我，這個男孩子是不是在撒謊呢？」

羅獵遮住了嘴，放粗了嗓門道：「艾莉絲，我的孩子，諾力是個誠實的男人。」

艾莉絲咯咯笑開，坐回到了自己鋪位，像是想起了什麼心思，突然間垂下頭沉默下來。

羅獵關切問道：「艾莉絲，你怎麼了？」

艾莉絲再抬起頭來，雙眸中已是淚光點點，不無憂慮道：「席琳娜說，她也很喜歡你，可她並不希望我們回去，諾力，你能告訴我，這是什麼原因嗎？」

羅獵生瘧疾那會兒，席琳娜不單是精心照料羅獵，每天還陪著羅獵練習英文，說話聊天的時候，席琳娜多次提起到她的女兒，話裡言中，流露出來的全是對女兒滿滿的愛和思念。那時候，艾莉絲才離開三藩市一年多一點，如今又過了四年，席琳娜本應該對女兒的歸來望眼欲穿才對，又怎麼會不希望女兒回去呢？

羅獵心中一片茫然，只能默默搖頭。

「席琳娜在信中跟我說，她希望我們能留在紐約，再過兩年，等她退休了，就可以來紐約和我們一起生活。」

艾莉絲輕輕攏起墜在了額頭的一縷金髮，看了眼羅獵，眼睛中佈滿了愁雲：「可是，這跟我們去三藩市演出並順道探望她不衝突啊，你說是嗎？諾力。」

羅獵沉吟道：「可能……可能席琳娜有另外的想法，或者……或者她誤解了你的意思，還以為咱們去了三藩市就不回紐約了呢。」

艾莉絲苦笑道：「天哪，我已經說得夠清楚的了，席琳娜是一個讀過書的女人，怎麼會誤解我的意思呢？不管她了，反正我們都已經在火車上了，席琳娜就算想攔下我們，她也攔不住火車呀。」艾莉絲的愁雲來得快，去得也快，轉眼間又變回到了那個活潑好動的女郎上去了。「諾力，你看，我買了好多好吃的零食，吶，這是你最愛吃的奶糖。」

艾莉絲剝開兩塊奶糖，自己吃了一塊，將另一塊塞進了羅獵的嘴巴裡。

「諾力，這些年咱們到了好多地方，可是，你知道我想去的地方是哪兒麼？」艾莉絲含著奶糖，歪著頭，托著腮，愣愣地看著羅獵問道。

「不是這趟火車的目的地嗎？」

艾莉絲搖了搖頭，回道：「不是啦，告訴你吧，我最想去的是中國，是你的家鄉，諾力，我想親自去看看，那是一片怎樣神奇的土地，竟然養育出了你這麼帥氣的大男孩。」

四年光陰，羅獵已然從一名少年成長為了蓬勃青年，再也不會一聽到什麼不好意思的話便是立馬漲紅了臉。艾莉絲的這句露骨肉麻的稱讚沒讓羅獵產生害臊的感覺，反倒讓這貨生出了一副很是受用的樣子：「嗯，你的想法很不錯，我完全贊同。」

艾莉絲咯咯笑道：「我想，你的家鄉一定長滿了薔薇花。」

羅獵不解問道：「為什麼是薔薇，而不是牡丹呢？」

艾莉絲已經笑得不成了樣：「因為，因為貓咪要吃了薔薇花才能長得帥氣呀！」

男女同一間艙室並非像想像中那樣尷尬，師兄師姐們也沒有拿這件事來調侃羅獵，因而，羅獵得以拋開顧忌，盡情享受旅程的愉悅。

相比四年前從金山去紐約的那一趟旅行，如今的火車車速提升了不少，僅僅四天時間，火車便進入到了西部的猶他州，只需要再行駛個一天一夜，便可抵達了離開四年之久的金山。

師兄師姐們對這次金山之行也是充滿了憧憬，想當初，他們在師父的帶領下，也只能在唐人街一帶隨便搭個舞台演出給華人勞工看，票價低得可憐，辛苦演出一天，也就是能混飽了肚子。但如今搖身一變，已然成了全美利堅最有票房號召力的環球大馬戲團的台柱子，內心的那種唏噓自是不言而喻。

傍晚時分，大師兄趙大新招呼了大夥前去餐廳車廂吃完飯，坐下之後，剛上了第一道菜，那火車卻突然一震，像是撞到了什麼。

「不好，可能又遇到劫匪了！」趙大新驚呼一聲，連忙放下刀叉，將車窗窗簾掀開一道縫隙，向外望去。

火車又是一連串的震動搖晃，最終停了下來。

「大師兄，你看！」艾莉絲手指另外一側車窗，驚呼了起來。

火車另一側，在夕陽餘暉的映射下，一隊駿馬載著數名牛仔，正向火車這邊疾馳而來。

趙大新哀歎道：「這是遭了哪門子的邪？走的時候趕上了，回去時又趕上了！」

相鄰座位上是一對白人男女，男的顯得很緊張，可那女人卻頗為興奮，向趙大新搭話問道：「這位中國朋友，你見過火車劫匪是嗎？方便的話，我能採訪一下你嗎？耽誤不了你多長時間的。」

二師兄汪濤還以為那對白人男女聽不懂國語，於是便用國語嘟囔道：「簡直就是豬啊！這個時候還要採訪？」

誰知道，那白人女人居然聽得懂國語，而且還會說，只是稍顯生硬：「這位先生，希望你能像個紳士一樣，罵人，不好，罵女人，更加不好。」

汪濤還想分辯，卻被甘荷勸下了。甘荷勸住汪濤後，轉而對趙大新道：「師兄，咱們還是回去吧。」

趙大新卻搖了搖頭，回道：「回去更危險，咱們那節車廂肯定是劫匪首當其衝的目標，咱們不如留在這兒，相互間還好有個照應。」

艾莉絲早已經嚇得花容失色，偎依在羅獵身邊簌簌發抖，即便此刻，羅獵仍舊沒忘了戲弄艾莉絲：「別怕，有我呢，劫匪只是劫財，不會劫色。」

那對白人男女卻吵了起來，男人抱怨女人，說千不該萬不該答應了那女人的建議，要不然，也不會遇到劫匪。而那女人卻興奮說道：「我們是記者，就應該不怕危險，你知道嗎？有多少同事想遇到火車劫匪還始終無法如願呢！」

那女人的嗓門可是不小，自然引起了眾人的注視，羅獵瞅了那女人一眼，然後對艾莉絲笑道：「就算劫匪要劫色，也一定是先劫那個女人，劫匪喜歡成熟的，一定看不上你！」艾莉絲原本被嚇得哽咽了，聽了羅獵的話，卻是破涕為笑，捏起拳頭，捶了羅獵兩下，然後就勢偎依到了羅獵的懷中。

餐車的一端終於有了動靜，餐車的車廂門被猛地踹開，三名牛仔湧了進來。其中一絡腮鬍子滿臉橫肉的傢伙進到了車廂中後卻未再往前走，而是斜倚在車廂門框上，把玩著手中的左輪手槍。另兩名牛仔則一手拿槍一手拎著袋子，挨個座位索要錢物。

趙大新早已經拿出了安良堂的招牌，貼在了餐桌上，那兩名牛仔見到了，果然像上一次那樣，只是聳聳肩呲哼了一聲，便要略過。便在這時，其中一名牛仔看到了艾莉絲。

「噢，這小妞長得可真漂亮。」說著，那名牛仔便要伸手去摸艾莉絲的臉頰。

另一牛仔道：「漢米爾，別鬧，抓緊幹正事。」

叫漢米爾的牛仔笑道：「我已經三個月沒碰過女人了，就摸兩下，耽誤不了正事的。」說著，還是向艾莉絲伸出了手來。

羅獵一把抓住了漢米爾的手腕，另一隻手迅速跟上，抓住漢米爾的五指，一扣再一擰，使出了一招小擒拿的功夫，將漢米爾的胳臂反擰了過來，並順手下了漢米爾的槍。趙大新及時上前，指著安良堂招牌，道：「都是江湖朋友，還請高抬貴手。」

另一牛仔卻將槍口抵在了趙大新的腦門上，吼道：「哦，不，你們已經觸犯了規矩，讓你的人放了我的同伴，否則，我就一槍打爆你的腦袋。」

羅獵下了漢米爾的槍後，本不想把事情鬧大，可對方如此相逼，卻也只能以硬碰硬。「把你的槍放下，不然，我就一槍打爆你同伴的頭！」羅獵大吼一聲，同時用槍頂在了漢米爾的太陽穴處。

僵持中，一直斜靠在車廂門框上的第三個牛仔衝了過來，一把抓起了甘荷，用槍抵在了脖頸處，陰森道：「二比一，哦，不，三比一，這女人的肚子裡還有一條生命，怎麼樣，這交易可以成交嗎？」

羅獵歎口氣，緩緩地放下了手槍，在放下手槍的同時，看了眼趙大新。趙大新亦回了羅獵一個眼神。

重獲自由的漢米爾自然不肯放過羅獵，翻過身來便是一計擺拳，羅獵躲閃不及，被打中下巴，卻在踉蹌間悄然摸出飛刀，毫不猶豫反手揮出，一道寒光閃過，那抓著甘荷頭髮正要耀武揚威的牛仔登時鬆開了手丟掉了槍，雙手捂住了脖子，瞪著一雙極度驚詫的湛藍眼眸，緩緩地癱軟下去，雙手指縫中汨汨冒出了鮮血。

趙大新幾乎和羅獵同一時間向劫匪發難，趁面前劫匪一怔之時，身子向後一側，躲開槍口，同時右手摸出飛刀，以迅雷不及掩耳之勢抵住了那劫匪的喉嚨。

漢米爾一拳擊中了羅獵的下巴，但後腦勺上卻挨了汪濤的一盤子，吃痛的漢米爾咬牙切齒地轉身要來對付偷襲他的汪濤，可這時，脖頸處突覺一涼，便聽到羅獵的喝聲：「老實點，當心脖子被割斷了！」

電光火石間，局面陡然逆轉過來，而且被羅獵、趙大新以及另外三位師兄所牢牢控制，餐廳中的其他旅客見狀紛紛鼓起掌來。鄰座的那對白人男女更是不願意閑著，手忙腳亂地打開了行李箱，拿出了裡面的裝備，迅速組裝起來，待成型後才知道，原來是一台照相機。

羅獵、趙大新兄弟倆雖然控制住了局面，但也不敢懈怠，畢竟劫匪有十數人之多，而不僅僅是面前這三位。汪濤帶著另外兩名師弟將餐桌上的台布撕成了布條，將漢米爾以及另外一名劫匪捆成了粽子。這時，趙大新才騰出空來安排道：「小七，已經這樣了，開弓沒有回頭箭，咱們只能跟劫匪死拚到底了。車廂兩個門，咱們兄弟倆一人照顧一個。」

羅獵手中扣緊了一柄飛刀，點頭應道：「我左邊，你右邊。」說著，又去了鄰桌找了幾個盤子過來，摔成數個碎片，道：「飛刀用完了，咱們就用碎盤子片。」

趙大新轉而對師弟師妹們道：「你們都趴下，當心流彈。」

話音剛落，還真的響起了槍聲，槍聲起初還很凌亂，但轉瞬間，卻突然密集起來，只是，槍聲響起處，距離餐車似乎尚遠。槍聲雖密集，但也就是一小會，隨著火車外響起一聲號角，槍聲頓時稀疏下來，接著，車外便傳來了馬隊奔騰的聲響。

趙大新撩開車窗窗簾，看了兩眼，鬆了口氣，道：「劫匪好像撤了。」

羅獵急忙撲到車窗前，放眼望去，十數匹駿馬載著十多牛仔正向著夕陽的方向疾馳而去，隱約中，似乎看到了三匹空著背的駿馬。

再過了一會，車廂一側傳來了多人的腳步聲，羅獵再次緊張起來。

「我們是猶他州員警，車廂中情況怎麼樣？」一位稍上了年紀的白人舉著槍進到了餐車，亮出了員警證，隨後便看到了兩個被捆成粽子一般的劫匪還有躺在車廂地板上的劫匪屍體。「哦，上帝，沒想到這兒的戰鬥成果比主戰場還要輝煌。」

西部劫匪猖獗，人們哀聲載道，美利堅政府也是忍無可忍，撥出鉅款，並組建專門打擊西部劫匪的員警隊伍。只是，劫匪十分狡猾並驍勇善戰，四年來，員警多次與劫匪遭遇，但每一次激戰均是無功而返，反倒是自己這邊落下了個損失慘重的結果。

這一戰同樣如此，一通槍戰之後，劫匪揚長而去，似乎連受傷的都沒有一個，而員警這邊卻傷了三人。能聊以自慰的只是劫匪的搶劫行動只進行了一半便戛然而止，勉強可以算做成功挫敗了劫匪的搶劫活動。

卻沒想到，在餐車這邊居然有了意外的收穫。那名上了些年紀的老員警以及隨後湧過來的其他員警均是興奮不已。

「你們幾個，把屍體拖走，把這兩名劫匪押下去！」老員警吩咐之後，轉而對著趙大新道：「是誰幹掉的劫匪？錄個口供吧！」

羅獵陡然一驚，這才意識到自己居然殺了人。雖然殺的是一個人人均可得而誅之的劫匪，但殺人的滋味並不好受，羅獵只覺得胃口處一陣抽搐，差點嘔吐起來。

艾莉絲憐愛地將羅獵攬在了懷中，善解人意地安慰道：「沒事的，諾力，你做得對，這一切都會過去的，很快就會過去的。」

那位老員警隨即便明白了這個不住乾嘔的年輕人便是幹掉劫匪的小英雄，拍了下汪濤的肩，示意給他讓個座。坐到了羅獵對面後，那老員警先笑著對羅獵豎起了大拇指，然後道：「二十年前我第一次殺人的時候和你一樣，也是難過得不行，哦，對了，忘記問你，你聽得懂英文麼？」

羅獵艱難地點了點頭。

老員警道：「我想，你一定是迫於形勢才出手傷人的，是嗎？」

羅獵再點了點頭。

老員警會心一笑，道：「你是個善良的孩子，也是個勇敢的孩子，跟我說說當時的情況吧。」

艾莉絲為羅獵倒了杯水，只是洋人的火車上只提供冷水，而中國人習慣於喝熱水，羅獵接過水杯，只啜了一小口，便放下了杯子，「是這樣……」羅獵簡單將過程向老員警述說了一遍，說完之後，那種想嘔的感覺也減輕了許多。

老員警一邊聽，一邊飛速地記錄著，待羅獵說完，他就幾個細節處再和羅獵核對了一遍，然後將記錄遞給了羅獵：「你再看一遍，如果沒問題，在上面簽個名。」羅獵粗略地看了一遍，記錄很客觀，與事實基本上沒有出入，羅獵接過筆來，簽上了自己的名字。

「年輕人，你真的很棒，我會如實向上級彙報，你會得到應有的獎賞。」老員警合上了筆錄本，站起身跟羅獵握了下手，然後轉過身拍了拍趙大新的肩，告辭道：「祝你們好運。」

老員警這邊剛走，那邊，鄰座的那個白人女人便坐了過來，掏出了本子和筆後，遞給了羅獵一張名片，道：「我是三藩市郵報記者海倫・鮑威爾，我懇請您可以給我十分鐘的時間……」

羅獵斜靠在艾莉絲的肩上，很是痛苦地擺了擺手，艾莉絲替羅獵回絕了海倫：「親愛的女士，我想，你的視力應該沒問題，應該能看得出他現在很疲憊，很不舒服，您不能在別人痛苦的時候仍舊要求別人配合你的工作，是嗎？」

海倫抱歉笑道：「哦，對不起，但我希望能得到一個預約，比如明天上午，或者是中午，總之是火車到站之前都可以。」

海倫的糾纏，以及海倫那位男同事不住拍照時曝光燈的刺激，更讓羅獵感覺不舒服，他示意艾莉絲扶他起來，然後跟趙大新打了聲招呼：「大師兄，我很不舒服，我想回去睡一會。」

劫匪已去，火車重新啟動，安全應該沒有問題，於是趙大新點頭同意，並讓汪濤陪著艾莉絲一塊送羅獵回去，也好多一個照應。

「哦，您是諾力的大師兄？諾力不便接受採訪，但我想知道，您可以給我十分鐘的時間嗎？我只問五個問題，哦，不，三個問題也可以。」海倫沒能得到採訪羅獵的機會，立馬轉向了趙大新。很顯然，海倫是一個敬業且優秀的記者，單是從那位老員警給羅獵錄口供的過程中便知曉了羅獵的名字。

趙大新卻毫不猶豫地拒絕了海倫：「對不起，女士，我想我們還有許多事情要等著去做，實在抱歉抽不出時間來接受你的採訪。」

海倫無奈，只得歎息一聲，並聳了下肩膀。

火車餐車恢復了正常工作，很快為趙大新他們上齊了菜餚食物，師兄妹五人也沒有心思仔細品味，草草吃飽了，又為羅獵、艾莉絲還有二師兄汪濤打包了三人份的晚餐，一塊回到了臥鋪車廂。

羅獵始終沒能睡著，一閉上雙眼，腦海中便閃現出那滿臉橫肉的絡腮鬍子雙手捂住脖頸卻捂不住汩汩往外冒出鮮血的慘相。「是我殺了他！我原本可以不用殺了他的，我只需要用飛刀擊落他手中的槍就可以了啊！」看見大師兄進來，羅獵忍不住傾訴道。

大師兄將餐盒遞給了汪濤，並叫艾莉絲也過去吃東西，然後坐到了羅獵的身邊，安慰道：「你沒做錯什麼，小七，假若你沒有乾淨俐落地幹掉那傢伙，只是射落了他手中的槍，他仍舊有能力傷害你大師嫂，對麼？還有，你大師嫂懷了孩子，可經不起折騰啊，小七當時一定是保護大師嫂心切，才出了狠手的。」

羅獵的臉上現出了少許笑容，問道：「大師嫂她還好吧？」

趙大新笑道：「這不，幸虧你及時出手，她才能安然無事，放心吧，剛才吃了一個大漢堡哩。」

羅獵終於笑開了：「大師兄，等你有了兒子，一定要讓他拜我做師父。」

趙大新挑眉做出怒狀，道：「想報仇是不？記恨大師兄對你太嚴格了是不？」

羅獵點頭道：「嗯，被你猜中了，等你兒子落在了我手上，哼！看我一天不打他八頓，心疼死你。」

趙大新笑道：「那你大師嫂生的要是個女兒呢？」

羅獵道：「嗯……那我就夥同她一塊一天打你八頓。」

趙大新的一番話算是解開了羅獵的心結，心中那股子難受勁也隨機好多了，雖然腦海中還時不時就閃現出絡腮鬍子的那副慘樣，但至少不會再因此而打哆嗦乾嘔了。

晚上睡覺時，羅獵還擔心自己會被噩夢驚醒，但奇怪的是，這一夜睡得卻特別踏實，等一覺醒來，火車已經駛入了加州的境內。

也就是說，再過八個小時，便可以抵達目的地金山了。

頭天晚上沒吃飯，因而，早晨起來後，羅獵感覺餓餓難耐，於是，便拖著艾莉絲，要去餐車吃東西。剛進餐車，便看到了海倫・鮑威爾。

「嗨！諾力，再見到你真高興，請問，你做好接受我採訪的準備了麼？」海倫顯然是等了很久，因而，羅獵剛進了餐車，便被海倫看到了，她立刻起身迎了上來，並熱情地跟羅獵打著招呼。

對女人來說，自己的男人被另一個女人所糾纏，絕對是一件令人很不愉快的事情，哪怕明知道那女人糾纏的目的無非是一個簡單的採訪。因而，不用羅獵開口，艾莉絲便立刻懟了回去：「對不起，女士，我想諾力先生還沒有徹底恢復，是不方便接受你的採訪的……」起初說話還算客氣的艾莉絲說著說著突然發怒，惡狠狠咬著牙接著道：「現在不會，待會也不會，永遠都不會！希望你能明白這一點。」

海倫微笑面對，微微聳了下肩，回道：「漂亮的女士，我想，你並不能完全代表當事人，對麼？諾力先生。」

羅獵淡淡一笑，輕輕搖頭，道：「不，女士，你錯了，她完全可以代表我，我確實不想接受你的採訪，抱歉！」說完，羅獵牽著艾莉絲的手從海倫的面前經過，來到了餐車的吧台前，點了兩份早餐。艾莉絲在經過海倫身旁的時候，不由昂了下頭，甩下了一個傲嬌的眼神。

正在等餐的時候，兩位環球大馬戲團的洋人同事也來到了餐車，一見到羅獵，立刻走過來給了羅獵一個大大的擁抱：「諾力，我都聽說了，太棒了，諾力，你就是我們大夥心目中的英雄！」

羅獵勉強笑道：「哪有啊，其實，我也是怕得要命。」

另一同事道：「不，諾力，你就是英雄，你知道嗎？那幫劫匪已經猖獗了快十年了，就連員警也沒辦法，但你一出手，便活捉了兩個還幹掉了一個，嘖嘖，我們都為你感到驕傲呢！」

艾莉絲平日裡跟同事們相處得很是融洽，而這兩位同事也算是比較熟絡的，最關鍵還是男同事，因而，艾莉絲顯得很大方，主動和那兩位同事開起了玩笑：「知道諾力的厲害了嗎？哼，以後再見到艾莉絲的時候，一定要畢恭畢敬，不然的話，想想吧，你們會比劫匪還厲害嗎？」

那兩名同事哈哈大笑，道：「以後見到艾莉絲，一定要繞道離開。」

餐車服務員送上了羅獵點的早餐，而羅獵不樂意留在餐車中用餐，於是便叫服務員打了包，牽著艾莉絲便要離開。

海倫再一次迎了上來，尚未開口，便被羅獵伸手擋住。海倫苦笑攤手，目送羅獵和艾莉絲離開餐車後，便立刻靠近了羅獵的那兩位同事。

「嗨，兩位帥氣的先生，早上好，認識你們真是我的運氣，這是我的名片，我是金山郵報的記者，我叫海倫·鮑威爾……」

傍晚，火車終於抵達了金山。

先一步抵達金山的小安德森已然等在了車站，老闆親自前來迎接，令環球大馬戲團所有的演員員工都覺得很有臉面，雖然，他們心中很明白，老闆更多是因為彭家班才會來車站親自迎接的。

演出主辦方為環球大馬戲團的演出演員定下的是威亨酒店。威亨酒店在三藩市算不上名氣最大的酒店，但其裝潢設施卻是最豪華最齊全的酒店。

這座始建於五年前如今剛剛開業的酒店座落在金山黃金海岸邊上，整個酒店設計以金黃色為基調，瀰漫著濃郁的歐洲皇家風情，酒店大堂中有法蘭西的青銅裝飾，義大利的音樂噴泉，法蘭西的水晶燈，甚至還有來自於大清的玉雕。

這種等級的酒店自然價格不菲，酒店最低標準的房間也是雙人間，雙人間一天的費用就要達到十美元，也就是說，環球大馬戲團每一位演員的每天住宿費就在五美元以上。

為了這次金山演出，環球大馬戲團一共派出了五十餘名演員，這還不包括那些運輸各種參演動物的後勤人員以及飼養道具化妝等等輔助人員。當然，除了演員之外，其他人並沒有資格住進威亨酒店。

饒是如此，主辦方在安排環球大馬戲團的食宿上一天的花費也要超過四百美元。主辦方當然不是慈善機構，他們邀請環球大馬戲團前來金山演出的目的就是為了賺錢，這些費用，自然會折合到演出票價中去。

他們為環球大馬戲團的演出定下了三美元一張票的天價票價，這個票價，幾乎趕超了百老匯最頂級劇院上演的最火爆歌舞劇的票價。

如此高昂的票價卻無法阻止金山市民購票觀看環球大馬戲團演出的熱情，首日演出的兩千餘張票只售賣了不到兩個小時便已告罄，接下來的兩場加演也於當日賣出了九成以上。

稍有猶豫的人們打算於第二天再去購票的時候，難過地發現，所有的票均已賣完，想看到環球大馬戲團的演出就只能以更高價的價格向已經買了票的人去索購。

豪華酒店對艾莉絲有著強烈的誘惑力，但和回家相比，卻還是差了許多。「大師兄，我可以不跟大夥住在一起嗎？我想陪媽媽住幾天，您放心，我是不會耽誤排練和演出的。」

趙大新道：「當然可以，艾莉絲，祝你快樂。」

艾莉絲轉而對羅獵道：「諾力，難道你不想見到席琳娜女士嗎？現在可是一個很好的機會哦！」

羅獵回道：「我當然想，可是……」轉過頭看了眼趙大新，得到了趙大新的同意，羅獵歡快地上前拉住了艾莉絲的手：「我們走吧！」

趙大新在身後叫住了二人，從口袋中掏出了幾張一美元面額的美鈔，交到了羅獵的手中：「和艾莉絲叫輛計程車過去吧，這樣會節省不少的時間，晚上你可以留在艾莉絲家中吃完飯，但九點鐘之前必須回到酒店。」

羅獵接下錢，點頭表示記住了。

席琳娜獨自一人生活，為了節省開支，她在安東尼診所的附近租了一間單身公寓。公寓的條件很一般，甚或說有些簡陋，當艾莉絲找到這幢公寓時，看到此番景象，鼻子一酸，落下淚來：「席琳娜是為了我才這樣節儉的，可她並沒有必要這樣做啊，她在安東尼診所的收入並不低，而我也有了相當不錯的工作和收入，她完全可以住得好一些呀！」

羅獵攬過艾莉絲的肩，感慨道：「可憐天下父母心啊！」

艾莉絲對這句諺語卻不甚明白，側過臉來詢問道：「諾力，這句話是什麼意思呢？」

羅獵正想解釋，就聽到身後不遠處傳來一個中年婦女的聲音：「艾莉絲？真的是你嗎？艾莉絲！」

艾莉絲只聽聲音便分辨出那是媽媽席琳娜，立刻掙脫開羅獵的臂膀，轉過身，撲了過去：「媽媽，我是艾莉絲，我就是你的小金絲雀。」

母女倆激動地擁抱在了一起，將羅獵完全晾在了一邊。

過了好一會，艾莉絲的心情平復了一些，這才想起了羅獵：「媽媽，我來給您介紹，這就是我在信中多次向您提到的諾力。」

席琳娜盯著羅獵看了數秒，不禁遮住了口，驚詫道：「天哪，難以置信，你就是那個小天使諾力？」

羅獵張開了雙臂，笑著回道：「是的，席琳娜，我就是諾力，諾力這個名字，還是你給我起的呢！」

席琳娜大叫一聲，丟下了手中的包，張開雙臂，迎上前，緊緊地抱住了羅獵：「上帝啊，當年你可還是個孩子，可一晃眼，就成了一個大男人了！」

羅獵道：「席琳娜，四年不見了，你還好麼？」

席琳娜鬆開了羅獵，向後撤了兩步，再將羅獵仔細打量了一遍，不由讚美道：「不單只是個大男人，而且，還是一個非常帥氣的大男人，難怪艾莉絲會那麼喜歡你！」席琳娜說著，再一次擁抱了羅獵，還親吻了羅獵的雙頰。

艾莉絲在身後嗔怒道：「席琳娜，你的小金絲雀可沒你說的那樣膚淺，即便諾力發生了變故，不再那麼帥氣了，艾莉絲也一樣愛他，永遠不會改變。」

席琳娜聽到了艾莉絲的抱怨，這才放過了羅獵，轉而接過艾莉絲遞過來的肩包，露出了開心的笑容，「哦，我都忘記了，你們兩個一定很餓了吧，席琳娜請你們吃晚餐去。」

艾莉絲撅起了嘴來，扭著身子道：「可是，我更想吃到媽媽做的晚餐。」

對絕大多數人來說，孩童時期吃到的媽媽做的美食可能是一輩子都難以忘卻的，席琳娜或許是因為艾莉絲的這個要求而想起了自己的童年，面龐上登時顯示出滿滿的幸福感。「好啊，那今晚咱們三個就在家裡吃。」席琳娜的廚藝相當不錯，一道開胃菜和一道主菜被羅獵吃了個精光，以至於後面的甜點都有些吃不下了。吃飯時，艾莉絲向席琳娜述說著她離開金山遠赴紐約求學工作的種種往事，這些事，其實艾莉絲在信中均有提及，但席琳娜還是像第一次聽說那樣，充滿了好奇驚喜。

「哦，媽媽，差點忘了給你說最重要的一件事了。咱們的諾力是一個大英雄，他在火車上親手殺死了一名劫匪，還和大師兄一起活捉了兩名劫匪。」

席琳娜驚呼道：「上帝啊，這太可怕了，諾力，你哪來這麼大的膽子，竟然敢反抗劫匪？上帝啊，你要知道，那些劫匪都是一些殺人如麻的狠心傢伙啊！」

羅獵淡淡一笑，道：「席琳娜，當時劫匪要侵犯艾莉絲，我必須保護艾莉絲。在這個世界上，只有諾力才能欺負艾莉絲，對麼？艾莉絲。」

艾莉絲咯咯笑道：「可是，艾莉絲有大師兄的保護，還有二師兄，三師姐，四師姐，五師兄，六師兄，他們都會站在艾莉絲這一邊，所以，諾力，你最好還是放老實點，欺負艾莉絲是沒有好下場的。」

羅獵撇著嘴苦笑道：「是的，沒錯，我為此已經吃過很多次虧了，但諾力是一個堅持不懈的人，即便萬般艱難，但還是要堅持欺負你。」

這二人的拌嘴對席琳娜來說也就是一聽一樂的事，可她卻記下了羅獵的第一句話，是因為劫匪要侵犯艾莉絲，所以羅獵才會甘冒那麼大的風險反抗劫匪。

「艾莉絲，我真為你高興，能遇到像諾力這樣有擔當有勇氣的男孩，真的是你的福氣，你可要好好珍惜哦！」

羅獵趕在艾莉絲之前回應道：「席琳娜，謝謝你。」

席琳娜疑道：「為什麼要突然謝謝我呢？哦，我知道了，你是想起來四年前你生病的事情了吧，我是一名護士，照顧病人是我的本職工作，你不用太過在意。」

羅獵搖頭道：「不，席琳娜，你誤會了，我的意思是說謝謝你養育出了這麼優秀的女兒。」

艾莉絲突然嚷道：「諾力，你用詞不當，不能只說優秀，必須要強調漂亮。」

席琳娜笑道：「當然，最好再加上一個單詞，無禮的。」

艾莉絲聽了，不由嗔怒：「媽媽！你可不能這樣說你的女兒。」

羅獵道：「我之所以不用漂亮來描述艾莉絲，是因為艾莉絲的美麗是有目共睹的，就連瞎子都能感受得到。」言語中說到了瞎子，羅獵的心弦陡然間被撥動了一下，四年了，瞎子安翟跟著師父老鬼回國四年了，起初還有些書信往來，可是，近兩年卻是音信全無。瞎子還好麼？師父還好麼？

艾莉絲和羅獵心意相通，看到羅獵神色有異，立刻知曉了其中緣由，於是安慰道：「諾力，別想太多，安翟和師父好人有好報。」

聽到了安翟的名字，席琳娜想到了四年前的那個小胖子，好奇問道：「諾力，艾莉絲說的安翟是不是跟你一起從曹濱安良堂中逃走的那個小胖子呢？」

羅獵情緒稍顯低落，但還是簡單將之後安翟的一些情況告訴了席琳娜，最後說道：「安翟是我最好的朋友，我們倆被人綁架的時候，他原本是有機會逃走的，可是他為了我卻放棄了逃走的機會，額頭上還挨了壞人的一鐵棍，差一點就死掉了。」但隨後便想到安翟因禍得福，成就了一雙夜鷹之眼，羅獵不由笑開了：「那一鐵棍雖然沒能要了安翟的性命，卻也將他的一雙眼睛弄成了瞎子，大白天，就算只有三五米遠，他都看不清楚一張臉來。」

艾莉絲插話道：「所以，我們就給他起了個綽號叫瞎子。」

席琳娜面有慍色，道：「艾莉絲，你不能拿別人的痛苦來開玩笑，這種做法是很不禮貌的。」

艾莉絲辯解道：「可是，這是安翟自己要求的啊！」

羅獵止住了那母女兩個的繼續爭辯，接著道：「艾莉絲說得沒錯，安翟很喜歡瞎子這個綽號，另外，他也不是真瞎，他只是在強光下看不清東西，到了晚上光線暗淡下來後，他倒是比誰看得都清楚。我師父說，他這叫夜鷹眼，一百年或許都出不了一個來。」

席琳娜雖說只是一名護士，但長期跟安東尼出診，對醫學知識瞭解頗多，她仔細回想了一下，卻沒能想到在哪本醫學書上對安翟的這種情況有過記錄或是解釋，只能跟著感慨道：「這可真是個醫學奇蹟啊！」

眼看著時間已經快到八點鐘了，羅獵惦記著大師兄的九點前必須回到酒店的告誡，於是便準備告辭，艾莉絲依依不捨卻也只能起身相送，並道：「諾力，請轉告大師兄，明日一早八點鐘我會準時跟大夥相見並參加排練。」

席琳娜驚呼道：「艾莉絲，你在說什麼？排練？天哪，難道你真的會登台演出嗎？」

艾莉絲驕傲道：「那當然，我和諾力還是壓軸演出呢！」

席琳娜捂著雙眼痛苦道：「上帝啊，我都做了些什麼呀，我居然不相信艾莉絲，我以為她在信中說的那些只是在寬慰我，我該怎麼做呢？我為什麼沒去買票呢？」

艾莉絲抱住了席琳娜，道：「媽媽，你別難過了，三美元一張票實在是太貴了，如果你想看艾莉絲的表演，我可以和諾力在家裡演給你看啊！」

席琳娜是真的很痛苦，依舊捂著眼睛不住搖頭，手指縫中滲出了淚水。

羅獵道：「席琳娜，我可以去問問小安德森先生，或許他手中還有餘票呢。」

席琳娜這才鬆開了雙手，雙眼中飽含著淚花，道：「謝謝你，諾力，我是真的很想看到艾莉絲站在舞台上的樣子。可是，我為什麼沒有相信艾莉絲在信中告訴我的那些情況呢？我真的不配做一個媽媽。」

艾莉絲抱緊了席琳娜，哽咽道：「不，媽媽，你是天底下最好的媽媽，不管怎樣，艾莉絲都愛你。」

羅獵忽然笑道：「席琳娜，我還有一個辦法可以讓你看到艾莉絲的演出，假若小安德森先生沒有了票，那我就帶你進劇院的後台，在那兒，雖然看不到艾莉絲的正面，但也一樣能看得清整個舞台。這一點我向你保證，我一定能做得到。」

席琳娜這才好過了一些。

第二天吃早餐的時候，羅獵見到了小安德森。

「哦，諾力，實在抱歉，我的手上也沒有餘票，太晚了，一張都沒剩下。」面對羅獵的請求，小安德森顯得很遺憾。

羅獵略有失望，但隨即提出了第二個請求：「可是，小安德森先生，艾莉絲的媽媽真的很想看到她女兒的演出，如果沒有票的話，那我能不能把她帶到後台呢？」

小安德森先生道：「是艾莉絲的媽媽？嗯，我很能理解一個做母親的心情，諾力，你看這樣好不好，請艾莉絲的媽媽來我的包廂觀看演出，我可以讓主辦方為她加個座位。」

羅獵激動道：「那真是太好了！小安德森先生，我替艾莉絲和她媽媽謝謝您。」

小安德森道：「不，不，是我們的工作沒做好，艾莉絲是咱們環球大馬戲團的重要演員，我早就該想到，金山是她的家鄉，她一定會有票務上的需求的。諾力，請將我的歉意轉告給艾莉絲，我會盡力彌補所犯下的錯誤。」

只是在包廂中加個座位而已，但經過小安德森這番言語表達出來之後，卻是令羅獵異常感動。

席琳娜觀看演出的事情有了著落，羅獵的心情也放鬆下來，向小安德森先生再次致謝後，羅獵端著食盤便要到另一張桌台上去就餐，小安德森卻叫住了羅獵：「嘿，諾力，別離開我啊，我還有別的事情要跟你溝通呢！」

小安德森先生對員工非常和藹，但畢竟其身分是老闆，跟老闆同桌吃飯總是有些拘謹，可是，小安德森已經開口了，羅獵也只好坐了下來。

「我聽說你和你大師兄在紐約最後一場演出中成功表演了飛刀射飛刀的節目？」說到了這場節目，小安德森的眼神中充滿了驚奇。「天哪，我得到這個消息的時候簡直是不敢相信，諾力，你們是怎麼做到的呢？」

羅獵淡淡一笑，停下了刀叉，回答道：「沒有什麼特別的，小安德森先生，只有勤學苦練，再加上大師兄教得好，所以我才練成了這項絕技。」

小安德森吃著東西，做了個手勢，示意羅獵不必拘謹，「有沒有興趣將這個節目搬上金山的舞台？我想，如果你們能成功演出這個節目的話，三藩市的人們一定會瘋狂的，他們會認為三美元一張的門票實在是太划算了。」

羅獵規規矩矩應道：「這個，我可能需要跟大師兄商量一下。」

小安德森點了點頭，道：「我還聽說了一件事，在火車上你們遇到劫匪了？你和你大師兄聯手殺了劫匪？」

羅獵道：「是的，小安德森先生，我們並不想惹事，可劫匪的行為令我們忍無可忍。」

小安德森道：「我可沒有埋怨你們招惹是非的意思，我是想說，你們幹得漂亮，我為你們的勇敢感到自豪，你和你的大師兄，包括你們彭家班其他師兄師姐，都是好樣的！」

羅獵道：「謝謝小安德森先生的理解和讚揚。」

這時，彭家班的其他成員也取好了食物，小安德森招呼他們過來坐在了同一張圓桌，話題自然離不開火車上的那檔子事，聊到大夥都吃了個差不多的時候，小安德森將話題轉移到了當晚的演出節目上來。

趙大新道：「說實話，我們創作這個節目的時候，也沒想到觀眾的反應會那麼熱烈，表演的難度並不大，奉獻給三藩市觀眾也是應該，你說呢，小七？」

羅獵吃著東西，點了點頭，道：「我聽你的，大師兄。」

早餐後，大夥去了演出場地。演出主辦方對環球大馬戲團的招待規格絕對是一流的，但就是有一點做得不夠，沒有給馬戲團提供可以彩排練功的地方，唯一能用的便是現場的演出舞台。而那些需要用到動物的節目更需要適應場地，因而，彭家班的人為了把時間節省下來給別的節目，只是稍微熟悉了一下場地便算是完成了彩排。

當晚的演出非常精彩，先前上演的節目博得了觀眾們的陣陣掌聲，待到報幕員報出接下來將上演本場演出的最後一個節目的時候，所有觀眾均是翹首以盼，他們知道，能作為壓軸演出的節目一定是最為精彩的節目。

趙大新和艾莉絲首先登場，按照設定的情節，他們兩個做為搭檔表演了傳統的飛刀節目，這時，羅獵和四師姐登台，展露出更加精妙的飛刀絕技來，艾莉絲被羅獵所吸引，要和羅獵成為搭檔，趙大新吃醋，提出跟羅獵決鬥，從而完成最終的飛刀射飛刀。

趙大新的技藝沒得說，和艾莉絲配合得極為默契，贏得了觀眾們的數次掌聲。待到羅獵登場，觀眾的熱情已被點燃。

可就在這時，意外出現了。

羅獵手扣飛刀，正欲揮手發出的時候，眼前突然閃現出那名劫匪手捂脖頸鮮血汩汩冒出的景象，羅獵一怔之後，眼前劫匪的面容忽地又變成了四師姐的模樣。羅獵猛地甩頭，想將眼前的幻覺甩掉，可是，那幻覺卻越發清晰。

羅獵心慌意亂，只覺得頭腦一陣眩暈，不自覺地抱住了腦袋蹲了下來。

舞台上，趙大新、艾莉絲還有四師姐急忙圍了上來。

舞台下，觀眾們早已經亂作了一團。

演員身體有異樣，表演不下去，這一點，觀眾們可以理解，但是，既然演員身體有異樣，為什麼還要安排演出，不能事先調整節目嗎？這一點，才是觀眾們的意見所在。

包廂中，小安德森先生起初還輕鬆地跟席琳娜聊天說話，誇讚艾莉絲是一個不可多得的好演員，卻見席琳娜的笑容突然凝固，轉頭再看，台上台下已經亂成了一鍋粥。

節目演出失敗，這在馬戲表演中實屬正常，多數情況下，觀眾們都會以起立鼓掌的形式來表達對失敗演員的尊重和鼓勵。但這次不一樣，那個帥氣的東方小夥子並不是失手出錯，而是身體有明顯不適，根本不適合演出。在不適合演出的情況下還要強行登台，這使得觀眾們感覺被愚弄了，因而聚集在劇院中吵吵嚷嚷不肯離去。

主辦方手足無措，只能求助於小安德森。

小安德森先到了後台找到了趙大新瞭解情況，趙大新解釋道：「羅獵在火車上殺了人，有了心理陰影，我開導過他，覺得他應該沒問題了，誰知道，剛才在舞台上又不行了。」

小安德森點頭表示了理解，並關照彭家班其他成員好好照顧羅獵，然後登上了舞台，向觀眾們解釋道：「女士們，先生們，請安靜一下，我是環球大馬戲團的總經理小安德森，就剛才的事件，我向你們表示最誠摯的歉意，同時，也要做些解釋。」

洋人們這一點倒是挺好，雖然一個個肚子裡都是意見紛紛，但當小安德森要做解釋的時候，大家還是給了他機會。

「剛才在台上暈倒的演員叫羅獵，是一個非常優秀的小夥子，他誠實，善良，勇敢，富有正義心，就在前來三藩市的火車上，他親手殺死了一名劫匪，還和他的大師兄一起活捉了兩名劫匪。可是，一個善良的孩子被迫殺了人，這種感覺並不好，剛才就在這台上，他的眼前突然出現了當時的景象，所以，他才會暈倒，所以，我想你們應該原諒他！」

待小安德森解釋完，觀眾們居然爆發出了一陣哄笑。

編什麼理由不好呢？居然能編出殺了劫匪的這種理由？真是可笑，那劫匪能是這麼容易對付的嗎？政府動用了那麼多的警力，花了那麼長的時間，可是連一名劫匪也沒抓到，就憑你環球大馬戲團的一名演員就能殺了一名活捉兩名了？

觀眾們被愚弄的感覺更加強烈。

後台中，羅獵非常痛苦，艾莉絲抱著羅獵，不住聲的安慰著。

「大師兄，我想，我可能再也無法登台了。」

趙大新道：「小七，別想太多，艾莉絲說得對，時間會沖淡一切，我相信，你一定能夠重新站到舞台上，而且，比以前更要光彩奪目。」

艾莉絲跟道：「是的，諾力，你千萬不要灰心，相信自己，你一定能夠戰勝自己的。」

羅獵雙手抱緊了腦袋，緊閉著雙眼，搖頭道：「我對不起彭家班，對不起環球大馬戲團，對不起小安德森先生，更對不起師父。」

趙大新輕歎一聲，坐到了羅獵的身邊，柔聲道：「小七，大師兄當年經歷過和你一樣的事情，那時候，大師兄和你差不多大，但飛刀技藝卻遠不如你，有一年，我跟師父一起去演出，路上遇到了幾個小流氓在欺負一個小女孩，師父看到了，忍不住便把那幾個小流氓教訓了一頓，可當時那幾個小流氓中有一個人摸出了刀來要在背後偷襲師父，我情急之下，便用飛刀射向了他。那個小流氓當場就死了，師父怕我吃官司，於是便帶著我遠渡重洋，來到了美利堅。」

二師兄汪濤過來跟道：「我，還有三師姐，四師姐，以及五師兄六師兄，都是師父在美利堅收下的。」

趙大新接著道：「那段時間，我也是一閉眼就想到了那個小流氓慘死的樣子。但是啊，小七，如果當時大師兄不出手，那個小流氓的刀子便有可能扎進師父的身子，你說，我殺他對還是不對呢？」

羅獵微微點頭，道：「對，當然對。」

趙大新長歎一聲，道：「這不是和你火車上的情況一樣麼？」

羅獵道：「道理我都懂，大師兄，可是我就是控制不住自己，一閃現出那個景象，我便手腳發抖。」

趙大新道：「我能理解，師父帶我來到了美利堅的時候，距離我殺了那個小流氓都過去了快半個月了，可我一樣登不了舞台。小七，錯不在你，在大師兄，大師兄應該能想到你的問題，不該安排你在這種情況下繼續登台。但是呢，你也不應該灰心喪氣，慢慢來，總一天你會忘掉它的，大師兄不就熬過來了嗎？小七，你的各項素質，可是比大師兄要優秀多了，這可不是大師兄在恭維你，這是師父說過的呀。」

師父確是誇讚過羅獵，說他是難得一見的練武奇才，而且非常適合練習飛刀，只要肯刻苦，成就必將超越大師兄。事實也證明了師父的話並非妄言，單論飛刀技藝，如今的羅獵真不在大師兄之下，就是舞台表演經驗上，還是比大師兄有所欠缺。

趙大新的這番話重新激發起了羅獵的鬥志，他點了點頭，道：「大師兄，我記下了，我一定會堅持下去。」

安頓好了羅獵，趙大新步出後台，想去舞台上助小安德森一臂之力。汪濤追了上來，問道：「師兄，你真的殺過人？」

趙大新苦笑道：「不這麼說，怎麼能安撫得了羅獵呢？」

第三章

幸運女神

海倫沒能採訪到當事人，
無論是羅獵還是趙大新，亦或彭家班的其他人。
但幸運女神還是眷顧了這位敬業的女記者，
苦等羅獵近兩個小時並被羅獵、艾莉絲無情拒絕後，
她終於採訪到了羅獵的兩名洋人同事。

回到舞台上，小安德森已經是大汗淋漓頗有些招架不住的樣子，見到趙大新走上來，也沒說話，只是搖了搖頭，輕歎了一聲。

趙大新走到了舞台前沿，雙手抱拳，一揖至地。

觀眾們識得趙大新，對他在羅獵上台之前的表演還算滿意，見他出來後鞠了這麼深的一個躬，不知道他想說些什麼，於是便逐漸安靜下來。

「各位，實在抱歉，我非常理解你們的憤怒，是我的錯。」說到這兒，趙大新又是一揖至地。

願意花三美元看一場馬戲演出的人都不是窮人，這些有錢有身分的人並不喜歡起哄鬧事，他們只是覺得被節目演出方所愚弄而有些不快，如今終於看到有人出來認錯道歉，大多數人便已經準備接受道歉並離場了。

可這時，趙大新卻多嘴繼續解釋道：「我師弟就在前天的火車上親手殺死了一名劫匪……」

此言一出，已經平靜下來的觀眾情緒再次爆發。

這已經不再是沒有誠意的牽強解釋了，這分明是聯合起來愚弄觀眾呀！

憤怒的觀眾再也無法忍受，局面一度失控，部分觀眾甚至還向舞台上投擲雜物。

所幸，這時候員警到場了。

當著員警的面，觀眾們不便再繼續發洩心中的不滿，局面這才有所平穩，觀眾們開始陸續退場。

等事件完全平息，小安德森和趙大新回到了後台。

趙大新道：「小安德森先生，實在抱歉，是我錯誤地估計了羅獵的狀況，造成今天的局面，我有不可推卸的責任。」

小安德森先生一聲長歎，道：「這不能全怪你，趙先生，我們都高估了諾力的心理素質，實際上，很多員警都難以度過第一次殺人後的心理陰影。」

趙大新道：「謝謝小安德森先生的理解，可是，我不明白，三藩市的觀眾為什麼沒有足夠的包容性呢？」

這在這時，主辦方的一位高層人士走了過來，一見到小安德森便不住地歎氣搖頭，並抱怨道：「小安德森先生，無論那位小夥發生了什麼，你也不能編造故事來哄騙觀眾啊！金山雖然比不上紐約，但金山的人民和紐約人民有著一樣的素質，他們不是不願意包容演員在舞台上的失誤，但是，他們也一樣不願意被謊言所愚弄。小安德森先生，不單是觀眾們對你的解釋很不滿意，我方經認真研究，也認為你在舞台上的那番話說得極不妥當，我想，你欠了我們一個道歉，同時也欠了金山人民一個道歉。」

小安德森先生鬱悶道：「哦，不，喬治，你的話我不能接受，我在舞台上說的每一個字都是事實，絕無半點謊言。」

喬治聳了下肩，臉上寫滿了不屑，道：「小安德森先生，很遺憾，就在剛才，我們已經向金山警察局核實過，不錯，那趟火車上確實發生了劫匪搶劫的事件，員警與劫匪發生了激烈的槍戰，但很遺憾，沒有一名劫匪被擊斃，也沒有劫匪被抓捕，所以，我們認為你，環球大馬戲團的總經理小安德森先生並不是一個誠實的人。不過，我們之間的合約還要執行下去，我們該支付給你的款項也會一分不少地支付給你，但我想，我們之間的合作應該到此為止不再有今後了。」

趙大新想插話解釋，卻被小安德森制止了。小安德森笑了笑，微微搖了下頭，道：「好吧，喬治，我無法拿出令人信服的證據，因此，也無法反駁你。不過，我希望當你知道你錯了的時候，會主動跟我聯繫。」

小安德森的話音剛落，喬治的一名同事便衝了過來，手中高舉著一份報紙，邊跑邊喊：「喬治，喬治！天哪，真希望你什麼都沒來得及說！」

喬治的同事手中拿著的是金山郵報，頭版的整一版只有一篇報導：飛刀英雄橫空出世，火車劫匪一死兩活捉。

海倫・鮑威爾沒能採訪到當事人，無論是羅獵還是趙大新，亦或彭家班的其他人。但幸運女神還是眷顧了這位敬業的女記者，在餐車上苦等羅獵近兩個小時並被羅獵、艾莉絲無情拒絕後，她終於採訪到了羅獵的兩名洋人同事。

在獲得了羅獵的一些基本資訊後，海倫立刻下筆，以第一視角還原了當時在餐車上發生的這驚險一幕。待火車到站，海倫一分鐘也沒耽誤，迅速回到了金山郵報報社，連行李都沒放下，便衝進了主編的辦公室。

主編看過海倫的稿件後非常震驚，說實話，他對海倫的報導根本不敢相信，然而，海倫在記者的崗位上做了近十年，從來沒有出現過虛假報導的事情，單憑這一點，那主編又不得不相信。海倫的同事在第一時間將照片沖洗出來，送到了主編辦公室。主編看到了這些照片，尤其是那張老員警在給羅獵錄口供的那張照片的時候，他是徹底相信了這件事。

三藩市郵報是一周雙刊，新的一期刊物的發行日剛好是第二天，但是，刊物內容已經確定，正準備送往印刷廠印刷。這給了主編一個不小的難題。若是調整板面，勢必會影響到如期發行，但若是以副刊行事發表，又顯得有些輕重不分。猶豫再三，主編最終決定，將刊物的拍板撤回來，重新調整後再去印刷，哪怕因此而耽擱了明天上午的正常發行時間。

因而，這一期的金山郵報一直拖到了晚上才開始發行，而這時，許多報刊售賣點已經下班關門了，但為了及時取得轟動效應，報刊發行方緊急動員了數百名自家員工上街兜售金山郵報。

而這時，正是趙大新出來向觀眾們道歉的時刻。

火車劫匪對金山人們來說確實是一件很令人頭痛的事情，從金山駛往紐約的直達火車既方便又經濟，而是還最為便捷。正因為連年鬧出火車被劫的案件，不少人無辜死在了劫匪的槍口下，更多人為此損失了大量的財物，因而，金山人們對這趟火車甚至產生了恐懼心裡，許多不得不出行至東海岸的人寧願選擇繞道，多花一倍以上的金錢和時間。

迫於民眾壓力，加州聯合內華達州以及猶他州，組建了一支專門針對這夥劫匪的員警隊伍，然而，廣袤的西部地區人口密度相當稀少，騎術精湛的劫匪們打聲呼哨轉眼間就能不見蹤影，員警們追不得查不到，只能在火車上守株待兔。然而，那幫劫匪的嗅覺非常靈敏，火車上的員警若是多了，那麼他們肯定不會露面，但當員警一旦下車，或是減少到了不足十人的時候，他們便會在意想不到的地方殺出來。

數年下來，員警們連劫匪的皮毛都沒傷到，反而是自身損失慘重，為此獻出生命的員警已經多達二十餘人，受傷致殘者更有數倍之多。

似乎是員警無能，但是，但凡經歷過火車被劫的人們卻是十分理解員警的難處。劫匪作案時必先讓火車停下來，此時，劫匪騎著快馬行動非常迅速，若員警在這個時候向劫匪發起攻擊，雖然有車廂為掩體，卻只有被動挨打的份，同時還要承擔同車廂旅客被流彈所傷亡的風險。若等到劫匪上了車的時候再動手，那麼，劫匪只需要用一兩個人便可以封住整節車廂的門，他們打得過就打，打不過就跑，但員警卻始終只能待在火車上。

時間久了，人們的不滿微詞也漸漸稀落了，無奈已然使得民眾產生了麻木接受的心理，但凡要乘坐火車東行，就一定要為劫匪準備好適當的財物，遇上了，那是命中註定，沒遇上，那是幸運女神的眷顧。

在這種心理背景下說一個馬戲團的年輕演員幹掉了一名劫匪並活捉了兩名，有誰會願意相信呢？

但是，當金山郵報用頭版一整版的版面刊登了海倫•鮑威爾的報導時，人們震驚了。這顯然不是一則虛假報導，版面中穿插排放的八幅照片足以證明其真實性，而照片中的那位老員警更是金山人們最為熟悉的員警，四年來，正是他率領著金山員警隊伍戰鬥在這條鐵路線上。

看到報刊的人們紛紛致電三藩市警察局，想再核實一下金山郵報的這篇報導的真實性，可是，得到的回覆要麼是查無此事，要麼是無可奉告。

金山警察局基本偏向於否定的態度，再加上報刊發行的時間實在太晚，受眾只是極少數，因而，這個消息在當日並沒有達到報社引發出轟動效果的目的，就像是往風平浪靜的湖面上投了一塊石頭，激起了那麼一小朵浪花後便趨於平靜。

到了第二天，金山郵報擺在了各個售賣點的貨架上，買了報刊看到此篇報導的人們多了起來，而從早晨一上班開始，警察局的回應也發生了轉變，從查無此事或是無可奉告轉變成了情況屬實，於是，報社想要的轟動效應終於出來了。報刊在各個售賣點上僅僅一個小時的時間便宣告售罄，報社緊急加印了五萬份投放了市場，又是不到一個小時便賣了個精光，金山的市民們不滿足於傳閱，更想親自擁有這篇報導並做珍藏，於是便聚集到了報社門口，要求報社繼續加印。

昨晚觀看了環球大馬戲團演出的觀眾們也有相當一部分看到了此篇報導，此時，他們才認識到那位叫小安德森的總經理先生並沒有撒謊，而之後出來向觀眾們深深鞠了兩個躬的演員不單沒有撒謊，而且還是幹掉一名劫匪並活捉兩名的參與者。可自己偏偏不信，用言語和哄笑回敬了英雄不說，甚至還向舞台上投擲了雜物，太遺憾了，必須要向人家道歉。

人們打探不到環球大馬戲團的下榻地點，能做的也只是聚集在昨天觀看演出的劇院之外，想著等環球大馬戲團的人前來劇院演出的時候，送上自己的一份歉意再加上一份由衷的敬意。

還有更多的人很想一睹英雄音容相貌，打探到了環球大馬戲團的演出劇院，也跟著聚集在了劇院門口，等到載著馬戲團演員的大巴車緩緩駛來的時候，劇院四周早已是被堵得水泄不通了。

主辦方和馬戲團輔助人員花了大力氣才勉強開出了一條通道，將演員們送進了劇院後台，但開演時間卻整整晚了一個小時。第一個節目的演員剛一亮相，全場觀眾不約而同起立鼓掌，之後，每一個演員都得到了相同待遇，整場演出，觀眾們幾乎是站著看完，等到整場節目演完，觀眾們沒有一個願意離場，站立在自己的座位前，整整齊齊地鼓著掌。

演員們集體謝幕了三次，可觀眾們仍然不依不饒，但見演出方始終沒能明白他們的意願，小部分觀眾開始叫嚷：「我們要看到諾力！」

喬治找到小安德森緊急磋商，小安德森卻攤開了雙手，回道：「諾力，還有他的彭家班其他成員，昨天晚上已經離開了威亨酒店，他們說，喬治先生深深地傷害了他們，他們不再願意和喬治先生繼續合作，吶，這是他們前一晚在威亨酒店的住宿費，托我轉交給你。」

喬治漲紅了臉，囁啜道：「小安德森先生，我十分抱歉，我對我昨天的不當言論向你，向環球大馬戲團的所有成員表示歉意。」

小安德森搖了搖頭，撇嘴道：「不，喬治，你昨天的言論不是不當，而是荒謬，觀眾不瞭解我小安德森，也不瞭解環球大馬戲團，他們對我以及馬戲團產生了誤解和不信，這一點，我能理解，但是，喬治，你是應該瞭解我的，可是你仍舊說出了那番荒謬的言論……我很失望。彭家班的演員退掉了威亨酒店的房間後我就一直在思考，我不能和一個對我缺乏信任的人繼續合作下去，為了觀眾，我會讓我的演員堅持演完這兩場，但今後，喬治，我想我們應該沒有今後了。」

喬治異常尷尬，卻還要爭取最後一絲希望：「小安德森先生，你聽我解釋……」

小安德森站住了腳，一臉平靜道：「好吧，念在我們相識一場的份上，我可以再花費幾分鐘時間聽聽你的說法。」

喬治長歎一聲，道：「小安德森先生，你遠在紐約，可能對那幫劫匪知之甚少，那麼多員警用了四五年的時間都沒能擊斃或是抓住一名劫匪，你讓我怎麼能相信一個馬戲演員便能夠殺了其中一名還活捉了兩名呢？小安德森先生，我想請你換位思考一下，或許，交換之後，你會產生和我一樣的思想。」

小安德森緩緩搖頭，道：「喬治，問題的根本並不在此，當我聽到這個消息的時候，我以為是我的員工在跟我開玩笑，但我絕對不會斥責我的員工在撒謊。好了，我給了你額外的時間，但你卻沒能改變我的決定。」

小安德森對人和善，那是因為別人沒招惹到他。

像喬治這樣當面用言語羞辱了小安德森的人，小安德森卻是要報復到底。彭家班退掉威亨酒店的住房並不是趙大新的意思，而是小安德森提出的建議。趙大新對喬治的那番羞辱也是憤恨不已，因而，不需要小安德森多說什麼，他立刻帶著彭家班的人離開了威亨酒店。

小安德森自然不能虧待了趙大新他們，在距離劇院不遠處為彭家班訂了另一家同等檔次酒店的房間，另外還給了趙大新在酒店中隨意消費的權力，讓趙大新帶著師弟師妹們好好放鬆一下。

趙大新也沒跟小安德森客氣，當晚，馬戲團在演出的時候，他在酒店餐廳中訂了座位，邀請了席琳娜還有安東尼醫生共進晚餐。這二位，是羅獵在三藩市唯一願意見到的人，趙大新想通過這種敘舊用餐的形式，讓羅獵儘快走出演出失敗的陰影。

安東尼醫生對羅獵尚有印象，但記憶中的羅獵只是個瘦瘦小小的孩子，所以，當羅獵出現在安東尼的面前時，安東尼卻沒能認得出來。

席琳娜笑著為安東尼做了介紹：「安東尼，他就是諾力啊，是你將他從死神的手中奪下來的呀！」

羅獵微笑著向安東尼張開了雙臂。

安東尼激動道：「上帝保佑你，我的孩子，我只是做了我該做的事情，真正讓你擺脫了死神糾纏的是你自己，諾力，你頑強的生命力給我留下了深刻的印象。」

羅獵道：「安東尼醫生，四年前我沒能來得及向您說一聲謝謝，今天，請接受我這一聲遲到的感謝。」

安東尼再次擁抱了羅獵，並親吻了羅獵的臉頰。

「哦，上帝，這位美麗的公主就是艾莉絲嗎？簡直令人難以置信，她離開金山的時候，還是那麼的瘦弱，怎麼才一轉眼的功夫，就長成了一個漂亮的小姐了呢？」安東尼和羅獵分開後，又擁抱了羅獵身邊的艾莉絲。「那時候，安東尼叔叔一隻手便可以抱起你來，而如今，再也不能了。」

艾莉絲挽著羅獵的胳臂，道：「安東尼，謝謝你救了諾力的命，沒有你，我就無法遇見我心愛的諾力了。」

晚餐的氣氛很溫馨，羅獵似乎也忘卻了昨晚在舞台上的陰影，待用餐完畢，眾人送走了安東尼醫生，而席琳娜母女也告辭回家了，趙大新攬過了羅獵的肩，關切道：「小七，還是那句話，別想太多，回房好好睡一覺，或許明天醒來一切都變好了。」

羅獵搖頭道：「謝謝你大師兄，可是，我突然對舞台失去了興趣，被聚光燈照耀的感覺不再是榮耀，而是一種負擔。」

趙大新道：「你想的還是太多了，小七啊，沒有人逼著你要重新站到舞台上，大師兄只想讓你忘掉所有的不開心，重新變回那個活潑可愛的七師弟。」

羅獵苦笑道：「可我並不想讓師兄師姐白養著我，大師兄，我想退出彭家班。」

趙大新撇嘴道：「你是打算讓師父罵死我是嗎？退出彭家班？你想都別想！」

便在這時，小安德森的一名助手找了過來，遠遠見到了酒店門口的趙大新、羅獵兄弟倆，連忙加快了腳步。

「趙先生，諾力，今晚劇場可真是亂了套了。」

趙大新陡然一驚，道：「怎麼了？報刊不都已經報導了麼？」

那助手喘了兩口粗氣，才接著把話說完了：「觀眾吵著要見到諾力，見不到，他們就堅決不退場。」

趙大新哼笑一聲，道：「小安德森先生怎麼說？」

那助手回道：「小安德森先生讓我來徵求趙先生和諾力的意見。」

趙大新看了眼羅獵，感覺到羅獵並不怎麼情願，於是道：「就沒有其他辦法了嗎？」

那助手聳了下肩，苦笑道：「我想，如果還有別的辦法，小安德森先生是不會讓我來打擾二位的。小安德森先生說，羞辱我們的是喬治，他已經狠狠地報復了喬治，但觀眾是沒有錯的。」

趙大新長歎一聲，道：「是啊，觀眾是咱們的衣食父母……」

羅獵突然打斷了趙大新的感慨，插話道：「大師兄，我懂了，我想我應該跟觀眾見上一面。」

那助手喜道：「我去叫計程車來！」

劇場中，觀眾的掌聲響了半個多小時，期間，就沒有停歇過。喬治和小安德森輪番登台向觀眾做出了一遍遍的解釋，但觀眾們就是不依。

直到，羅獵登上了舞台。

內華達州與猶他州的交界處有一個叫紐維爾的小鎮，此處向東不過十公里便是一塊沙漠，向西約三十公里則是一片山峰。鎮上的居民不足百戶，全都是三十年前懷揣著一夜暴富的夢想前來淘金的人，淘到金子的畢竟是極少數，大多數人卻是潦倒一生，只能留在當地開上幾十畝荒地勉強度日。

鎮子只有一條街道，街道的最東端有一家酒吧，酒吧的兩扇大門早已是殘破不堪，店堂中也是昏暗破舊，但因為這是小鎮上唯一的一家酒吧，因而生意卻挺不錯。

布蘭科是這座小鎮的唯一員警，二十年前，他帶著親兄弟伊賽來到了這座小鎮，金子沒淘到，青春卻已然流逝。有一年，印第安匪徒襲擊了小鎮，布蘭科和伊賽兄弟二人聯手擊潰了這幫匪徒，從而名聲大振。警察局嘉獎了布蘭科，並任命他為小鎮的警長，負責維護小鎮的治安及安全，這一幹，便是十五年。

小鎮警署便是布蘭科的棲身之所，除了睡覺，布蘭科從不願意在哪兒多待一分鐘，更多的時間，他寧願泡在這家酒吧中。

街道的另一端揚起了一片塵埃，十數匹快馬疾馳而來，行至這酒吧之前，領頭者一聲呼哨，眾騎手拉緊了馬韁。那領頭者面色凝重，示意身後隨行弟兄原地等待，然後隻身一人推開了酒吧那兩扇殘破大門。

「鮑勃，活幹得挺利索的啊！我以為你們明天這個時候能回來就已經很不錯了。」布蘭科頭也不抬，只是一味把玩著手中酒杯。

「布蘭科，實在抱歉。」鮑勃來到布蘭科面前，低頭垂手，神色甚為沮喪：「一個很不好的消息，伊賽，伊賽他……」

布蘭科呷了一小口酒杯中的暗紅色液體，不以為然道：「伊賽他受傷了？傷勢重麼？」

鮑勃囁啜道：「不，布蘭科，伊賽他死了！」

布蘭科陡然一震，手中酒杯應聲爆裂，暗紅色的液體四濺出來，「伊賽他死了？屍體呢？帶我去看看！」布蘭科站起身，一把抓住了那領頭者的衣襟，就要往酒吧外走去。

鮑勃急道：「布蘭科，你聽我說，伊賽他，他的屍體落在了員警的手上。」

布蘭科的雙眸中冒出火來，將鮑勃拽到了自己的眼皮下，吼道：「你們能撤出來，為什麼就不能將伊賽的屍體搶回來？為什麼！」

鮑勃辯解道：「布蘭科，我們也不想這樣，我給他分派了最簡單的活，讓他帶著漢米爾和麥克去收錢物，我們負責來擋住員警，可沒想到，撤下來的時候，偏偏少了他們三個。」

布蘭科鬆開了手，呆了片刻，道：「鮑勃，他們只是沒有及時和你們一塊撤下來，並不能代表他們已經死了！」

鮑勃道：「布蘭科，非常遺憾，我跟著火車到了下一個停靠站，我親眼看到員警抬走了伊賽的屍體，並將漢米爾和麥克押上了警車。」

布蘭科呆住了，沉默了好一會，才開口道：「鮑勃，這鎮子我們是待不下去了，員警會很快找上門來的。」

鮑勃點頭應道：「是的，布蘭科，這正是我日夜兼程要儘快趕回來的原因，我必須趕在員警之前見到你。」

布蘭科拍了拍鮑勃的肩，道：「謝謝你，鮑勃，我的好兄弟。」

鮑勃徑直去了吧台，隨手拎起了一瓶酒，用牙齒拔掉了瓶塞，咕咚咕咚灌了兩口，抹了下嘴巴，將酒瓶扔給了布蘭科。「布蘭科，在那趟火車上，我們遭遇的是三藩市的老布朗，我們已經吃了這老傢伙的三顆槍子，蘭德爾到現在還要瘸著一條腿走路，如今，伊賽又死在了他的手上，這筆賬，你打算還要再拖多久才肯跟他清算？」

布蘭科陰著臉道：「他認得我，也認得伊賽，我們是老朋友了，老朋友之間，有些事，還是要當面說清楚為好。」

鮑勃興奮地揮了下拳頭，吼道：「布蘭科，我就知道，布蘭科，你仍舊是一頭猛獸，歲月從來沒有泯滅過你的鬥志，它只會讓你更加狡猾！」

布蘭科拔出了腰間左輪，在手中打了個轉，然後射向了門口的一個空酒瓶，酒瓶應聲爆裂，瓶嘴的一半飛上了空中，布蘭科又是一槍，飛在空中的瓶嘴再次爆裂。

「布朗，我的老朋友，既然你已經知道了真相，那麼等著我，最多三天，我們便可以重逢的。告訴我布朗，你最喜歡的是什麼酒，我會拿它來親自祭奠你的。」

比爾·布朗是一個從警近三十年的老警長，以他的資歷以及立下的功勞，即便是坐到三藩市警察局局長的辦公桌後也不為過。只可惜，比爾性格太過剛硬，對歹徒從不手軟，虐待嫌犯對比爾來說只是常規，脾氣一旦上來，落在他手上的歹徒非死即殘。因而，三十年下來，比爾也就勉強掛了個警長的頭銜。

在火車上，比爾只看了那死屍一眼，便認出了他是布蘭科的弟弟伊賽。這使得比爾極為震驚，怪不得這幫劫匪那麼難以對付，有布蘭科做後盾，他們對員警必然是瞭若指掌。震驚也只是一剎那，比爾隨即鎮定下來，若無其事地招呼同伴處理了現場，並為羅獵錄了口供。

那時候，比爾便已經想到出一個計策。既然他能認得出伊賽，那麼，那幫劫匪就肯定能認出他比爾，若是能將真實消息封鎖住，那麼，布蘭科一定會把伊賽之死歸咎到他身上。以布蘭科的個性，親兄弟被殺之仇肯定是無法忍受，必然會在最短時間內找到他比爾的頭上。只要做好了充分準備，在三藩市守株待兔，那麼，說不準只需一戰便可以徹底消滅這幫匪徒。

唯一的變數就是那一對男女記者。

比爾沒有權力干涉記者的採訪權和新聞報導權，貿然向那兩位記者提要求只怕是對牛彈琴，甚或引發想不到的麻煩，因而，比爾只是看清了那男記者照相機上的三藩市郵報的標誌，並未對那二位記者多說什麼。

待火車到了下一站的時候，比爾立刻跟上司打了電話，將火車上的情況詳細彙報了，並說了自己的計畫想法。上司表示了支持的態度，並在第一時間內向局長做了彙報請示，可是，局長卻猶豫了。

警察局和金山郵報的關係很一般，甚至還有些小矛盾。局長心忖，若是貿然找過去的話，對方不給面子也就罷了，若是再給警察局扣上一頂干涉新聞自由的帽子，那可就得不償失了。因而，局長並沒有按照比爾的要求去跟三藩市郵報磋商推後報導的事情，只是下令警察局全體封口，對此事的回應要麼是查無此事要麼便是無可奉告。

郵報的報導遭到警察局的否認，這使得海倫大為光火，她跑去警察局大吵大鬧，威脅說，警察局若仍舊不肯承認真相的話，那麼她一定會將警察局告上法庭。局長無奈，只得撤了封口令。

待比爾風塵僕僕趕回金山的時候，諾力的事蹟已傳遍了金山的大街小巷。比爾很是惱火，但又無可奈何，即便此刻他把那兩位記者抓過來臭罵一頓也是已然無用。他知道，留給自己的時間並不多，用不了三兩天，布蘭科便會找來金山，到時必然知曉真相，在找到自己頭上來之前，必先將魔爪伸向馬戲團的那個小夥子。

對比爾來說，多死一個中國人跟成功抓捕或是擊斃了布蘭科相比確是無關緊要，但如今那中國小夥子已然成了金山人們心目中的大英雄，若是再有個三長兩短的話，恐怕警察局都會被人們的口水給淹沒了。因而，比爾不得不接受了上司給他下達的新任務，全力保護羅獵的安全。

「這並不是個好主意。」接受了上司派下來的新任務的比爾對手下道：「布蘭科在暗，我們在明，我們一味的防範，但最終還是有可能被布蘭科找出破綻。而我們若是不能為布蘭科佈置好陷阱的話，是很難抓到這頭野獸的。」

手下建議道：「我們何不將那中國小夥子做成誘餌，為布蘭科布下天羅地網呢？」

比爾苦笑道：「只有愚蠢的野獸才會只看到誘餌卻看不到誘餌背後的陷阱，布蘭科絕不是一頭愚蠢的野獸。他做了十多年的員警，是一名極為優秀的獵人，只要是他想捕獲的獵物，至今為止還沒有一個能夠逃脫成功的。你可以盡情想像，當一頭凶悍的野獸有了獵人的頭腦，將會是一件多麼令人恐怖的事情？」

那手下道：「那您的意思是主動進攻？」

比爾大笑起來。「布蘭科的老巢就在那兒，但等你趕過去的時候，一定能收到他給你留下的字條，會告訴你他給你留下了什麼禮物，或許是一枚炸彈，也或許是一顆子彈，誰知道呢？反正我對去他的老巢抓捕他是毫無信心。」

手下解釋道：「我的意思是說，等布蘭科來到了三藩市，我們再主動圍捕他。」

比爾笑得更加過分。「沒有人能知道布蘭科什麼時候來，也沒有人能知道他的藏身之所，他可以隨意找個地方貓上個三天三夜，而且不吃不喝，只為了等到獵物出現的那一刻。好了，趁著布蘭科現在還在趕往三藩市的路上，我想必須抓緊時間跟那位小英雄談一談了。」

劇院中，觀眾們的掌聲及歡呼聲是一浪高過一浪。而劇院外，人們得知了大英雄已經現身的消息，開始不顧劇院工作人員的阻攔而往劇院中拚命擁擠。局面已經失控，若不能及時疏散，恐怕會發生踩踏事件。主辦方急忙向警察局求助，同時派出數名身強力壯的員工登上舞台保護羅獵。

小安德森也發覺到了勢頭不對，或許將羅獵叫到舞台上來就是個錯誤，於是，急忙令馬戲團的幾名演員配合趙大新先將羅獵互送回後台，再找機會衝出這人山人海。

好在人們只是敬仰這位手刃劫匪的英雄，誰也不想讓英雄受到傷害，因而，當大夥互送羅獵回到後台的時候，劇院中的觀眾開始向外撤離，使得外面的人們一時無法再往裡面湧入。

十分鐘後，大批員警趕來，場面重新得到了控制，而羅獵也終於尋到了機會，溜出了劇院，回到了酒店。

剛進到酒店大堂，便看見比爾迎面走來。

「嘿，諾力，你還好嗎？」比爾離老遠便跟羅獵打了招呼。

羅獵的記性不差，隨即認出此人便是火車上的那個老員警，於是笑著回道：「嘿，比爾，再見到你真是令人高興。」

比爾走到了羅獵面前，跟羅獵握了下手，道：「諾力，我知道時間已經不早了，但我還是想再耽擱你一小段時間，事關劫匪，我想，你不會拒絕我吧。」

羅獵轉臉對趙大新道：「大師兄，要不你先上樓休息吧，我跟比爾警長說完話就回去。」

比爾搖頭笑道：「不，趙先生也是當事人，最好他也能參與到我們的談話中來。」

趙大新聳了下肩，只得和羅獵並排坐到了比爾的對面。

「你很勇敢，諾力，當然，趙先生也一樣很勇敢。但是，你們並不是員警，不應該擔負起緝拿劫匪的責任。我原來也沒有想把你們捲進來的打算，所以，在火車上我假裝不認識那名被你殺死的劫匪，我只希望劫匪能將報復的矛頭指向我，而不是你們。」

趙大新道：「謝謝你，比爾警長，我們並不想招惹劫匪，只是被逼無奈忍無可忍才出的手。」

比爾笑道：「哦，我可沒有責備你們的意思，如果讓你們產生了誤會，我向你們道歉。我想說的是，那名被諾力殺死的劫匪我認識，而且還算是比較熟悉。他叫伊賽，他有個做員警的哥哥，叫布蘭科。」

羅獵聽得有些迷糊了，不由問道：「那他當員警的哥哥不知道弟弟正在做壞事嗎？」

比爾道：「知道，布蘭科肯定知道，事實上，這幫劫匪應該是布蘭科訓練出來的才對。你們來自東方，對美利堅的情況並不熟悉，尤其是西部。布蘭科是一名小鎮上的警長，那裡荒蕪偏僻，法律往往得不到真正體現，一切全靠當地警長手中的槍支說話，因而，身上穿著員警的制服，背地裡做些見不得人的勾當，這並不奇怪。而我們提到的布蘭科，很可能就是這種人。」

趙大新道：「既然如此，那你們為什麼不把他抓起來呢？」

比爾笑道：「證據！我們到如今都沒有布蘭科參與了搶劫火車的犯罪證據。他的親弟弟幹了這種事，並不能說明他也參與了進來。雖然，我可以認定，這幫劫匪的大頭目一定就是布蘭科。」輕歎一聲後，比爾接道：「就算有了證據，我們也是拿他毫無辦法，在他的領地上，沒有人能抓得到他。」

羅獵已然意識到了比爾來找他的真實意圖，於是問道：「比爾警長，你是擔心布蘭科會來報復，對嗎？」

比爾點了下頭，隨即又搖了搖頭，道：「不是擔心，我的孩子，是確定！我瞭解布蘭科，他是一個有仇必報的硬角色，不管是誰，殺死了他的親兄弟，那麼，即便是追到天涯海角，他也一定要為他的親兄弟報仇雪恨。」

羅獵不免有些緊張。

而趙大新更甚，忍不住問道：「那我們該怎麼辦？」

比爾似乎沒聽到趙大新的問話，仍舊沉浸於對布蘭科的記憶。「十五年前，布蘭科剛剛三十歲，那年夏天，一夥印第安強盜闖入了布蘭科所在小鎮，他和他兄弟聯手，一口氣斬殺了十七個印第安強盜，也正因為這一戰，他獲得了穿上警服的資格。

「兩年後，他得罪了另一位很有勢力的警長，對方派出了五名賞金獵人想幹掉布蘭科，可沒想到不過半年，那名警長反倒死於非命。誰都知道是布蘭科做的，但誰也找不到布蘭科殺人的證據。五年前，這條鐵路開始通車，通車僅三個月便出現了劫匪，劫匪作案的地點經常變化，但作案手段卻始終如一，我當時就想到了布蘭科。」

羅獵似乎被布蘭科的故事所吸引，剛剛閃現出來的一絲緊張也不見了蹤影，當比爾說話間出現了停頓的時候，羅獵不禁問道：「既然你想到了是布蘭科，為什麼沒有抓他或是重點調查他呢？」

比爾道：「四年前的夏天，我將布蘭科請到了三藩市來，可他人在警察局，那鐵路上依舊發生了搶劫案。他有著鐵一般不在場證據，誰也無法向他提出懷疑，只能放虎歸山。

「四年來，我親自帶隊，守在車上，只盼著布蘭科能夠現身，可惜啊，不光沒看到布蘭科的身影，就連那幫劫匪的身分都無法確定。直到，你殺死了伊賽。諾力，我要感謝你，正因為你的出手，才使得這案子有了破獲的機會。但同時，我也很遺憾，這件事讓你成為了布蘭科的報仇目標。」

趙大新緊張道：「比爾警長，警方應該向我們提供保護，不是嗎？」

比爾道：「當然，但我想說的是，除非把你們藏到地底下去，否則，是絕對阻擋不了布蘭科的復仇的。」

羅獵突然笑道：「藏到地底下？比爾警長，你把我們當成老鼠了嗎？」

比爾搖頭道：「不，我說的地底下指的是監獄，只有監獄或許才是最安全的場所。布蘭科找不到你們兩個，勢必將怒火發洩到我的頭上，這樣的話，我就有可能跟布蘭科見上一面，即便我敵他不過，但也能為我的同事創造出好的機會。諾力，趙先生，等我們擊斃了布蘭科，便會立刻將二位從監獄中請出來。」

比爾警長沒有欺騙羅獵和趙大新的必要，因而，他說出這番話的可信度極高。羅獵雖然已經從緊張狀態中走了出來，但接下來該如何抉擇，卻是拿捏不定，只好轉頭去看趙大新。

趙大新輕歎了一聲，問道：「比爾警長，那個布蘭科的老巢距離金山有多遠？」

比爾道：「我知道你真正想問的問題，布蘭科估計已經知道了他兄弟的死訊，那些劫匪跟我打過照面，布蘭科一定會把他兄弟的死算在我頭上，所以，我斷定布蘭科此時已經在前往三藩市的路上。他雖然現在應該還不知道究竟是誰殺死了他的兄弟，但我想，等他來到了三藩市，就會對諾力這個名字發生濃厚的興趣。布蘭科做事從來不拖泥帶水，他既然決定報仇，就會用最短的時間趕到金山，或許是五天後，也或許只需要三天。」

趙大新道：「那麼就是說，至少我們明天還是安全的，對嗎？」

比爾道：「是的，我敢保證，後天也是安全的，但再往後就不敢說了。」

趙大新應道：「比爾警長，我請求你給我們一些時間來考慮，這樣好嗎？明天晚上的這個時候，我們給你明確的答覆。」

比爾道：「我希望你們能認真考慮我的建議，千萬不要產生逃離金山的念頭，布蘭科有著野獸一般的嗅覺，無論你逃到哪兒，他都能找到你。最熟悉布蘭科的警長是我，也只有我或許能擊斃布蘭科。我真不希望看到你們因為不信任我而導致慘劇發生。」

比爾說完，起身告辭，趙大新將他送到了酒店門口，比爾又叮囑了一句：「趙先生，如果你們選擇離去，我會輕鬆許多，但我真的不希望再見到你們的時候你們已經成為了屍體，我的意思你能明白嗎？」

趙大新道：「不管如何，明天晚上，你一定能在酒店大堂中見到我和諾力。」

比爾愣了下，像是還想說些什麼，但最終還是沒有開口，吹了聲口哨，招呼手下開來警車，跳上車離去了。

回到酒店大堂，趙大新勸慰羅獵道：「小七，別怕，有大師兄在，誰也傷不了你一根手指。」

兄弟倆上了樓，進了各自的房間，可沒過多久，趙大新卻又走出了房間。出門之後，趙大新左右掃視了一眼，然後徑直來到了樓梯口，下到酒店大堂，並在大堂前台叫了一輛計程車。上了車，趙大新吩咐道：「去唐人街，等到了之後叫我一聲，我再告訴你該怎麼走，現在我需要休息一會兒。」

二十分鐘後，計程車駛到了唐人街附近，而趙大新似乎並沒睡著，不等司機相叫，便主動指了路線，當車子最終停下來的時候，旁邊處所卻是曹濱的安良堂。

趙大新付了車錢，待那輛車不見了影蹤，這才上前按響了鐵柵欄門旁邊的門鈴。門鈴只響了兩聲，門內陰影處便閃出一人來。

趙大新立刻抱拳道：「懲惡揚善，除暴安良，兄弟趙大新，請求面見堂主。」

那人像是認識趙大新，嘟囔道：「都這麼晚了，有什麼事不能明天再說嗎？」口中雖有不情願，但手上還是為趙大新打開了鐵門。「濱哥不在家，你有啥著急事就找彪哥吧，二樓最西邊那間房。」

董彪已經睡下了，被趙大新的敲門聲吵醒，再知道門外乃是趙大新時，並沒多問什麼，披衣起身，為趙大新開了門。「這麼晚了，有什麼急事麼？」董彪倒了杯熱水，遞給了趙大新：「先喝點熱水暖暖身子吧。」

趙大新接過茶杯，只是捧著，道：「彪哥，羅獵闖禍了。」

董彪點了點頭，道：「我猜你也是為這事而來。濱哥已經知道了，正在處理，布蘭科這個老東西不是個好玩意，我估計，開戰是免不掉的了。對了，羅獵怎麼樣？害怕了麼？」

趙大新喝了口水，道：「是比爾警長告訴我們真相的，當時羅獵只是閃現出了一絲緊張，隨後倒也就正常了。」

董彪欣慰道：「這小子還蠻爭氣的嘛！就連濱哥，當知道羅獵殺死的人是布蘭科的親弟弟時，都著實緊張了好一會。」

趙大新猶豫了一下，然後吐出口氣，道：「彪哥，羅獵的飛刀已經練成了，是不是該讓他回來了？他用飛刀殺了人，恐怕這輩子飛刀對他來說也只能用來殺人而無法登台表演了。」

董彪站起身來，去到了壁爐邊，往裡面添了些焦炭，並道：「我跟濱哥提過，布蘭科可不是個善類，就憑比爾・布朗那兩把刷子，是幹不過布蘭科的，只有把羅獵接回堂口，才能保護得了他，當然，這段時間你也得跟著回來，等擺平了布蘭科，你再去做你想做的事。」

趙大新道：「那濱哥怎麼說？」

董彪聳了下肩，頗有些無奈道：「濱哥沒說話。」

趙大新皺起了眉頭，道：「那濱哥是什麼意思呢？我聽比爾警長說，那布蘭科是很厲害的一個人物，彪哥你剛才也說了，比爾警長幹不過布蘭科，這個時候，還把羅獵放在外面，那不是很危險麼？」

董彪點了點頭，回到了座位上，應道：「我猜，那個比爾肯定會拿羅獵和你來當誘餌，從而引那布蘭科現身。布蘭科這老東西，若是他藏起來的話，是沒有人能找得到他的。我揣測濱哥的想法，若是將羅獵接回堂口，那麼就等於告訴布蘭科，羅獵是我安良堂的人。布蘭科在暗，安良堂在明，吃虧的一定是安良堂。或許暫時能保住羅獵，但也無法除掉布蘭科。」董彪歎了口氣，又呲哼了一聲，接道：「不除掉布蘭科一夥，羅獵就談不上真正的安全。」

壁爐添了焦炭，董彪又打開了風門，此時，壁爐中新添的焦炭已經熊熊燃燒，屋內的溫度上升了不少，趙大新起身脫去了外套，道：「彪哥這麼一解釋，我算是明白了。不過，彪哥猜測比爾警長的做法卻猜錯了。」

董彪驚疑道：「哦？那他的想法是什麼？」

趙大新道：「他要將我和羅獵暫時扔監獄中去。」

董彪陡然一怔，半天沒說話。

「這倒是個好主意啊！」董彪琢磨了好久，終於想明白了比爾・布朗的用意，道：「監獄這種鬼地方雖然烏七八糟，但防範甚嚴，即便布蘭科的人混進監獄，也很難找到下手的機會。布蘭科勢必會將矛頭轉向比爾・布朗，如此一來，就等於回到了比爾・布朗的原計劃上來了。」

趙大新驚道：「那彪哥的意思是讓我們接受比爾警長的建議嘍？」

董彪笑開了，道：「真不知道你是咋想的，我只是讚賞比爾的主意，可沒說會同意他的做法，濱哥認定的接班人，卻被一個布蘭科嚇得躲進了監獄，這種事，濱哥怎麼能答應呢？我阿彪這一關就過不去！」

趙大新道：「那我們該怎麼辦呢？我已經答應了比爾警長明天晚上給他最終的答覆。」

董彪看了眼房間裡的掛鐘，笑道：「嚴格的說，應該是今天晚上嘍，現在都已經過了十二點鐘了，又是新的一天開始了。大新，遇到事情不能著急，你一定要記住，你身後有安良堂，有我阿彪，還有濱哥。先回去吧，踏踏實實睡個好覺，等醒來的時候，說不定濱哥已經把事情辦妥了呢！」

趙大新將身子往前探了探，問道：「彪哥，冒昧一問，濱哥是不是去阻攔布蘭科了？」

董彪大笑道：「你想什麼呢？我都說了，布蘭科若是不想現身的話，沒有人能找得到他，濱哥也一樣。再說，要真是動手開幹的話，那也該是我阿彪衝在最前面，對麼？好了，濱哥要做的事情，不是咱們兄弟能想到的，聽彪哥的，回去睡覺，安安心心等著濱哥的安排。」

趙大新顯然還有話想說，但看到董彪已經做出了請的姿勢，也只能將滿肚子的話悶在了心中。

次日一早，在酒店餐廳吃自助早餐時，羅獵端著盛滿了食物的盤子坐到了趙大新身邊，吃了兩口東西，忍不住說道：「大師兄，你想好了嗎？答應還是不答應比爾警長呢？」

趙大新放下了刀叉，拿起餐巾擦了下嘴巴，反問道：「你是怎麼想的？」

羅獵搖了搖頭，道：「我沒想好，可是，我並不想進監獄。」

趙大新道：「可比爾警長說，這種情況下，或許監獄才是最安全的地方。」

羅獵往口中扒拉了幾口，邊嚼邊點頭，道：「我知道，可那樣一來多丟人啊？我寧願被布蘭科一槍崩了腦袋，也不願躲到那種地方去。」

「不願意去那咱們就不去。」趙大新心忖，反正彪哥也不同意，那就隨了羅獵的願好了。「沒事的，小七，大師兄再想別的辦法，一定能保護你安全。」

羅獵搖了搖頭，道：「大師兄，我覺得你應該帶著大師嫂他們早一點離開金山，趁著布蘭科還沒到，還不知道他弟弟死在了咱們的手上，我留下來，配合比爾警長，跟布蘭科過過招，輸了，自當是一命抵一命，要萬一贏了，我再去找你們。」

趙大新瞪起了眼來，道：「說什麼呢？你是要陷大師兄於不仁不義中麼？」

羅獵瞅了下趙大新，微微搖了下頭，道：「大師兄，我知道你是個什麼樣的人，可是，大師嫂懷著孩子，二師兄五師兄還有六師兄，他們又不懂武功，保護不了大師嫂的。」

趙大新道：「馬戲團還有今晚一場演出，演出完這一場，小安德森先生便會帶著馬戲團趕往下一站，我已經跟小安德森先生說了，讓你幾位師兄師姐跟著馬戲團去下一站，我留下來陪你。」

「可是……」羅獵的眼神中既有不情願又有溫暖和感動。

趙大新裝出生氣的樣子來，喝道：「沒什麼可是！師父不在，任何事情都得聽大師兄的。」

羅獵咽回了已經到了嘴邊的話，默默吃起了早餐。

第四章

安良堂彪哥

羅獵深吸了口氣，暗忖，大師兄斷然不會害他，
假若阿彪對自己有敵意的話，大師兄一定會擋在自己的身前，
但見大師兄的表情雖然凝重，卻並無緊張感，
因而，基本可以斷定，阿彪來的目的，肯定不會是跟自己過不去。

曹濱是前一日看到了金山郵報才知道了羅獵殺了劫匪的消息，海倫在她的報導中繪聲繪色地描述了整個過程，曹濱看了，不禁欣慰。他沒有看錯人，羅獵在整個過程中表現得還算是有勇有謀，時機不對時肯退讓，吃了一拳後時機突現而果斷出手，表現出了過人的機警和殺伐果敢的個性，確實是個不可多得的帥才。

安良堂和那幫劫匪有默契，雙方井水不犯河水，有了金山郵報的這篇報導，足以證明是劫匪先壞了規矩，主動招惹了他安良堂的人，因而，羅獵殺了他們其中的一個並活捉了兩個並不是一件多大的事情，曹濱有足夠的把握輕鬆擺平此事。

可是，隨後從警察局那邊得到的內幕消息卻說羅獵殺死的那名劫匪叫伊賽，是紐維爾鎮警長布蘭科的親弟弟，曹濱當時著實慌亂了一陣子。

第二天一大早，曹濱跟董彪簡單交代了幾句，說他要出去一趟，為布蘭科的到來提前做些準備。曹濱獨自一人開著車出去了一天一夜，直至當日上午快十點鐘的時候方才回到了堂口。

董彪隨即迎了上來，先為曹濱拉開了車門，同時彙報道：「濱哥，昨天夜裡，大新來過了。」

曹濱顯得很疲倦，伸手身後指了指，吩咐道：「等會再說，先把後面的箱子拎上樓去。」待下了車，曹濱伸了個懶腰，又吩咐道：「讓周嫂給我燒點洗澡水，唉，開了一整夜的車，可是把我給累得不行。」

董彪拎起了車子後廂放著的一個條形皮箱，掂量了下，問道：「濱哥，裡面是什麼玩意？」曹濱已然向樓內走去，邊走邊應道：「等上了樓，你自己打開看看不就知道了？」

董彪跟著曹濱踏上了樓梯，扯著嗓子喊了一聲：「周嫂，給濱哥準備熱水，濱哥累了。」

樓上隨即傳來了一聲婦女的應聲。

曹濱上了樓，進了臥房，只一會便換了身睡衣出來，而這時，周嫂的泡澡熱水也準備妥當了。曹濱臨去洗澡間之前，對董彪道：「怎麼不打開看看？」

董彪陪笑道：「濱哥的東西，待會還是當著濱哥的面打開。」

曹濱拍了下董彪的肩，然後去了洗澡間，關門的那一瞬間，曹濱甩出了一句話：「那是給你的！」

董彪聽了，不再拘謹，隨即打開了條形皮箱，只瞄了一眼，便怔住了，隨即，雙手開始顫抖起來。條形皮箱中，是一杆嶄新的毛瑟九八步槍，還配備了專門的瞄準鏡。董彪好槍，三年前，德國毛瑟公司設計生產的這款最新式步槍流傳到了美國市場，董彪看到了，從此便惦記上，只是，這款步槍的售價十分昂貴，僅一支裸槍，不配備子彈和瞄準鏡，就要賣到將近兩千美元。董彪雖說對它可謂是夢寐以求，但如此昂貴，卻也只能望而止步。

當他看到了皮箱中的這杆步槍，還聽到濱哥說這槍本就是送給自己的，那董彪怎能不激動？

董彪咽了口唾沫，連做了數次深呼吸，這才伸手捧出了那杆步槍。皮箱的一角還有個紙盒，董彪隨手捏了一把，便知道了裡面裝著的應該是子彈。端起槍來的董彪像個孩子一般，站姿，跪姿，臥姿，各種持槍姿勢嘗試了十數遍卻樂此不疲。直到曹濱泡完了澡，叼著根雪茄走出了洗澡間。

「濱哥，這槍真是給我的？」董彪只是抬頭看了曹濱一眼，便繼續擺弄他的毛瑟九八步槍。

曹濱坐到了沙發上，敲了敲茶几，不滿道：「煙灰缸！阿彪！先把槍放下不行嗎？說是給你的，還能沒有讓你玩個痛快的時候？」

董彪不好意思地撓了下後腦勺，為曹濱拿來了煙灰缸，卻始終不肯將槍放下。

周嫂適時送上了兩盞茶來，曹濱端起茶盞，吹開上面的浮葉，飲啜了一小口，待周嫂退下，曹濱道：「羅獵殺了布蘭科的親兄弟，咱們跟他的這道樑子算是揭不過去了。我跟布蘭科切磋過，近戰用手槍，我沒有贏他的把握，想幹掉他，只能依靠你手中的這杆長槍。」

董彪摩挲著手中長槍，應道：「我知道，看見這杆槍的時候，我就明白了，說起來，要是有機會的話，我還要對布蘭科說一聲謝謝呢！」

曹濱抽了口雪茄，噴著煙道：「咱們兄弟倆眼看著就四十歲了，身邊沒個能接班的總是心慌，你看人家老顧，過得多自在啊！」

董彪笑道：「趙大明這小子，那確實沒得說，大事小事，交到他手上，保準是一個放心。」

曹濱歎道：「我雖然有你董大彪，大事小事交到你手上比起老顧來會更放心，可是，你只比我小了一歲，咱們終究會老得走不動，但安良堂還年輕，還要繼續向前走。所以，羅獵決不能出問題。」

董彪點頭應道：「對了，濱哥，昨天夜間，都快到十二點了，大新來找你，你不在，我跟他聊了會。」

曹濱再呷了口茶，道：「大新是真的可惜了，一手飛刀絕技，卻只能在舞台上表演，真讓他殺個人，那飛刀能偏得沒了譜。遇到這種事，他有所慌亂也是正常，嗯，他跟你都說了些什麼，撿有用的學給我聽聽。」

董彪端著槍瞄著窗外，似笑非笑，道：「我就記得了一句，說羅獵的飛刀功夫已經不在他之下了。」

曹濱笑道：「那還用說？能一刀斃了伊賽的命，那刀上的功夫自然不在他趙大新之下，你以為那伊賽就是吃乾飯的麼？」

「哦，對了，大新還說了一件事，比爾‧布朗想讓大新和羅獵躲進監獄去……」

董彪依舊端著槍，透過窗戶瞄來瞄去。

話沒說完，便被曹濱打斷：「他想得倒美！想拿羅獵做誘餌，引布蘭科去監獄刺殺羅獵？布蘭科沒那麼傻，老布朗也沒那麼聰明，他以為布蘭科一定會先殺了羅獵再去找他，所以，他便會有大把的機會圍堵住布蘭科。要真是那樣，老布朗可能是第一個喪命的人。」

窗外樹梢上飛起一隻鳥兒，董彪急忙瞄準了，扣住扳機的手指微動，口中發出「啪」的一聲，然後調轉過槍口，吹了口氣，得意一笑後，才應道：「我讓大新回絕了，不過，我倒是沒想那麼深，我只是覺得咱們安良堂的接班人被比爾那個老傢伙莫名其妙地扔進監獄裡說不過去。」

曹濱輕歎一聲，微微頷首，道：「你做得對，阿彪，你親自跑一趟吧，把大新還有羅獵，請到我書房來吧。」

羅獵吃過了早餐便一直待在房間中，悶得慌時，便摸出飛刀來練習各種出刀的姿勢，房間的空間雖然有限，但羅獵的身形卻十分靈巧，飛過來，跳過去，鬧騰地挺歡，但卻沒破壞了房間的任何設施。房間中通了暖氣，溫度原本不低，在這麼一活動，很自然地出了一身汗。

酒店二十四小時都有熱水供應，房價那麼貴，羅獵當然不肯浪費，於是便脫了衣服準備去洗個澡。

便在這時，趙大新在門外叫道：「小七，幹嘛呢？我是大師兄，開門了！」

羅獵回道：「大師兄，我在洗澡呢，稍等片刻哈。」

趙大新道：「那什麼，等你洗完，來我房間吧。」

洗完了澡，羅獵換了一身乾淨衣服，來到對面趙大新的房間，敲響了房門。

「沒上鎖，進來吧。」趙大新在房間中應道。

羅獵推門而入，卻突然怔住。

房間中不止趙大新一人，旁邊還坐著一男人，看上去似曾相識。

「你是……彪哥？」羅獵遲疑地認出了那個男人。

董彪點了點頭，回道：「四年不見，你一眼就能認出我，不容易啊！」

羅獵手腕一抖，一柄飛刀已然從袖口中滑落至掌心。「彪哥不會是來抓我回去的吧？瞎子，哦不，安翟已經回國了，他答應你的事，對不起，我來擔著。」

董彪大笑，道：「抓你回去？幹嘛要抓？這四年來，你不是一直在我安良堂中嗎？」

羅獵驚疑地看了眼趙大新。

趙大新搖了搖頭，歎了口氣，指了指身邊的座位，道：「小七，過來坐吧，這件事也不是一兩句話就能說得清的。」

羅獵深吸了口氣，暗忖，大師兄斷然不會害他，假若阿彪對自己有敵意的話，大師兄一定會擋在自己的身前，但見大師兄的表情雖然凝重，卻並無緊張感，因而，基本可以斷定，阿彪前來的目的，肯定不會是跟自己過不去。

「好吧，我倒是想聽聽你有什麼話要跟我說。」羅獵走進房間，坐到了董彪的對面。

董彪從懷中掏出了安良堂的標誌牌，放到了羅獵的面前，笑道：「這玩意，你應該看見過吧。」

羅獵點了點頭。他不單看到過，而且，還看到過了兩次，第一次是在去紐約的火車上，師父老鬼將它貼在了車廂的門上。第二次仍是在火車上，當劫匪逼迫火車停下來的時候，大師兄將它放在了餐桌上。

「這塊牌子便代表了安良堂，你師父老鬼，你大師兄趙大新，都是我安良堂的弟兄，你拜了鬼叔為師，自然也是我安良堂的弟兄，鬼叔是安良堂開山輩分，和濱哥同輩，你我，還有你大師兄，理應列在大字輩。」董彪笑瞇瞇揭開了答案，若無其事地摸出了一盒萬寶路，抽出了一支，叼在了嘴上，當拿出火柴準備點煙的時候，又補充了一句：「所以，你叫我彪哥也沒錯，雖然，我大了你二十歲。」

羅獵當場呆住。

趙大新道：「懲惡揚善，除暴安良，這八個字便是我安良堂的訓誡，小七，安良堂不是你想像中的那樣，在紐約的時候，將你和安翟從那鐸手中救出來的是安良堂，將師父從那幫惡人手中救出來的還是安良堂，當然，自家人救自家人也沒什麼好吹噓的，但大師兄想告訴你的，身為安良堂兄弟並不丟人。相反，無數在美華人都會以能加入安良堂而引以自豪！」

羅獵囁嚅向董彪問道：「那你當初為什麼會要求安翟答應以命換命的條件才肯醫治我呢？」

董彪點了煙，深抽了一口，吞到了肺裡，然後再從兩隻鼻孔中噴出來，呵呵一笑後，道：「那個小胖子挺招人嫌的，但沒想到，對你倒是真夠義氣。」

十三歲時懂得不多，尚無法真正分辨世態炎涼，只道是誰對自己好一點，誰就是好人，誰要是逼迫自己幹些不願意幹的事情，那就是壞人。在生病期間，跟席琳娜聊天說話，羅獵已經知道曹濱、董彪他們的組織叫安良堂，當時，羅獵只認為這安良堂三個字便代表了霸道邪惡。

但在紐約的四年多時間中，且不說紐約安良堂救了自己和安翟，也不說之後又救了師父老鬼，單說羅獵聽到的那些華人對安良堂的嘖嘖稱讚，也足以讓羅獵對自己當初的判斷產生懷疑，甚至是否定。

「好吧，我承認安良堂是個講正義守規矩的堂口，既然師父和大師兄也是安良堂的人，那我也沒啥好說的，但是，我現在有些麻煩，暫時還不想連累到你們，假如你們對我有什麼要求的話，能不能等過段時間再說？」雖然對安良堂的認知有了改變，但羅獵卻接受不了被欺騙隱瞞了整整四年之多的現實，只是，欺騙隱瞞他的不單是曹濱和董彪，還有自己最尊敬的師父和大師兄，羅獵心中多有不滿，卻又不便發洩，只能找藉口婉拒了董彪。

說完，羅獵站起身來，就要回去。

董彪在身後喝道：「等一下！」

趙大新同時攔住了羅獵，道：「小七，先別著急走，等彪哥把話說完，再做決定也不遲。」

羅獵歎了口氣，重新坐了下來。

董彪捏著香煙抽了最後一口，然後將煙屁股摁滅在煙灰缸中，再從煙盒中抽出了一支，卻沒點燃，只是放在了鼻子下嗅了兩下。「布蘭科絕不是你一個人能對付得了的，再加上一個比爾警長也是白搭，即便你接受了比爾警長的建議躲進了監獄中，布蘭科也一樣能要了你的命。能幹掉布蘭科，徹底解決這場麻煩的，只有濱哥。」

羅獵冷冷道：「何以見得？」

董彪把玩著手中香煙，道：「我先給你講個故事，是關於濱哥和布蘭科的。」

董彪將曹濱和布蘭科放在了一起，登時挑出了羅獵潛意識中的一個懷疑。在火車上遭遇劫匪的時候，大師兄趙大新將安良堂的標誌牌放在了餐桌上，這使得羅獵不由想起了四年前去往紐約時的那一次，師父老鬼也是將同樣的一塊標誌牌貼在了車廂門上，從而使得劫匪主動放棄了他們這個車廂。莫非安良堂跟劫匪之間有什麼勾當麼？羅獵當時確實產生了這樣的疑問，只是當時突發變故，容不得他多想，事後，又因殺了人而產生了心理陰影，才將這個疑問給忘記了。

「哦？那我倒是想好好聽聽。」羅獵微微向前傾了身子。

董彪微笑著點了點頭，將手中香煙放在了一旁，開口說道：「十年前，安良堂尚未成立，但那時候，濱哥已經成了華人勞工中公認的大哥。那年夏天，一個該死的洋人到唐人街來找人去幫他打掃家裡的衛生，開出的條件比較誘人，咱們好多女同胞都爭著想得到這個工作機會，後來，那洋人看中了一位大嫂。說是大嫂，其實也就是三十歲不到的樣子，身邊還牽著一個不滿三歲的小女孩。大夥看她也不容易，於是也就不爭了，可誰能想到，相讓的並不是一個好工作，而是一個厄運。

「那洋人在家中糟蹋了那位大嫂，還摔死了那名三歲不到的小女孩，洋人員警不知道是故意還是真的笨蛋，居然能讓那洋人給跑掉了。濱哥受不了這份氣，逼著警察局發出了賞金獵人的佈告，濱哥接下了這趟活，對那洋人開始了千里追緝。那洋人最終誤打誤撞逃進了一個叫紐維爾的小鎮，這個小鎮有著一位非常彪悍的警長，對，他就是布蘭科。

「布蘭科統治著紐維爾小鎮以及周邊百餘公里的地盤，在那邊，布蘭科就是法律，他掌握著所有人的生殺大權。那洋人逃到了紐維爾之後，給了布蘭科一大筆錢，只求能活下來。布蘭科答應了他。

「濱哥單人單槍追到了紐維爾，面對的卻是布蘭科以及他手下的二十多名窮凶極惡的牛仔。沒有人知道接下來發生了什麼，濱哥也從未對任何人再提及此事，對我阿彪也從不多說一句，但所有人都知道，濱哥是提著那洋人的頭回到的金山。」

「那是布蘭科唯一一次打破了自己定下來的規矩，這之前以及這之後，從沒有第二個人能在紐維爾小鎮忤逆布蘭科的意願並且全身而退。五年前，從金山到紐約的鐵路建成通車了，但之後不久便鬧起了劫匪案。就在你來金山的前半年，濱哥去紐約和顧先生會面，回來的火車上遇到了這幫劫匪。劫匪便是布蘭科手下的那幫牛仔，見到了濱哥，只能是以禮相待。濱哥也沒說話，只是擺出了安良堂的標誌牌。劫匪心領神會，從此與我安良堂井水不犯河水。」

董彪的這番話打消了羅獵的疑問，同時，曹濱的傳奇故事也深深地吸引了羅獵。「那濱哥為什麼不舉報布蘭科呢？比爾警長說，抓捕布蘭科最大的問題就是沒有證據，假若濱哥能出來作證，豈不是可以早一些消滅了這個禍害了麼？」羅獵問出這番話的時候，便隱隱感覺自己稍有些幼稚了，不自覺地將目光從董彪的面龐上轉移開來。

董彪終於沒能忍住煙癮，再次拿出了火柴，點燃了香煙。「這就是江湖，各賺各的錢，各發各的財，安良堂看不上布蘭科，最多也就是不跟他們再有來往，絕不會舉報他們。你可能會說，安良堂的訓誡不是懲惡揚善、除暴安良麼？」董彪抽了口煙，停了下來，看了眼羅獵。

羅獵點了下頭，歎道：「是啊，布蘭科他們為非作歹，安良堂理應出手教訓他們才對啊！」

董彪微微一笑，道：「安良堂只為華人勞工講那訓誡。坐火車的，全是洋人，劫匪搶的，也都是洋人，我安良堂又何必招惹是非？」

羅獵輕歎一聲，道：「我懂了。」

董彪講得口乾舌燥，不由敲了下桌面，衝著趙大新道：「我說，這故事你又不是不知道，有必要這麼著迷嗎？就不知道借這個空給彪哥倒點水喝麼？」

趙大新不好意思站起身去倒水，邁腿之時，卻忍不住嘟囔了一句：「剛才給你倒水，你非不要……」

董彪手指趙大新笑罵道：「你這人，忒不講理了吧？剛才是剛才，現在是現在，剛才彪哥不口渴，當然不要喝水，但說了那麼多，彪哥現在口渴了，有錯嗎？」

趙大新倒了水，端給了董彪，陪笑道：「沒錯，當然沒錯，彪哥哪能錯哩。」

喝上了水，董彪也就懶得再跟趙大新拌嘴，轉而再對羅獵道：「或許你還有一個疑問，既然濱哥四年前將你從海關警署中贖回來的時候就有了想將你培養成金山安良堂接班人的打算，又為何不明說而設了個局讓鬼叔將你帶去紐約呢？」

未等羅獵有所反應，董彪卻緊接著做出了解釋：「濱哥在看到你身上的各種優秀素質的同時，也看到了你身上的不足，你很聰明，很有主見，遇到困難或是危險的時候能保持鎮定，但同時你身上也隱隱地透露著少爺的心態。假如那時候不把你送出去，而是留在安良堂，當你知道濱哥是把你當成接班人來培養的時候，只怕那少爺性格會耽誤了你的前程。即便是塊玉，不打不磨也難以成器，剛好鬼叔路過金山，濱哥便拜託了鬼叔，代他來打磨你這塊璞玉。」

說到這兒，董彪盯住了羅獵，其眼神中的含義很是明瞭，便是在問羅獵還有什麼問題或是困惑。

羅獵深吸了口氣，微微閉上了眼睛。

也就是幾秒鐘的時間，對房間中的三個男人來說卻像是過了很久很久。

「謝謝彪哥跟我說了這麼多。」羅獵終於開了口：「一日為師，終生為父，師父他既然是安良堂的人，那我也沒啥好說的，跟著師父就是了！」

董彪露出了欣慰的笑容，並道：「既然如此，那就隨我去見濱哥吧。眼下別的事都可放一放，但布蘭科的事情，卻不敢有半點耽擱。」

布蘭科的行動速度超乎了所有人的預料，只用了兩天的時間便趕到了金山。很是自然，當他踏入金山的主街道之時，便知曉了這個城市出了一位一殺兩活捉火車劫匪的大英雄。

「鮑勃，你怎麼看？」威亨酒店六層的一個套房中，一身紳士裝扮的布蘭科手中拿著金山郵報向同樣是紳士裝扮的鮑勃問道。

鮑勃道：「一個馬戲團的小丑怎麼能殺得了伊賽？布蘭科，我以為這是布朗那個老傢伙在推卸責任。」

布蘭科輕歎道：「我不知道火車上究竟發生了什麼，但我知道，金山郵報從來沒有刊登過虛假新聞。」

鮑勃掏出了雪茄，叼在嘴上，剛想伸手去拿桌上的火柴，卻被布蘭科搶去了雪茄。「鮑勃，我說過，不要當著我的面抽這玩意。」鮑勃聳了下肩，只好順從布蘭科，拿起了他面前的萬寶路香煙。

「布蘭科，你的意思是放過老布朗，只找那馬戲團的小丑報仇，是麼？」點上了香煙，鮑勃似乎對萬寶路的口感不甚滿意，將香煙捏在手中看了幾眼，還微微地搖了下頭。

布蘭科道：「不，即便這報刊上說的全是真的，也要先幹掉比爾・布朗，伊賽的死，他脫不了干係，一定是他領著員警和你們發生了槍戰，使得伊賽分了神，才被那個耍雜耍的諾力趁機偷襲了。」

鮑勃再抽了口煙，卻感覺更加不好，乾脆掐滅了。「你是怕打草驚蛇嗎？布蘭科，既然殺死伊賽的人是那個馬戲團的小丑，那麼我想，咱們首先要幹掉那個小丑，然後再去找老布朗算帳。」

布蘭科搖頭道：「不，鮑勃，我知道，你和伊賽情同手足，感情比我這個親哥哥還要深，但我們必須要保持一顆清醒的頭腦。鮑勃，馬戲團的演出已經結束了，他們就要離開金山了，我們不妨先觀察一下，看看比爾•布朗先生為咱們準備了怎樣的禮物。」

鮑勃拿回了被布蘭科丟在一旁的雪茄，卻沒敢點燃，只是放在鼻子下嗅著雪茄的香味：「布蘭科，這就是你要住到威亨酒店來的原因麼？明知道比爾可能在這兒為你設下了陷阱，但你卻視而不見，我真是為你捏了一把汗。」

布蘭科大笑道：「不，鮑勃，你錯了，比爾設下的陷阱是用來招待前來刺殺那個雜耍諾力的布蘭科，而不是前來下榻威亨酒店的紳士布蘭科。這就叫做最危險的地方也是最安全的地方，聰明的中國人將這種情況描述為燈下黑。鮑勃，我敢保證，那比爾根本想不到我們那麼快就來到了金山。」

鮑勃歎道：「布蘭科，做為獵人，沒有哪隻獵物能逃脫掉你的槍口，做為野獸，你卻可以將任何獵人撕成碎片。萬幸，鮑勃是你的朋友，而不是你的敵人。」

布蘭科開懷大笑，道：「鮑勃，你的話讓我非常開心，我想，我似乎可以忍受雪茄的臭味了。」

鮑勃大喜，連忙點燃了雪茄。

布蘭科又道：「鮑勃，你剛才去查看了馬戲團，確定他們中間沒有華人？」

鮑勃愜意地抽著雪茄，回道：「不，布蘭科，我是說沒看到他們中有報紙上的那個小丑。」

布蘭科搖頭道：「他不是小丑，是一個耍飛刀的雜耍。」布蘭科說著，忽地怔住了，呢喃道：「比爾・布朗先生會把這個小雜耍藏在哪裡呢？」

鮑勃道：「不管藏在了哪裡，一定不會離開金山。老布朗必然會搜腸刮肚地說出他能掌握的所有恐嚇詞彙，並告訴那個雜耍孩子，只要離開金山便是必死無疑。」

布蘭科應道：「是的，比爾是不會輕易放棄掉這塊極佳誘餌的。但是，我還是在想，親愛的比爾・布朗先生會把這塊饞人的誘餌藏到了哪裡去了呢？他為什麼不讓我看到它呢？」

鮑勃道：「或許，老布朗想吊足了你的胃口，讓你產生著急心態並失去理智，這樣的話，他的機會就將大大增加。」

布蘭科長吁了口氣，搖頭道：「不，他是沒有機會的。親愛的比爾・布朗先生他忘記了最重要的一點，布蘭科做事，從來不按常理出牌。所以，我懇請你，鮑勃，抽完這根雪茄，就立刻去把比爾的行蹤摸清楚，布蘭科在報仇之前，很想跟這位老朋友單獨見個面。」

鮑勃切著牙笑開了：「布蘭科，你很睿智，是的，幹掉了老布朗，那個雜耍小子也就失去了保護，自然要從藏身點中暴露出來。」鮑勃說完，摁滅了雪茄，穿上外套，戴上墨鏡，向門外走去。拉開房門的時候，又站住了腳，轉身道：「布蘭科，想吃點什麼喝點什麼？我順便讓侍者給你送上來。」

布蘭科聳了下肩，道：「隨便吧，怎樣都可以……不過，聽說威亨酒店的牛排相當不錯。」

鮑勃打了個響指，道：「喝點什麼呢？紅酒，還是白蘭地？」但見布蘭科攤開了雙手，鮑勃笑道：「我建議你喝點紅酒好了。對了，布蘭科，如果晚上九點鐘我還沒有回來，希望你能幫我也把仇給報了。」

比爾再次找到趙大新和羅獵，卻沒想到，自己的建議居然被拒絕了。

「再次感謝比爾警長的關心，我想，我們是環球大馬戲團的員工，必須服從馬戲團的安排，明天下午，我們就將跟隨馬戲團離開金山，前往下一站去演出。」酒店大堂中，趙大新很是客氣地拒絕了比爾。

「哦，我的上帝，年輕人，這真的是你最終的決定嗎？」比爾吃驚道：「離開了我的保護，布蘭科可以輕而易舉地找到你們，而你們，在面對布蘭科的時候，將會毫無反抗能力。我的孩子，不要迷戀你們手中的飛刀，當它遇見了布蘭科的手槍時，你們的飛刀不過就是一個兒童玩具。」

一旁羅獵笑道：「可是，伊賽卻死在了這兒童玩具下。」

比爾誇張地用指關節敲著自己的一側額頭，苦笑道：「伊賽怎麼能夠跟布蘭科相提並論呢？再說，你能夠殺死伊賽，不過是沾了伊賽輕敵的便宜。」

羅獵聳了下肩，回道：「或許，那布蘭科也會輕敵呢！」

比爾被嗆得一時說不出話來。

趙大新道：「對不起，比爾警長，我們已經做出了決定。另外，馬戲團總經理小安德森先生答應為我們配備保鏢。我想，有了保鏢的槍，再加上我們手上的飛刀，布蘭科得逞的難度一定是非常大，而失敗甚至就此丟了性命的可能性卻不小。不管怎麼說，都比被扔進監獄要好許多。」

比爾只有冷笑，保鏢若是能阻擋了布蘭科，那布蘭科就不叫布蘭科了，還有那可憐的飛刀，不知道布蘭科的子彈能不能將它們擊成兩截。「好吧，既然你們做出了最終的決定，那我也沒什麼好說的了，祝你們好運！」比爾站起身，沒有跟趙大新還是羅獵握下手又或是擁抱下，便離開了酒店大堂。

第二天下午，趙大新領著彭家班的成員，包括羅獵，跟隨馬戲團一起，登上了前往洛杉磯的火車，車站月台的一個隱蔽處，身著便裝的比爾・布朗領著一名手下親眼看著羅獵登上火車，直到火車駛出了車站。

「這是一對蠢豬！一對中國蠢豬！等他們到了洛杉磯，最多三天，洛杉磯的各大報刊將刊登出他們被殺身亡的消息！」比爾與其說是對趙大新和羅獵的決定無比遺憾，更不如說因為失去了這一對誘餌而無比痛惜。

那手下很不知趣地問了一句：「警長先生，接下來，我們該怎麼辦？」

比爾聳肩搖頭，頗為無奈道：「布蘭科先生是一個不喜歡按常理出牌的人，等他到了金山，得知了事件真相，他有可能追到洛杉磯去，也有可能留下來先把我幹掉，誰知道呢？恐怕連上帝也琢磨不透他。」

「可是，你剛才說他們兩個到了洛杉磯最多三天就……」那手下說著，看到比爾的臉色越發陰沉，不由停了下來。

「那只是願望！杜馬斯先生！」比爾終於壓制不住，咆哮起來：「鬼知道布蘭科會做出什麼樣的決定來？是那兩頭該死的中國蠢豬殺死了布蘭科的弟弟，為什麼要我來承擔後果？這是什麼狗屁法律，為什麼不能允許我強制性將他們留在金山呢？」

比爾的咆哮引來了路人的關注，一對送別了親人正準備回家的老夫婦禁不住停住了腳步多看了比爾一眼，這使得比爾更為光火，拔出手槍，揮舞著，並吼道：「看什麼看？員警辦案！再多看一眼就把你們抓起來！」

那對老夫婦趕緊收回了目光，搖著頭離開了。

發洩了一通，比爾的怒火消退了一些，理智重新佔據了主導位置，他拍了下已是手足無措的杜馬斯的肩，苦笑道：「湯姆，讓你見笑了，但我希望你能夠理解我的壓力。」

湯姆・杜馬斯點頭應道：「是的，警長先生，我知道，布蘭科是一個極難對付的傢伙。」

比爾長歎一聲，情緒極為低落，聲音盡顯疲憊，「唉……我們回去吧，湯姆，你還年輕，家裡還有三個孩子等著你的薪水來養活，我希望你從明天開始就休假，不，最好從現在開始，湯姆，你跟了我五年了，我不能眼睜睜看著你死在布蘭科的槍口下。」

湯姆哽咽道：「不，比爾，不，我不能在這時候丟下你，布蘭科他雖然比想像中還要殘忍狡猾難以對付，但我想，他畢竟只是個人，是人就會有缺陷，比爾，我們還有時間，讓我們冷靜下來，一定能找到布蘭科的弱點。」

比爾沒有再搭話，只是將手搭在了湯姆的肩上，無力地搖了搖頭，便往車站外走來。

路邊忽然響起了一聲呼哨，那呼哨似乎衝向了比爾，使得他下意識地轉頭望去，一個身穿黑色大衣，頭戴黑色禮帽，生就了一張東方男人面孔的中年男人微笑著對比爾點了點頭：「老布朗先生，我想，此刻你的心情一定很糟糕，有沒有興趣請我喝杯咖啡，聽我說些能讓你重新興奮起來的話語呢？」

「彪哥？」比爾先是用中國話叫了一聲，隨即又改回英文：「不，你錯了，年輕人，老布朗心情一直很不錯，至於請你喝杯咖啡，呵呵，改天再說吧。」

董彪似笑非笑，從衣兜中掏出煙來，彈出一支，叼在了嘴上，在劃著火柴的同時，嘟囔了一句：「布蘭科可是個惡魔！」

比爾猛然一怔，道：「你怎麼知道布蘭科這個人？」

董彪點著了煙，抽了一大口，頗為愜意地吐出了幾個煙圈來，「在金山，還沒有什麼事能瞞得過我安良堂，老布朗，你就別硬撐了，布蘭科可不像我這樣有耐心。」

比爾盯著董彪看了幾秒鐘，然後長吁口氣，道：「好吧，我願意為你支付十美分來購買一杯咖啡。」

出了火車站便有一家咖啡館，三人在街道旁找了個座位坐下來，比爾點了三杯咖啡，待侍者將咖啡送至三人面前時，比爾才開口道：「董，咖啡端上來了，你想說些什麼，現在是不是可以說了？」

董彪往咖啡中一連扔進去了三塊方糖，邊攪拌邊漫不經心道：「布蘭科盯上的人沒有一個能夠僥倖逃脫，老布朗，你也不會例外。當然，如果你選擇跟我們合作的話，結果可能會發生改變，金山將成為布蘭科人生的最後一站。」

比爾鎖緊了眉頭，問道：「安良堂一直以來只會跟洋人們做生意，但從不捲入洋人的矛盾中來，我想知道，這一次，你們為什麼會破例？」

董彪試了下咖啡的甜度，似乎還不滿意，又撚起了一塊方糖丟了進去，同時道：「不，老布朗先生，安良堂並沒有破例。布蘭科不光威脅到了你，還威脅到了我的兩個同胞，因此，安良堂有理由挺身而出。」

比爾恍然道：「怪不得，怪不得他們沒有接受我的建議，原來，他們是找到了安良堂做靠山。好吧，董，我非常樂意聽一聽你們的計畫。」

董彪用小勺舀起了一勺咖啡，放在唇邊試了下，感覺滿意了，這才端起咖啡飲啜了一口。「很簡單，你來做誘餌，獵人的活，我安良堂承擔了，幹掉了布蘭科，功勞全歸你。」

安良堂的實力毋庸置疑，比爾對十年前安良堂堂主曹濱獨闖紐維爾的傳奇仍舊是記憶猶新，若是在這個世界中找出十名可以幹掉布蘭科的人出來，那麼，比爾首推的必然是曹濱。但是，如此一來，他比爾·布朗的一世英名必將毀於一旦，即便安良堂能守住諾言，不將秘密外傳，那警察局內部也不可能封住眾人的嘴。

「你的建議很不錯，董，我非常欣賞，但我想，如果你能將那兩名中國人拿出來做誘餌，你我聯手狙殺布蘭科的話，會更有把握。」比爾·布朗說著，借助端杯子喝咖啡的動作，偷偷觀察著董彪的反應。

董彪笑道：「老布朗，如果你怕了，請直說。面對布蘭科，怕了並不丟人，但是，一個從警三十年的老警長，說出如此外行的話來，卻讓人不得不感到遺憾。」

比爾放下了咖啡，疑道：「外行？董，你為什麼會說我是外行？我很想聽聽你的解釋。」

董彪歎道：「我那兩位同胞，生平根本沒有摸過槍，以他們做誘餌，無異於羊入虎口，根本沒有反擊的可能。但你老布朗不一樣，你有反擊的能力，布蘭科不可能一口吃掉你，這樣才能給我安良堂創造出好的機會。」

比爾點頭應道：「你說得很有道理，我幾乎被你說服了，好吧，給我點時間考慮一下，不會太久，布蘭科最快也要到明天的這個時候才能趕到金山來，我想，一個上午的時間，足夠我們商討好細緻方案了。」

董彪知道比爾在猶豫什麼，但他同樣清楚，對比爾來說，相對於生命，榮譽根本就算不上什麼。比爾雖沒有暢快答應了董彪，但他最後的表態，已經說明了他最真實的想法。喝完了杯中咖啡，董彪起身跟比爾・布朗握手告辭。

比爾右手握住了董彪的手，左臂卻攬在了董彪肩上，並應道：「請轉告曹先生，我對他及安良堂，一向很尊重，將來，如果我還有將來，一定會更加尊重。」

董彪點了點頭，豎起大衣衣領，轉身離去。

走了還不到一百步，董彪正猶豫該不該叫輛計程車回去，便在這時，忽然聽到咖啡館的方向傳來了數聲槍響。

董彪不禁一怔，下意識地將手伸進了懷中，然後又想到了什麼，連忙掉頭向咖啡館奔來。

距離咖啡館還有些距離，但董彪已然看清，老布朗和他的那個叫湯姆的手下，已經躺在了血泊之中。

「布蘭科已經來了？這麼快？」董彪急急止住了腳步，街上人們受到槍聲驚嚇，四下逃竄，並沒有人上前為老布朗和湯姆進行施救。董彪搖了搖頭，他知道，即便一秒鐘也不耽擱便將老布朗和湯姆送進手術室，也絕不可能挽救了他們的性命，布蘭科殺人，絕對不會留下活口。

董彪輕歎一聲，只得轉身離去。

急沖沖趕回到堂口，董彪立刻衝進了曹濱的書房。

「濱哥，不好了……」

曹濱正在練字，回道：「再不好，也不能忘了規矩，出去，敲了門再進來。」

董彪愣了下，卻不得不按照曹濱的命令出去了，敲了門，得到了曹濱的許可，重新進到房中。

「濱哥，老布朗死了，跟他的一名手下，在火車站旁邊的一家咖啡館中被槍殺了，我想，一定是布蘭科幹的，他比我們預料的時間整整提前了一天。」

曹濱不動聲色，堅持將最後一豎寫完了，這才放下了筆來，再看曹濱寫出的那個中字，工整飽滿，似乎根本沒受到絲毫影響。

「羅獵上車了？」曹濱坐回到沙發上，指了指對面，示意董彪不必站著。

董彪點頭，同時歎出口氣，應道：「上車了，我親眼看著他上車的。」

「比爾被槍殺之前，你跟他聊過沒有？」曹濱從茶几下面，拿出了一包萬寶路，丟給了董彪，又為自己取了根雪茄，叼在了嘴上。

董彪急忙拿出火柴，給曹濱先點上了，然後想就著火自己也點上一支香煙，可是，手指卻有些僵硬，只好將火柴丟進了煙灰缸，再取出煙來，重新劃了根火柴點著了香煙。「我剛剛跟老布朗談完，走出不到一百步，槍聲就響了。」

曹濱點了下頭，道：「這倒有點意思，雖然不怎麼符合布蘭科的方式，卻也能說得過去，畢竟那布蘭科是一個不喜歡按常理出牌的人。只是可惜了，咱們失去了比爾這個絕佳的誘餌，恐怕要幹掉布蘭科，還要多費一些周折。」

董彪道：「濱哥，我覺得布蘭科在槍殺老布朗之前，應該看到我跟他在一塊談話了，對布蘭科來說，安良堂已經不再是處在暗處了。」

曹濱笑道：「有金山郵報的那篇報導，布蘭科一定會想到我安良堂，這一點倒是不足為慮，只是接下來我該用什麼方式來招待布蘭科呢？」

董彪悶著頭連抽了幾口煙，忽地抬起頭來，道：「要不，我假扮成羅獵？我跟他個頭上差不多，現在是冬天，體型上的差別好掩蓋。」

曹濱大笑道：「除非將你放在床上蓋上被，還要蒙住臉，阿彪，你已經是四十歲的人了，怎麼可能扮得了羅獵那樣十八歲不到的小夥子呢？」

董彪道：「老布朗死了，布蘭科的下一個目標肯定是羅獵，濱哥，要麼把羅獵接回堂口吧，這樣才會安全些。」

曹濱放下了雪茄，舒展了一下四肢，微微一笑，道：「把羅獵接回堂口，安全倒是安全了，可布蘭科不敢貿然攻擊，便會不住偷襲，我今天傷一個兄弟，明天死一個弟兄，卻連布蘭科的身影都逮不著，這日子還能過下去嗎？聽我的，羅獵那邊按原有計劃進行，咱們調整一下策略好了。」

鮑勃尾追馬戲團來到了車站，看到了比爾的同時，也看到了報刊照片上的諾力。車站人太多，鮑勃實在不便動手，只能記下了諾力乘坐的這趟火車駛往的目的地是洛杉磯。之後，鮑勃一直遠遠地盯梢住了比爾。

很顯然，比爾眼下仍處在毫無防範的狀態中，這使得鮑勃不禁對布蘭科又多了幾分欽佩。布蘭科放棄了跟兄弟們一起前往金山的最穩妥最安全的方案，而是帶著他一人，喬裝打扮成了商人模樣，到了最近的一個火車站，在員警的眼皮子下登上了火車來到了金山。如此一來，比原計劃整整提前了將近兩天的時間。

鮑勃看到比爾跟一個男人見了面，還去了咖啡館喝咖啡，鮑勃雖然不認識那個男人，卻能分辨出那男人應該是個中國人。那中國男人說完話喝完了咖啡轉身離去後，比爾和他的手下依舊坐在原處像是討論著什麼，對四周環境卻是一點戒備之心都沒有。

鮑勃認為，這是上帝賜予他的機會。於是，便裝做了路人向咖啡館那邊走去。順著街道漫不經心地靠近了比爾的時候，鮑勃突然拔出槍來，砰砰砰便射出了左輪手槍中的六顆子彈，其中四顆招呼到了比爾的身上，另兩顆送給了他的那位手下。趁著眾人驚慌之時，鮑勃從容地收起了手槍，還對著比爾的屍身行了個牛仔禮，然後消失在了一旁的巷口中。

鮑勃很鎮定，逃離現場的時候幾乎沒有跑，只是比平時走路的速度稍微快了一些。走出了幾百米之後，鮑勃又搶劫了一位身材跟他差不多的市民，那市民做夢都想不到自己居然能遇到此等好事，搶劫的匪徒搶走了他的外套和褲子，卻將自己的外套和褲子留給了他。換上搶劫犯的外套和褲子的時候，那名被搶劫的市民摸了下衣兜，居然在裡面發現了十元美元。這可是賺大便宜了，自己的一身衣服還不如劫匪的貴，又得到了十美元的意外之財，使得那名被搶劫的市民下定決心，說什麼也不能報警。

鮑勃換了身衣服，重新回到了案發地點，此時，員警已經趕到。鮑勃裝作看熱鬧的市民，清楚地看到，比爾和他的手下，都被白色的床單蒙住了頭臉。這說明，這倆人已經去見上帝了。

鮑勃在街上又蹓躂了一大圈，待到華燈初上之時，這才回到了威亨酒店。

「布蘭科，一個好消息一個壞消息，你讓我先說哪一個？」鮑勃見到布蘭科的時候，不禁流露出一絲得意的神情。

布蘭科站在窗前，望著窗外金山的夜景，淡淡回道：「先說好消息吧。」

鮑勃未經布蘭科允許，便點上了雪茄：「比爾・布朗已經被我幹掉了，布蘭科，很遺憾，我讓你失去了跟老朋友見面聊天的機會。」

布蘭科倏地一下轉過身來，雙眼中登時冒出了兩團火，不由分說便給了鮑勃一拳。鮑勃被打翻在地，嘴裡的雪茄也不知飛到了什麼地方，「布蘭科，你瘋了嗎？」

布蘭科怒道：「幹掉了比爾・布朗，誰來告訴我那個耍雜耍的小雜種在哪裡？鮑勃，你總是自以為是，先幹掉比爾是沒錯，但也要逼問一下那兩個雜種在哪裡！殺死伊賽的人不是比爾・布朗，是那兩個中國雜種！」

鮑勃捂著臉站起來，找到了被打落在地的雪茄，重新叼在嘴上：「布蘭科，那兩個雜種上了火車，去了洛杉磯，我親眼看到的，他們確實跟環球大馬戲團在一起。」

布蘭科獰笑道：「洛杉磯？你真以為他們會去洛杉磯？再仔細看看這篇報導吧，

我親愛的鮑勃兄弟，那兩個中國雜種很可能得到了安良堂曹濱的保護。」布蘭科抓起桌面上的金山郵報，甩到了鮑勃的臉上，隨即又發出一聲重重地歎息，接道：「也不能全怪你，是你離開後我才發現這一點的。」

鮑勃整理好那份報刊，放到了桌面上，抽了口雪茄，道：「布蘭科，我可以證實你的判斷是對的，那兩個小雜種上了火車後，比爾跟一個中國男人見了面，還聊了好久，我想，那個中國男人，一定是安良堂曹濱的手下。」

布蘭科坐到了沙發上，將身子完全仰了下來，雙眼盯著天花板，呢喃道：「曹濱……這可是我遇到過的最可怕的對手……鮑勃，我們遇到真正的麻煩了，我們必須打起精神來，決不能再衝動魯莽，不然的話，金山的某塊墓地中將會埋葬著我們兄弟兩個的屍體。」

「諾力，快看，好美的油菜花啊！」飛馳的火車上，艾莉絲手指窗外，興奮地招呼羅獵去看。

羅獵瞥了一眼，啞然失笑，道：「美麗的艾莉絲，我善意地提醒你，油菜花要到春天才能綻放，你看到的，只是一片臘梅花。」

艾莉絲隨即改口，繼續感慨：「好美的臘梅花啊！」

羅獵笑道：「艾莉絲，在你的字典中，有沒有害臊這個單詞呢？」

艾莉絲正經回道：「當然有了。」

羅獵苦笑搖頭，道：「可是，我怎麼從來沒見到你害臊呢？」

艾莉絲驚詫道：「我為什麼要害臊？」

羅獵道：「油菜花和臘梅差異那麼大，你連這點常識都沒有，難道不該害臊？」

艾莉絲瞪大了眼，不解道：「我只是在圖片中見過油菜花和臘梅，圖片和實物的差距那麼大，我認錯了也是正常，為什麼要害臊呢？還有，火車開得那麼快，我怎麼能看得清楚呢？」

羅獵撇嘴道：「儘管你說了那麼多的理由，但我認為你還是應該感到害臊，因為，油菜花只有在春天到來的時候才會綻放，這是常識，你應該知道！」

艾莉絲突然咯咯咯笑了，將頭靠在了羅獵的肩上，道：「有諾力在身邊，艾莉絲的每一天都是明媚的春天。」

羅獵登時無語。

過了好一會，艾莉絲才願意將頭從羅獵的肩上移開，「諾力，你告訴我，我們是不是遇上大麻煩了？」

羅獵捏了下艾莉絲的下巴，搖了搖頭，笑道：「沒多大事，你就放心地跟著大師嫂她們好了，我和大師兄把事情辦完，就會去找你們。」

艾莉絲搖著頭，雙眸中頓時閃出淚花來，「諾力，我很擔心你，我好怕會失去你，諾力，答應我，一定要回來找我。」

羅獵伸出了另一隻手，拎著艾莉絲的兩隻耳朵，笑著唱道：「小兔兒乖乖，把門兒開開，快點開開，我要進來。不開不開就不開，諾力沒回來，誰來也不開……」

這是十三歲時，羅獵教艾莉絲學習中文時故意拿來尋開心的一首兒歌，羅獵屬虎，艾莉絲屬兔，羅獵便叫艾莉絲為小兔兒，而艾莉絲學會了中文，知曉了中國屬相的意義，反過來叫羅獵為大貓咪。

聽到這首兒歌，不禁回憶起四年前的一幕幕，艾莉絲流著淚笑了，「大貓咪，你一定要回來，不然，小兔兒永遠都不敢再開門。」

火車到了第一個停靠站，羅獵親吻了艾莉絲的雙頰，然後跟著趙大新下了火車。

月台上，已經等著了安良堂的兄弟，接到了趙大新、羅獵，一行人迅速出了站，站外，已有車輛備好。一個多小時後，兩輛小車一前一後停了下來。

「大新哥，汽車只能開到這兒了，咱們得下了路，再走個三里多，才能到。」待趙大新和羅獵下了車，這兄弟接著解釋道：「這兒是濱哥度假休息的地方，沒幾個人知道，濱哥怕被吵到，就沒修路，濱哥每次過來，也都是從這兒走過去的。」

那兄弟對腳下很熟悉，在看似沒路的地方卻穿行自如，走出了路邊的一片灌木叢，已經下到了山澗深處，沿著山澗走了一小段，又翻過一個小山包，眼前頓時豁然開朗。這是一片被群山包圍著的草原平地，枯草的黃色和殘雪的潔白相互交替，正中有一汪湖泊，湖畔處坐落著一個莊園。

「到了，就是那兒，裡面已經備好了足夠的食物，即便十天半個月不出門也沒有關係。」那兄弟在前面引路，趙大新、羅獵緊跟其後，三人很快走進了莊園。

莊園中等著了一個五十來歲的中年婦女，那兄弟介紹道：「這是周嫂，其實，我們該叫周姨才對，可是跟著濱哥叫慣了，周嫂也不喜歡我們叫她周姨，總說叫周姨都把她給叫老了。你們倆啊，也不知道哪兒修來的福，周嫂做飯啊，可好吃了！」

周嫂先是跟趙大新、羅獵打了招呼，然後對那兄弟道：「小鞍子，你這麼說話周嫂就不愛聽了，要說有口福，當屬你小鞍子才是，你說，那麼多兄弟，濱哥怎麼就選中了你來帶路呢？」

小鞍子姓馬，單名一個鞍字，這兄弟最大的能耐就是認路，就算蒙上了他的雙眼，帶上他繞個百十里路，他都能來上一個原路返回。「嘿嘿，周嫂說得對，小鞍子才是最有口福的人，周嫂，你還是趕緊去燒菜吧，大新哥和羅獵兄弟坐了一路火車又走了那麼遠的路，一定很餓了。」

周嫂衝著馬鞍作勢要打，嚇得馬鞍急忙躲到了趙大新的背後。周嫂笑罵道：「是你個小饞鬼餓了吧？等著啊，馬上就可以開飯了。」

第五章

真正的陷阱

布蘭科不到一個來回便打光了左輪手槍中的子彈，
迅速裝填了子彈，在第二個來回中全部射了出去。
但院落中仍舊是毫無反應。
似乎，曹濱設下的陷阱並不在那片草原上，
而這處院落，才是真正的陷阱。

這處莊園距離金山市並沒有多遠，火車駛出金山不過二十餘公里便是停靠的第一站，是一個名叫羅斯維爾的鎮子，曹濱的度假莊園所在地和金山及羅斯維爾鎮形成了一個等邊三角形。事實上，從金山驅車直接抵達這座莊園會更加便捷，但不知曹濱為何要多此一舉，安排趙大新、羅獵先跟著環球大馬戲團上了火車，然後再繞道過來。

二十公里外的金山市中，曹濱一反常態，開了三輛車，帶了五六名手下，在金山的大街上游來蕩去。沒有人知道曹濱的目的是什麼，就連跟著他的那些個弟兄也是一頭霧水，濱哥從來沒有如此招搖過，即便偶爾來金山的主街道，也是辦完事立刻離去。更令弟兄們想不懂的是，濱哥這種陣仗出行，而彪哥卻不見了影蹤，要知道，濱哥出門，要麼是獨自一人，要麼，身邊必然有彪哥陪伴。

三輛車在金山的各條大道上兜了一圈，然後駛回到了唐人街，在唐人街的一家飯店中，曹濱帶著弟兄們簡單吃了個晚飯，然後開著車又去了金山的主幹道上轉悠，一直轉悠到了晚上快九點鐘，才回到了堂口歇息了下來。

「彪哥呢？怎麼還沒見到他呢？」隨行的一兄弟滿腹狐疑，禁不住問了身旁的另一弟兄。

「不知道呢，咱們出門的時候還在堂口，就算不跟著濱哥出門，那濱哥回來了也該來迎接才是啊！莫非，彪哥跟濱哥鬧彆扭了？」那兄弟也是一臉的疑雲。

又一兄弟插嘴道：「你可拉倒吧，彪哥跟了濱哥快二十年了，誰見過他們兄弟倆鬧過彆扭？彪哥一定是外出辦事了！」

這幾個兄弟嘀嘀咕咕的說話聲還是被曹濱聽到了，他只是往這邊瞥了一眼，便嚇得這仨兄弟趕緊閉上了嘴巴。

「都去休息吧，別沒事就在那兒瞎猜疑。你們彪哥不會跟我鬧彆扭，他也沒出去辦事，只是生病了，拉肚子，帶他上街，要是拉在車上不是要臭死人了麼？」曹濱的目光雖然嚴厲，但口吻間卻是輕柔，說到擔心彪哥拉在車上時，還笑了一笑。

兄弟們得到了答案，自然也就不用私下嘀咕了，將濱哥送上了樓，也就該幹啥幹啥去了。

天濛濛亮的時候，正是人們睡得正酣之時，曹濱突然從樓道口現出身來，對著巡夜的弟兄做了個噤聲的手勢，然後獨自一人上了輛車，然後駛出了堂口。

不一會，又有兩名弟兄走出了樓口，跳上了另一輛車，駛了出去。兩車在唐人街上匯合後，便一前一後向羅斯維爾鎮的方向駛去。車子並沒有進入羅斯維爾鎮，只是在其周邊轉了一圈，便調頭駛向了莊院方向。

到了那個路口，曹濱下了車，叮囑後面車上的兩名弟兄：「在這兒等我。」然後，隻身一人去了莊院。

曹濱走入莊院的時候，天已大亮，趙大新和羅獵已經起床。

「濱哥，你怎麼來了？」見到曹濱，趙大新一臉驚愕。羅獵跟著問道：「是出了什麼意外了嗎？」

曹濱笑了笑，回道：「算是意外吧，比爾警長被人當街槍殺了。」

趙大新猛然一驚，道：「布蘭科幹的？」

羅獵倒是平靜，替了曹濱作答道：「不是他又能是誰？」

曹濱看了眼羅獵，微微一笑，問道：「你就一點都不怕麼？」

羅獵撇嘴道：「怕，當然怕，可是，怕又不能將布蘭科給怕死了，那怕又有什麼用呢？乾脆裝著不怕好了。」羅獵說完，露出了一個燦爛的笑容來，接道：「濱哥，周姨做飯可真好吃，昨晚上我都吃撐了。」

曹濱哼笑道：「你管周嫂叫周姨？當心她拿做飯的鐵勺敲你的頭。」

羅獵道：「可我昨天就叫了她周姨，她還答應了，也沒見她生氣啊！」

曹濱笑道：「可能是她真老了吧。好了，你們洗臉刷牙準備吃早飯吧，我還要跟你們彪哥商量些事情。」

羅獵這下倒是驚到了，不由問道：「彪哥也來了？什麼時候到的？我們怎麼一點動靜都沒有聽到呢？」言外之意，自帶檢討意味，想來也是，假若被布蘭科知道了藏身地，半夜摸來，自己卻渾然不知，豈不是毀了濱哥的一片苦心安排。

曹濱進屋之前，董彪還在酣睡，但當曹濱推開房門的時候，董彪已經翻身到了床的一側，手中握著的便是那杆嶄新的毛瑟九八式步槍。待看到進來之人乃是曹濱的時候，董彪跳回到床上，鑽進了被窩中：「濱哥，讓我再睡一會。」

曹濱掏出雪茄，點上了，坐到了窗前的椅子上，道：「起來了，我可是一整夜都沒合過眼哦。」

董彪很不情願地起床穿衣，並嘟囔道：「你開車，我開腿，那能比嗎？」

曹濱笑道：「要不咱倆換換？等回去的時候，你開車，我開腿。」

董彪穿好了衣服，抱著那杆步槍，坐到了曹濱對面：「濱哥，你還順利麼？」

曹濱歎了口氣，道：「該做的事都做了，能不能引來布蘭科也只能問上帝了。」

董彪道：「濱哥，別怪我多嘴啊，你開車，那布蘭科開腿，我怎麼也不敢相信他能追蹤到這兒來。」

曹濱噴了口煙，笑道：「我能做到的事，布蘭科一定能做到，我現在只是擔心他看穿了我的計畫。」

董彪端起步槍瞄著窗外，道：「不可能，布蘭科對咱們安良堂的瞭解只限於你濱哥。」

曹濱點頭應道：「這可能是咱們對布蘭科唯一的優勢了。所以，當濱哥離開了這兒的時候，布蘭科就敢大膽進攻了。」

董彪繼續瞄著窗外，卻突然一怔，放下了手中步槍：「周嫂，你嚇到我了知不知道啊？」

周嫂敲著窗戶道：「濱哥，彪哥，吃飯了。」周嫂熬了小米粥，烙了發麵餅，再搭上幾樣自己醃製的鹹菜，正是大多數中國人最為習慣的早餐。羅獵自打來到了這美利堅，已有四年半之久，但吃到這種充滿了家鄉味道的早餐卻還是頭一遭，結果，一不小心又吃撐了。

曹濱最先放下了碗筷，安排道：「大新，羅獵，吃完飯你倆可以在院子裡活動活動，練練飛刀什麼的，只要不出這個院子就行。」

曹濱吃的並不多，他是個南方人，並不怎麼習慣這種北方的早餐，只是為了羅獵，曹濱才特意吩咐周嫂不必顧忌他。

羅獵習慣了早起鍛煉，可是，自打坐上火車前往金山來，整十天，他就沒得到早鍛煉的機會，早已是渾身難受，來到了這兒，大師兄又不讓自己到院子中去，可是把羅獵給悶得夠嗆，得到了曹濱的允許，羅獵高興地差點跳了起來，急忙放下碗筷，拖著馬鞍來到了院子中。

「鞍子哥，你撿些石塊來，我練飛刀給你看。」羅獵手腕一抖，從袖口中滑落出一柄飛刀扣在了掌心。

馬鞍不解問道：「你練你的飛刀，幹嘛讓我撿石塊呢？」

羅獵興奮道：「你扔石塊，我用飛刀射它。」

馬鞍嘟囔道：「吹牛也不帶打下草稿的……還飛刀射石塊，你能射中門口那棵小樹就夠狠的了！」說是這麼說，但馬鞍還是彎下腰撿了幾塊雞蛋大小的土疙瘩。「我扔了啊！」

羅獵拉好了架勢，道：「來吧，隨便哪個方向，速度越快越好。」

曹濱拖了張椅子坐在了房廊上，董彪則立在了一旁，二人看著院落中的羅獵一刀接著一刀將馬鞍拋出去的土疙瘩一一擊得粉碎。

「有些早了吧，濱哥，五十里的路，我阿彪可是走了足足四個小時，布蘭科能有我走得快麼？」

董彪依在了房廊的一根立柱上，兩隻眼睛不時地從羅獵、馬鞍的身上轉移到院落四周。「你先去了羅斯維爾，然後再轉過來，這可是得有個小一百里路哦！」

曹濱淡淡一笑，道：「布蘭科沒你那麼笨，租輛車或搶匹馬，他辦法多得很。」

董彪又拋出了個新問題：「濱哥，要是沒把布蘭科引來，咱們該怎麼做？在這等下去嗎？」

曹濱點了點頭，道：「這場比拚，拚的不單是能力，還有意志力，誰更有耐心，誰的贏面就會更大一些。十年前，布蘭科便是在意志力上輸給了我，沒想到，十年後，我跟他比拚的卻仍是意志力。」

董彪道：「十年前你跟布蘭科之間到底發生了什麼？濱哥，你從來不說，我也不敢多嘴去問……」

曹濱笑道：「其實也沒有什麼，布蘭科確實是條好漢，沒有仗著人多勢眾來欺壓我，跟我一對一比拚了一把，我用了五天的時間熬倒了他，也就順便帶回了那顆洋人的人頭。」

「當然，布蘭科要是真的仗勢欺人的話，我恐怕是回不來了，但布蘭科以及紐維爾小鎮的傳奇故事估計也會在十年前劃上一個句號了。」

董彪對十年前曹濱獨闖紐維爾小鎮的傳奇故事展開過無數次想像，可想像出的情節總是有這樣或那樣的漏洞根本經不起推敲，因而，這十年來，董彪對這件事的好奇心是越來越重。今天好不容易等到了濱哥主動提起這件事，那董彪怎肯放過濱哥如此輕描淡寫一筆帶過？

「濱哥，五天哪！你都跟他比拚了什麼需要用五天的時間？」那董彪的表情雖然誇張，但也卻符合他的真實感受。

曹濱打了個哈欠，揉了揉兩側太陽穴，道：「真沒什麼，就是在沙漠裡看誰挺的時間更長一點。」

董彪仍舊不滿意，使出了激將法：「算了算了，就當我沒問過，我只求濱哥，萬一我死在了布蘭科的手上，記得在我的墳前給我細細講一遍就成了。」

曹濱擰起了眉頭，只一下，隨即便舒展開來，回道：「好吧，我答應你。」

布蘭科從來就沒讓對手失望過，這一次，面對安良堂曹濱，自然也不例外。

曹濱的反常行為自然引得了布蘭科的注意，「鮑勃，你怎麼看？」

鮑勃拿著單筒望遠鏡緊盯著安良堂堂口的大門，聽到布蘭科問話，放下了望遠鏡，轉過身來，先聳了下肩，再道：「他肯定是在掩蓋著什麼。」

布蘭科點了點頭，歎道：「是啊，他肯定是在掩蓋著什麼，可是，他究竟在掩蓋什麼呢？」

鮑勃道：「我想，他可能是想轉移我們的注意力，然後偷偷地把那兩個狗雜種給送進去。」

布蘭科從鮑勃手上拿過望遠鏡，看了兩眼，若有所思道：「我不相信那兩個雜種真的去了洛杉磯，曹濱沒那麼愚蠢，洛杉磯不是他的地盤，在洛杉磯對決，布蘭科的勝算要遠大於曹濱，所以，那兩個雜種一定還在金山。如果你的判斷是成立的，那麼，我在想，曹濱為什麼要這麼做呢？將那兩個雜種接進他的老巢，看上去是最保險的辦法，可最保險也就代表著最為被動，曹濱是一個甘於被動的人嗎？不，他不是，他絕對不是！」

鮑勃道：「或者，他是想將我們引開，然後在他的老巢中為我們添兩張餐桌，等我們殺進去的時候，好為我們準備一些驚喜？」

布蘭科掏出了煙來，點上了一支，緩緩吐出一口濃煙，布蘭科輕輕搖頭，道：

「如果是那樣的話，用不著曹濱親自來做。鮑勃，你可要盯緊了。」布蘭科將手中望遠鏡交還給了鮑勃，又叮囑了一句：「我猜測，曹濱很可能會出門。」

布蘭科和鮑勃的藏身地是一間教堂的塔尖，這間教堂距離安良堂只有三百來米的垂直距離，教堂塔尖的高度足有三十米之多，到安良堂之間又無其他較高的建築物，因而視野非常清楚。若不是晚上光線不足，那安良堂中所有人的一舉一動，恐怕都能被布蘭科和鮑勃看個一清二楚。

二人輪流監視，終於看到曹濱的車隊駛回了堂口，再接著，堂口設在外面的燈光一一熄滅，只剩下了樓口處一盞並不算多明亮的燈。

「布蘭科，他們都睡了，我們還要堅持下去嗎？」鮑勃控制不住地打了個哈欠。

布蘭科似乎也有些疲憊，被鮑勃引得跟著打了個哈欠：「啊——鮑勃，請相信我的直覺，曹濱今天夜裡肯定會有所行動。」

堅持到了黎明時分，二人的辛苦終於得到了回報，安良堂的樓口處閃出了一個人影來。布蘭科抓過單筒望遠鏡，只看了一眼，便斷定道：「沒錯，是曹濱，我的直覺果然沒錯，這隻狡猾的獵豹要出山了。」

鮑勃道：「布蘭科，我們要緊緊跟上他嗎？」

布蘭科陰笑道：「不，讓他舒舒服服地開始旅程，這樣，他才能告訴我們他到底想去哪兒。」

鮑勃擔心道：「布蘭科，他要是駛出金山的話，那我們是很難再找到他的。」

布蘭科蔑笑道：「再狡猾的獵豹也逃不出優秀獵人的掌心，鮑勃，我們不能著急，幹掉比爾·布朗，我們兩個已經足夠了，但想打敗曹濱，只我們兩個還遠遠不夠，我們必須要等來我們的兄弟。」

鮑勃下意識地掏出了懷錶看了一眼，自語道：「按理說，他們也差不多該到了。」

布蘭科點了點頭，道：「鮑勃，你留下來等著他們，然後按照我留給你們的標記去找我，我要先走一步，去看看曹濱他到底去了哪兒。」

曹濱猜測的沒錯，布蘭科確實不會傻到徒步追蹤汽車。

布蘭科苦心經營紐維爾小鎮，尤其是最近幾年吃上了搶劫火車這碗飯，因而積攢了大量的財富，而在金山租輛車的費用並不算有多貴。

布蘭科開著租來的車上了路，一邊辨認著曹濱車子留下來的痕跡，一邊慢悠悠向前追，偶爾停下車來在路邊給鮑勃他們做下個記號。曹濱在羅斯維爾鎮周邊兜的那一圈也沒能給布蘭科造成多大的困惑，他很快就辨別清楚了曹濱的去向，開著車追到了曹濱停車的路口。

遠遠看到了曹濱停在路邊的兩輛車子，布蘭科的臉上閃現出一絲得意，他既沒有減速，也沒有加速，依舊保持了原來的速度，從那兩輛車面前駛了過去。

曹濱將車子停在了路邊，而曹濱的人並不在車上，而從時間上推斷，這兩輛車應該在原地停了很久，這只能說明，曹濱已經下了車，去了另外一個地方。而從車上留著的兩個人的不經意的目光中，布蘭科已經判斷出了曹濱所去的方向。

布蘭科將車子往前開了大約有兩公里多，然後停了下來，下了車，繞了一大圈，終於遠遠地望見了湖畔邊上的那處院落。

單筒望遠鏡的視角中，布蘭科看到了曹濱，也看到了正在練習飛刀的羅獵。

「很好，曹濱，你確實是一名值得尊重的對手，這處莊院設計的很巧妙，周邊有至少兩百米的開闊地，無論是白天還是夜晚，都很難不被發覺便可潛入進去。看來，你不單善於進攻，同樣善於放手，布蘭科為能有你這樣的對手而感到驕傲！」布蘭科潛伏在遠處的一片灌木叢中，一邊觀察，一邊自語。待看清楚了整個院落，布蘭科收起了望遠鏡，掏出了萬寶路，但猶豫了一下後，卻將香煙重新放回了口袋中。抽煙會冒出煙來，雖然距離很遠，這點煙霧很難被發覺，但布蘭科卻十分謹慎，不願冒絲毫風險。

布蘭科重新回到了路上，坐進車中，卻沒著急啟動車子，先點上了一支煙，邊抽煙，邊思考著什麼。「曹濱，你很聰明，也很有經驗，只可惜，你的對手是布蘭科，十年前你僥倖贏我，但今天，布蘭科不會再輕敵了。」

布蘭科低聲自語，扔掉了手中的煙頭，發動了汽車，繼續向前駛去。布蘭科對這一帶的路況並不熟悉，但他的方向感很不錯，知道他一路駛來已經調轉了方向，繼續向前，便是金山。

鮑勃在事先約定好了的地點終於等到了他的十幾名弟兄，正準備出發，卻見布蘭科回來了。

「布蘭科，看你的神色就知道，一定遇到了好事。」鮑勃叼著雪茄，迎了上去。

布蘭科跟弟兄們打了招呼，然後坐了下來，將雙腿擺在前面茶几上，「幸虧我回來的及時，不然走岔了，又會耽誤一天時間。你們都靠近點，我要給你們派活了。」

羅獵終於將身子徹底活動開了，並出了一身的熱汗，這才願意停歇下來。

待羅獵擦洗乾淨後，曹濱將羅獵叫到了跟前，問道：「羅獵，假如布蘭科就在對面的那片灌木叢中，你認為，他會選擇怎樣的方式進攻我們呢？」

羅獵笑道：「這個問題我早就想過了，濱哥，我認為最好的進攻方式是用炮。」

曹濱啞然失笑，卻又不能說羅獵的回答是錯的，用炮轟顯然是最有效的進攻手段。「布蘭科是搞不到合適的火炮的，除了使用火炮，你還想到其他什麼辦法嗎？」

羅獵手指院落之外，道：「院子外有幾百米的開闊地，其間沒有任何可隱身的地方，強攻的話，只會落下個挨打吃槍子的結果，所以，只有偷襲。濱哥，這院子外面的開闊地既有優勢也有弊端啊。」

曹濱饒有興趣問道：「弊端？哦？說說看。」

羅獵道：「這片草地的色彩極其單調，很容易就讓人產生視覺上的疲勞，白天好一些，到了夜晚，只要布蘭科披上了相同顏色的披風，趴在草地上慢慢爬行，咱們是很難發覺的。」

曹濱點著頭露出了笑來：「嗯，很不錯，這是這處莊院唯一的漏洞，居然被你看出來了。」

羅獵撇了下嘴，道：「這麼簡單的漏洞，濱哥應該早就知道，所以，我猜測，這個漏洞對布蘭科來說，卻是最危險的陷阱。」

曹濱問道：「既然是防範上的漏洞，能補救回來就很不錯了，怎麼能說是對布蘭科布下的陷阱呢？」

羅獵應道：「昨天傍晚我到這兒的時候，就發現這片草地有個特殊之處，田鼠和野兔特別多。」

曹濱笑道：「你的意思是說，那些田鼠和野兔是我給布蘭科設下的陷阱麼？」

羅獵淡淡一笑，道：「那倒不是，不過這些田鼠野兔一定是濱哥有意餵養的。」

曹濱微微頷首，臉上卻是不以為然，道：「接著說。」

羅獵接著道：「這些小動物對危險的嗅覺要遠大於人，而且，越是到了夜晚，便會更加警覺。布蘭科若是看到了這個漏洞，採取了我說的辦法，可能不會被咱們所發覺，但一定會驚動了沿途中的田鼠和野兔。牠們不會考慮布蘭科是敵是友，牠們一定會四下逃竄，只要咱們發覺了這些異樣，便可斷定有外敵入侵。」

曹濱不由直起了身子，道：「咱們斷定了有外敵入侵，那又該怎麼應對呢？」

羅獵笑了下，回道：「我猜，濱哥一定會不動聲色，等到他們爬到了草地的中間地帶，便會打開探照燈。」

曹濱皺起了眉頭，道：「探照燈？這院子裡哪來的探照燈？」

羅獵不好意思地撓了下頭，道：「我猜一定有，我看到了發電機，若是只為了這幾間房間的照明，濱哥不會用那麼大功率的發電機，所以，雖然我還沒找到探照燈藏在哪兒，但我猜，濱哥一定在院子裡安裝了探照燈，而且，應該還不止一個。」

曹濱的表情顯然有些吃驚，但仍舊保持著沉靜，無奈一笑後，又接著問道：「那為什麼又非得等到他們爬到了中間的時候才打開探照燈呢？早一點不行嗎？或者乾脆晚一點，等他們靠近了院子，再開燈照他們，這樣不是更方便教訓他們麼？」

羅獵伸開雙臂比劃著，同時道：「這片草地的寬度大約有兩百來米，等他們爬到中間的時候，向前距離院子以及向後退回到灌木叢中，都是一百來米。布蘭科當街槍殺比爾警長，這說明他們習慣用的武器應該是手槍。手槍的有效射程不高，我問過彪哥，彪哥說超過了三十米，根本就打不準人，但步槍不一樣，彪哥手裡拿著的那杆步槍，兩百米的距離同樣能打得準。所以，在中間地帶將布蘭科他們暴露出來，不管他們是往前衝還是往後退，彪哥都會有足夠的時間給他們一一點名。」

曹濱的面色突然嚴肅起來，沉聲問道：「你說的這些是誰教你的？你大師兄還是你彪哥？」

羅獵驚異地看著曹濱，應道：「我自己想出來的呀？怎麼啦，濱哥，我做錯什麼了麼？」

曹濱突然長歎一聲，將身子仰在了椅子靠背上，微微閉上了雙眼，沉靜了好一會子。待曹濱再直起身來時，臉上已然不見了嚴肅，盡顯欣慰之色，深邃的雙眸中流露出來的是溫暖還夾雜著少許的激動。「抽出些時間來，跟你彪哥再好好練一練槍法吧，近戰的話，飛刀可能比槍要快，但距離遠了，還是槍的威力更大些。」

羅獵雖然有些不情願，卻也不敢當面反駁曹濱。

曹濱接著苦笑一聲，幽歎自語：「一個孩子都能看得出來，那布蘭科呢？」

身後房間中傳來了董彪的聲音：「我敢打賭，布蘭科絕對沒有羅獵那麼聰明，濱哥，我對總堂主發誓，我絕對沒有跟羅獵透露過一個字，只是他剛才擦洗身子的時候碰見了我，隨口問了我手槍和步槍射程的問題。」

曹濱沒好氣地回道：「睡你的覺去！夜裡還要靠著你呢！」

羅獵小心翼翼地插話道：「其實，根本不存在完美無缺的計畫，任何計畫都存在一定的賭性，賭對方沒能看出破綻而上了當。濱哥，我建議你還是賭一下，我是進了這個院落，得到了仔細觀察的機會，才琢磨明白這一切的，但布蘭科卻沒有這個機會，他最多也就是在遠處看上幾眼而已。」

曹濱從懷中掏出了根雪茄來，點上了，噴了幾口煙後，才道：「你說得對，羅獵，布蘭科絕不會是因為不夠聰明才未能看穿我布下的這個局，他若是真的中了招，只會是因為他沒有足夠的條件觀察到那些細微之處。」

屋內，又傳出了董彪的聲音：「安心等著唄，反正著急的又不是咱們，有周嫂在這兒做飯給咱們吃，我倒是樂意多等幾天呢！」

黃昏時分，布蘭科帶領著手下十多名弟兄重新回到了往那莊院的路口。路口處停著的那兩輛車已經不見了蹤影，按常理推測，應該是曹濱離開了那處院落，回他的老巢去了。

布蘭科的目標是羅獵和趙大新，曹濱的離去只會對布蘭科更加有利。

一幫人潛伏到了白天布蘭科待過的那片灌木叢中，鮑勃習慣性又叼上了雪茄。布蘭科一巴掌搧了過來，低聲吼道：「你想給對面的人打聲招呼麼？」

鮑勃陪笑道：「我只是過過乾癮，並沒有點著它的想法。」

布蘭科拿出單筒望遠鏡，趴在灌木叢中觀察了院落，院落中殺死他親兄弟的兩個馬戲團雜耍還在那裡，上午見到的陪那個諾力練飛刀的小傢伙也在那兒，那個上了歲數的婦女還是忙忙碌碌，除此之外，再無其他發現。

布蘭科將望遠鏡遞給了鮑勃，並道：「鮑勃，我總是能嗅到這空氣中瀰漫著一股危險的味道，我真的無法確定他們是疏於防範還是布好了陷阱。」

鮑勃看了幾眼，轉過頭衝著布蘭科笑開了：「布蘭科，你太謹慎了，曹濱將這倆雜種藏在了這種地方實在是很隱蔽，他昨晚上的反常舉動現在看來不過是為了掩蓋他今天的行蹤。布蘭科，我不認為他們在這兒布了陷阱，但我也不認為他們會疏於防範，那院子中有好幾間房間，鬼知道裡面藏了多少名殺手。」

布蘭科點頭應道：「鮑勃，你說的很有道理，但我認為，曹濱不會這麼大意，他一定會想到我跟蹤了他，並發現了這裡。如果此時他們仍舊沒做出足夠的防範，那麼只能說明曹濱已經為我們布下了陷阱。」

鮑勃疑道：「這空蕩蕩的一片，他能布下什麼樣的陷阱呢？除了在那幾間房間中藏些殺手，我實在是想不出還能有其他什麼危險出來。」

布蘭科冷笑道：「陷阱往往就在你看到的最不經意的地方，鮑勃，我的直覺告訴我，這兩百多米寬的草地很可能成為我們的葬身之地。鮑勃，你再仔細看看這個院落四周的環境，我敢打賭，那個湖泊中肯定佈滿了各種要人命的玩意，想進到那處院落，只能經過眼前的這片草地，可是，只要曹濱手上有一杆射程超過兩百米的步槍，那我們便只有吃槍子的份了。」

鮑勃道：「布蘭科，你要對自己有信心，我認為，你的辦法是可行的，莫說他們沒有防備，即便有，我們也一樣能神不知鬼不覺地潛伏到院落邊上。」

布蘭科搖了搖頭，道：「不，鮑勃，我改變主意了。」

天色逐漸暗淡下來，布蘭科一夥人安靜地躲在灌木叢中，沒有人知道布蘭科下一步的打算，也沒有人敢向布蘭科發問。

「鮑勃，鮑勃？」布蘭科仰躺在灌木叢中，距離他那幫弟兄稍有些距離。

鮑勃貓著腰來到了布蘭科身邊。

布蘭科道：「讓他們吃東西，吃完了睡上一會。」

鮑勃驚疑道：「布蘭科，今晚上不行動了麼？」

布蘭科道：「問上帝吧，只有他才知道。不過，我感覺上帝站在我們這邊。」

鮑勃道：「布蘭科，你在等什麼嗎？」

布蘭科指了指天空，道：「鮑勃，你有沒有發現今晚的月亮份外明亮麼？」

鮑勃感慨道：「是啊，布蘭科，可你卻說上帝站在了我們這邊。」

布蘭科詭秘一笑，道：「上帝正在考驗我們有沒有足夠的耐心。」

入夜後，風漸起，皎潔的月亮周邊有了些閑雲。雲彩先是一縷縷從月下飄過，隨後變成了一片片，最後卻將月亮整個遮擋了起來。星星也不見了影蹤，整個天空變得黑黝黝。

曹濱立於窗前，望著窗外，面如沉水。

身後，董彪不無憂慮道：「看來要下雨了。」

曹濱輕歎一聲，應道：「是啊！恐怕這場雨不會小了。」

董彪拎著步槍來到了曹濱身旁，道：「濱哥，這雨要是下大了，布蘭科的機會可就來了。」

曹濱道：「布蘭科的機會，同樣也是我們的機會！」

董彪道：「可是，濱哥，風雨中，我的準頭可保證不了。」

曹濱冷哼一聲，道：「那就近戰，再不行，肉搏！」

到了下半夜，雨終於下來了。緊密的雨絲中夾雜著粒粒冰沙。

躲在灌木叢中的布蘭科露出了得意的猙獰：「鮑勃，去把你的寶貝兒們牽過來吧！」

鮑勃應聲退出了那片灌木叢。退回到了公路上，鮑勃吹了聲口哨，不遠處登時響起了馬蹄聲，兩名牛仔一前一後，趕著十幾匹駿馬現身於風雨中。

風急雨密，天色黝黑，遮住了馬隊的身影也掩蓋了馬隊的嘶鳴蹄聲，鮑勃領著那兩名牛仔弟兄，將馬隊趕下了路基，來到了那片灌木叢後。

「兄弟們，上馬！為伊賽報仇的時刻到了！」布蘭科率先躍上了馬背。一眾弟兄緊隨其後，跨上馬背，左手握韁，右手揮槍。

「兄弟們，衝！」

十數匹駿馬一字兒排開，向院落急衝過來。

院落中，發電機的轟鳴聲驟然響起，三盞強力探射燈照亮了那片草地，同時，董彪手中的步槍也響了。

黑夜中，若是以人的速度奔跑完這兩百來米的草地，恐怕最快也要半分鐘，有這時間，董彪至少能放出二十槍，但，對駿馬來說，兩百來米的距離不過就是十來秒的事，董彪只放出了七槍，射中了三人。

另有十二三名牛仔在布蘭科和鮑勃的帶領下衝到了院落邊上。這幫人並沒有急著衝進院落中來，而是圍著院落，像鐘擺一般來回穿梭，並不斷向院落中射擊。

一時間，馬蹄踏地之聲，駿馬嘶鳴之聲，牛仔放縱吼聲，以及密集的槍聲和子彈穿過物體時的爆裂之聲交雜在了一起。

而院落中，卻毫無動靜。

董彪的步槍只響了七聲，之後便猶如打光了子彈一般，再無反應。而各個房間均滅著燈，就連探照燈也不知道什麼時候滅了兩盞，僅剩下的一盞也完全失去了方向。

布蘭科不到一個來回便打光了左輪手槍中的子彈，迅速裝填了子彈，在第二個來回中全部射了出去。

但院落中仍舊是毫無反應。

似乎，曹濱設下的陷阱並不在那片草原上，而這處院落，才是真正的陷阱。

「轟——」

布蘭科剛剛有此驚覺，那院落某處便爆出了一個巨大的火球。布蘭科被爆炸的衝擊波連人帶馬直接掀翻在地，人算僥倖，並無大礙，可那馬兒，努力掙扎想重新站立，卻最終無奈放棄。

並不是每一名弟兄都有著布蘭科的運氣，鮑勃便被爆炸飛出的一個碎片擊中頭顱，雖然一時尚未斷氣，卻也是出的多進的少，四肢不停抽搐。

和鮑勃有著相同噩運的不在少數，爆炸後還能站起身來的，只剩下了一半不到。

然而，此時卻又響起了步槍的槍聲，只不過，這次的槍聲是從周邊傳進來的。步槍快速連續射擊，其間，還夾雜著左輪手槍的槍聲。一陣亂槍過後，院落邊緣，能站著的便只剩下了布蘭科。

「十年不見，你還好嗎？我親愛的朋友，布蘭科。」槍聲停歇下來，槍響之處，傳來了曹濱的聲音。

院落爆炸後燃起了熊熊大火，火光映射下，曹濱笑容可掬，緩緩走來，勝似閒庭信步。左手側，則是董彪，肩扛長槍，口吹哨音。右手一側，乃是一帥氣青年，眉清目秀，氣宇軒昂。

「十年前，在你的紐維爾，你便贏不了我，十年後，在我曹濱的底盤上，你又何談勝機？布蘭科，扔掉你手中的槍，放棄反抗，我保證會讓你活下去。」曹濱走到了距離布蘭科約有十米的地方站住了。

布蘭科按照曹濱的指令將手中左輪扔在了地上，抱起了雙臂，慘笑道：「我輸了，徹徹底底的輸了，但這一次，曹濱，你勝得並不光彩！」

董彪大笑道：「我兄弟二人，全殲你一十七人，還不夠漂亮不夠光彩麼？」

布蘭科蔑笑著切牙擠出了八個中國字：「陰謀詭計，勝之不武。」

曹濱道：「既然你學了中國話，那我就再送你一句，兵者，詭道也。布蘭科，你只有真正理解了這五個字，才能有機會戰勝我，只可惜，你已經沒有機會了，美利堅合眾國的監獄會成為你終了的地方。」

布蘭科像一隻鬥敗的公雞一般垂下頭來，可就在曹濱將手中左輪插入槍套之時，那布蘭科原本環抱著的雙臂突然展開，左右手中同時多出了一把手槍。

然而，布蘭科尚未來得及瞄準，只覺得眼前寒光一閃，喉嚨處頓時有些涼意。

「呃……」布蘭科已然無法發聲，雙手棄掉了手槍捂住了脖頸，雙眼膨出，似乎在吶喊：「告訴我，老子是怎麼死掉的？」

羅獵快步上前，先撿起了布蘭科丟在地上的三把手槍，然後來到布蘭科面前，撥開了布蘭科的雙手，拔出了插在他喉嚨處的飛刀。

轉身回來之時，身後發出了布蘭科轟然倒地的聲響。

這院落說是曹濱的度假莊園，實則是他的避難場所，地面上倒也稀鬆平常，一個三十來米見方的院子中建了七八間平房。但在地下，卻是別有洞天。

曹濱起初並沒打算用到他的最後一招，然而，他為布蘭科設下的局卻被羅獵輕鬆道出，使得曹濱不得不對自己的計畫重新審視，最終，他做出了改變。

當布蘭科躍上駿馬的時候，曹濱已經將周嫂、小鞍子、趙大新三人送到了地下室中，轉回來啟動了發電機的大功率模式，打開了探照燈之後，帶著羅獵也下到了地下室中，地面上，只留下了董彪一人。

董彪快速射出了七發子彈，卻見到布蘭科等人已衝過了那片草地的中線，不敢戀戰，急忙點燃事先埋設好了的炸藥導火線，跟著鑽進了地下室中。待炸藥爆炸，曹濱、董彪從地下室的另一出口鑽出，從周邊將布蘭科的那些殘餘部下盡數殲滅。

「布蘭科其實還是有翻盤機會的，我真是沒想到，他居然在腋下還藏了兩把槍。若不是羅獵手快，阿彪，咱們兩個可能就要交代嘍。」曹濱拍了拍董彪的肩，又攬過羅獵來，感慨道：「我一直告誡弟兄們，在任何情況下對敵人都不可掉以輕心，可沒想到自己卻差點栽在這上面了。」

羅獵將飛刀擦乾淨了，收了起來，側臉對著曹濱不好意思地笑了下，回道：「我不出刀，濱哥也會出槍的，布蘭科雖然困獸猶鬥，但他的雙手在顫抖，他已經絕望了，是傷不了濱哥的。」

董彪笑道：「你小子可真會說話，瞧這馬屁拍的，連濱哥都不好意思了。」轉而又對曹濱道：「濱哥，你還有多少秘密要瞞著我呀？」

曹濱哼笑道：「放心，等你進了墳墓而我還僥倖活著的話，我一定有問必答。」院落的火勢稍見減弱，但三人的興致卻依舊高漲，若不是夾著冰粒的雨絲愈發緊密，這三人還不知道要聊到多久。

在地下室將就了一夜，第二天一早，曹濱帶著眾人踏上了歸程。

回到了堂口，曹濱先派了兄弟去通報了警察局，然後設下了酒宴，招待羅獵、趙大新師兄弟二人。席間，羅獵再次向曹濱表示了感謝：「濱哥，謝謝你幫我們解決了這個大麻煩。」

曹濱放下了手中筷子，淡淡一笑，道：「謝倒不必，你和大新既然是安良堂弟兄，那麼安良堂就有為你們出頭的義務。再說了，我跟布蘭科的這一戰，早來遲來，卻總歸要來，布蘭科不是一個心胸豁達之人，十年前輸給了我，必然耿耿於懷，這十年來，我也是時刻提防，那處院落，便是因此而建。現在好了，布蘭科這塊心病去除了，我曹濱至少年輕了十歲，來吧，客氣話少說，喝酒！」

羅獵可不會喝酒，從小到大，從未沾過一滴，那酒喝到了嘴裡，只覺得又辣又苦，勉強咽下喉去，卻嗆得連聲咳嗽。

董彪笑道：「男人不愛喝酒可以，但不會喝酒怎麼能行？來，跟彪哥學，咽下之前，先屏住了呼吸！」

羅獵學著，感覺果然好了許多，但也就喝了三五杯，頭便暈了，眼睛看東西也有些模糊。「濱哥，彪哥，我可能喝醉了。」羅獵說完這句話，便歪了頭，睡著了。

趙大新起身拿起自己的外套給羅獵蓋上，待坐回來時，對曹濱道：「濱哥，布蘭科的麻煩解決了，我想，明天就帶羅獵回去了。」

董彪道：「你不是說羅獵已經無法登台表演了麼？回去幹啥呀。」

趙大新道：「彭家班跟環球大馬戲團的合約還有半年才能結束，我跟小安德森先生說了，等合約結束了，也就不再續簽了，到時我帶著羅獵再回來就是。」

董彪笑道：「不就是半年時間麼？我去跟你們的小安德森說去，大不了陪他違約金就是了。」

趙大新道：「彪哥，這不是錢的問題，濱哥一再教育我們，承諾重於天，師父既然對小安德森做出了承諾，那麼我這個做徒弟的就一定要幫師父兌現了。」

曹濱道：「大新說得對，這不是錢不錢的事，這事關安良堂的信譽。」

羅獵發出了一聲夢囈，身上蓋著的外套滑落了下來，董彪歎了口氣，伸手為羅獵蓋好了，並道：「你回去就回去吧，把羅獵給我留下來，這小子有點天賦，跟著我，最多三年，安良堂便可以多一個神槍手。」

趙大新苦笑道：「恐怕，羅獵他不會同意。」

董彪頗有些不耐煩，道：「你是他大師兄，你說了，他肯定聽。」

趙大新搖頭道：「羅獵肯聽我的，是因為我從來不強迫他做什麼。」

董彪大笑，道：「你說什麼？不強迫他？不強迫他，他能練出這一手飛刀絕技？你可拉倒吧，大新，咱們都是過來人，想當初練功，誰不是被打罵出來的？濱哥，對不？」

曹濱和董彪既是兄弟又是師徒，董彪的槍法及格鬥術全都是曹濱一手調教出來的，董彪開始練功的時候年紀已經不小了，但曹濱卻一點臉面也不給，稍有偷懶便是拳腳相加，有時候，曹濱興起，還會用上棍棒。

聽到了董彪的調侃，曹濱微微一笑，回道：「大新沒說謊，羅獵確實是一個不需要被強迫的人，我早就說過，他很像我。」

董彪沒話說了，只能顧著喝酒。

曹濱又道：「他既然已向你討教了練槍方式，而你也毫無保留告訴他了，那麼，能不能練得成也就只能看他的造化，即便留在你跟前，你也起不到多大的作用。」

董彪獨飲了一杯，歎道：「話是這麼說，但不親眼看著，哪來的成就感啊？濱哥，你是飽漢子不知餓漢子饑啊！」

曹濱笑道：「饑，你就多吃點，這一桌子的菜，都沒動幾筷子呢。」

董彪被嗆得直翻白眼。

趙大新道：「羅獵不願意留下的原因還有一條，艾莉絲。他倆也算得上是青梅竹馬了，從剛到紐約時認識了，到現在四年多了，從來沒紅過臉，羅獵雖然時不時就要欺負欺負艾莉絲，但那也是尋開心，艾莉絲從不跟羅獵計較。

「艾莉絲的最大夢想就是能登上舞台，羅獵是不會斷了艾莉絲的舞台夢的。即便半年後我能不能將羅獵帶回來，都不敢說有把握。」

曹濱道：「人回不回來無關緊要，只要他心裡有安良堂三個字也就夠了。」

趙大新喜道：「多謝濱哥理解包容。」

董彪忍不住嘟囔道：「你也真會寵他，等寵壞了看你怎麼辦。」

曹濱笑道：「總堂主也夠寵我的，可是把我寵壞了麼？」

董彪舉著酒杯怔了一會兒，瞇著雙眼看著曹濱，忽地笑開了，道：「濱哥，你對我對了都快二十年了，就不能讓我一次嗎？」

曹濱跟著舉起了酒杯，道：「可以啊，我讓你……讓你後悔都來不及！」

五天後，羅獵跟著趙大新來到了洛杉磯，和馬戲團的同事們會合了。

艾莉絲喜極而泣，抱著羅獵怎麼都不肯鬆手。

「諾力，我的大貓咪，你終於回來了，你知道嗎？艾莉絲這些天來每天都做噩夢，夢到我的諾力再也不會回來了……」

羅獵騰出兩隻手來，捏住了艾莉絲的雙頰，左右搖晃：「我警告你啊，再敢叫我大貓咪，哼，看我不打得你滿地找牙。」

艾莉絲瞪大了雙眼，看了下羅獵，又掃視了一下地面，疑道：「為什麼？諾力，你的牙掉了嗎？需要我幫忙嗎？」

羅獵哭笑不得，拍著艾莉絲的臉頰，道：「要找的是你的牙！」

艾莉絲立刻切著牙張開了嘴，含混不清道：「我的牙都在啊，諾力，你數數，一顆都不少。」

羅獵歎了口氣，解釋道：「我的意思是說，我要把你的牙齒全部打掉，散落一地。」

艾莉絲咯咯笑開了，回道：「牙齒掉了就沒用了，諾力，我又何必再撿起來呢？」

羅獵捶著胸口，不住搖頭：「艾莉絲，你氣到我了，你真的氣到我了。」羅獵裝得很逼真，連退了三步，痛苦地蹲在地上：「哦，我的心臟，真的好難受。」

艾莉絲終於上當了，連忙上前關切，尚未開口，那羅獵卻突然扮了個鬼臉大叫了一聲。驚得艾莉絲雙腿一軟，跌坐在地上。

羅獵依舊蹲著，手指艾莉絲哈哈大笑起來。

艾莉絲受到了捉弄，卻不氣惱，坐在地上抱著雙膝笑吟吟看著羅獵，一張嘴巴卻是動來動去，像是在咒罵羅獵，卻又沒發出聲來。

「你敢罵我？」羅獵將雙手伸向了艾莉絲的胳肢窩。艾莉絲受不住癢，笑個不停，但沒有向後躲，反而撲向了羅獵。羅獵猝不及防，被艾莉絲撲到在地。

趙大新在一旁叱道：「你倆能不能消停會？這是在酒店大堂，注意點形象！」

羅獵和艾莉絲停止打鬧，看著趙大新，異口同聲道：「你裝沒看到不就行了？」

環球大馬戲團在洛杉磯的演出還算成功。雖然少了像趙大新、羅獵表演的飛刀射飛刀這種令人歎為觀止的節目，但其整體底蘊渾厚，其他的節目品質跟別家相比也頗有優勢，因而，從整體上看，洛杉磯人們對環球大馬戲團的認可度還是相當之高。

主辦方盛情邀請環球大馬戲團再加演三場，小安德森原本是拒絕的，因為從紐約出發前，這一路的排程都是大致確定了的，早一天或是晚一天問題倒是不大，但若是在洛杉磯多演三場，勢必就會多耽擱三日，那麼，很可能會影響到下一地點事先安排好的演出。

如果，小安德森堅持原來的計畫，那麼趙大新和羅獵也就要跟大隊人馬擦肩而過了。巧的是，下一站的演出場地出了點問題，主辦方給小安德森發了電報，尋求能否將計畫向後順延兩天的可能。

小安德森跟助理盤算了一下，洛杉磯之後是聖達戈，而聖達戈演出結束了，西部之旅便告一段落，接下來的東海岸巡演則是二十天之後，馬戲團有著足夠的時間予以調整。

於是，小安德森接受了主辦方的建議，同時，羅獵、趙大新二人也得到了和大隊人馬順利會合的機會。

加演三場就意味著馬戲團多了近三千美元的收入，這對小安德森來說絕對是件開心的事情，但小安德森卻是憂心忡忡一臉愁雲。

「楊森，你知道，我是多麼想給洛杉磯人們留下深刻的印象啊，只可惜，我們的節目雖然很精彩，但還沒達到精彩絕倫的地步，楊森，你要知道，一個頂尖的節目對一個馬戲團有多麼重要，此時此刻，我是多麼地想念諾力和他的大師兄啊！」

小安德森的助手楊森道：「小安德森先生，我這兒剛好有個消息要告訴你，諾力回來了，和他的大師兄一塊回來的。」

小安德森驚喜道：「真的嗎？他們在哪裡？快點叫他們來見我……哦，不，告訴我他們住在幾號房間，我去拜訪他們！」

楊森道：「對不起，小安德森先生，我們這家酒店客房已經住滿了，我給他們兩個訂了另一家酒店的房間。」

小安德森攤開雙手，道：「哦，楊森，我想這不是問題，我要的是儘快見到他們。」

楊森做事還算周整，給趙大新、羅獵訂的酒店還說得過去，距離馬戲團下榻的酒店也不算多遠。待知曉了酒店名和房間號之後，小安德森迫不及待，直接衝出了房間門，卻連大衣都忘了穿，楊森急忙抓起小安德森的大衣追了出去。

二十分鐘後，小安德森敲響了趙大新、羅獵的房門。

「哦，我親愛的諾力，我終於又看到了你這張帥氣充滿了朝氣的臉龐。」羅獵剛打開房門，小安德森便張開了雙臂。

擁抱了羅獵，小安德森走進房間，又跟趙大新握了手。

「你們兩個可能已經聽說了，我們還要在洛杉磯多待幾天，因為我們還有三場加演要演。哦，忘了問你們，趙先生，你們的麻煩處理完了麼？說實在的，我很想助你們一臂之力，但被你倆無情的拒絕了，趙先生，諾力，你們知道我有多擔心你們嗎？」小安德森說著，還真是動了情。

趙大新道：「小安德森先生，我很抱歉讓你擔憂了，可是，我們拒絕你是對的，你看，我們不是已經處理好麻煩並回到了大家的身邊嗎？」

小安德森欣慰點頭，道：「是的，我很高興能看到你們處理好麻煩並順利歸來。

哦，諾力，你的感覺好一些了麼？」

羅獵笑道：「小安德森先生，你想問我的應該是能不能重登舞台，對麼？」

小安德森大笑道：「諾力，你總是這麼直接，不過，我喜歡你的直接，是的，我最關心的便是你能不能重新站在舞台上。你知道，你跟你大師兄表演的飛刀射飛刀的節目，我只是聽說，卻沒能親眼所見，這是多麼讓人遺憾的事情啊！」

趙大新道：「對不起，小安德森先生，我想，諾力他還沒有完全恢復，暫時還無法登上舞台。」

小安德森頓時顯露出失望神色，但也僅是一瞬間，便重新燦爛起來：「趙先生，諾力，我懇請你們能夠啟動創造的思維，為我們再創造出一台精彩絕倫的節目來，你們知道，那幫人的表演形式已經固定了，實在是難以創造出新的令人眼前一亮的節目出來，而你們，總是習慣於給我驚喜。我非常需要一台精彩絕倫的節目，我太想給洛杉磯人們留下不可磨滅的深刻印象了。」

論舞台經驗，那自然是趙大新多過於羅獵，但要說創造能力，羅獵卻能甩趙大新幾條街。因而，聽了小安德森的相求，趙大新很自覺的將目光投向了羅獵。

「這並不難，小安德森先生。」羅獵一開口，便使得小安德森欣喜若狂，他猛然握住了羅獵的雙手，急切道：「我非常迫切地想聽到你的下一句話。」

羅獵笑了笑，道：「我和大師兄繼續表演飛刀射飛刀就是了，這台節目，我們只在紐約演出了一場，洛杉磯的人們根本沒看過，肯定會被震驚到的。」

趙大新驚道：「小七，你行嗎？」

羅獵道：「要是還按照以前的表演形式，我想肯定不行，但是，大師兄，咱們可以改變一下表演形式啊，我只是不敢再用飛刀射人靶而已，又不是不敢用飛刀了。」

趙大新頓時醒悟過來。羅獵上次在舞台上暈倒，只是因為他在面對四師姐的時候，腦海中出現了幻覺，而理智又告訴自己，面前站著的是四師姐，而不是窮凶極惡的火車劫匪，因而，手中的飛刀始終不敢發出，情急之下，急火攻心，這才會暈在了台上。假若取消了飛刀射人靶這個環節，不也就避免掉了最讓羅獵擔心的事情了麼。

「我覺得可行，七師弟，用別的形式替換掉射人靶，或許前半段會有些平淡，但最終兩把飛刀在空中相撞的時刻，觀眾們一定會沸騰起來的。」趙大新的眼前浮現出當初在紐約表演這個節目時的場景，臉上不禁洋溢出自豪的神態。

小安德森激動道：「那真是太棒了！」激動中的小安德森不禁轉身對助手楊森道：「你啊，做事還是有些欠考慮，第一，這個房間如此狹小，怎麼能適合趙先生和諾力的創作呢？第二，彭家班其他成員跟他們兩個卻住在不同的酒店，這難道不會讓我們的諾力分心嗎？跟他們兩個抓緊時間更換一間套房，另外，把彭家班的其他人都接過來，他們在酒店中所有的花費都可記在房間賬上，我來支付。」

楊森聳了下肩，陪笑道：「好的，先生，我這就去辦。」

羅獵急道：「小安德森先生，不用調換房間了，這樣就挺好，不過，將我師兄師姐們接過來的建議，我非常贊同。」

趙大新跟道：「是啊，小安德森先生，不必多破費，你待我們已經很好了，我們理應為環球大馬戲團多做些奉獻才是。」

小安德森執意不肯，卻將話說到了楊森身上：「你還愣著幹什麼呀？你的崗位職責應該是聽命於我而不是他們，不對嗎？」

楊森無奈背鍋，尷尬一笑後，趕緊出門去調換房間。

小安德森又道：「趙先生，還有一事我希望你能重新考慮一下，我很希望在未來的五年，在環球大馬戲團的演出舞台上，仍舊能看到彭家班的身影。」

趙大新歉意笑道：「我也很希望能繼續為小安德森先生效勞，說實話，在環球大馬戲團的這四年多時間裡，我們彭家班生活得非常愉快，我們也很想繼續這樣的生活，可是，我們的黃金年齡已經過去了，很難再表演出高品質的節目來，最主要的，我們的師父回國，卻沒有了音訊，我和我的師弟師妹非常掛念，所以，我們才做出決定，等到合約期滿，我們就回國尋訪師父。小安德森先生，我向你承諾，如果我們能夠順利找到師父，而大家還有繼續登台表演的願望，那麼，我們一定會回來找你。」

小安德森笑道：「親愛的趙，我的大師兄，這番話，兩月前我就聽到了一遍，我想說的是，這兩個月來，我苦思冥想，終於被我想出了一個兩全其美的辦法。我可以用彭家班為核心組建一個中小型的馬戲團，前往偉大而神秘的中國去表演，你和你的師弟師妹們可以一路表演一路尋訪你們的師父，哦，上帝可以作證，我也十分想念老鬼先生，若是能早一天聽到他的消息，對我來說，這絕對是喜訊。」

趙大新道：「小安德森先生，你提出來的這項新建議聽上去很有吸引力，但我想，我不能武斷地為我的師弟師妹們做主，我需要時間和他們進行充分商討。」

小安德森點頭應道：「是的，幸運的是，我們還有時間。」

小安德森離開後，羅獵驚喜道：「大師兄，等合約結束了，你真的要帶我們回去嗎？我已經快五年時間沒見到爺爺了，也不知道他現在身體怎麼樣，該死的郵局，卻總是丟失信件，我已經有半年時間沒接到爺爺的來信了。」

趙大新不禁惆悵道：「哪就那麼容易回去呢？咱們的辮子都剪了，回去的話，恐怕會被朝廷當做逆黨給抓起來砍了頭呢。還有，師父在最後一封來信中叮囑說，讓我們安安心心在美利堅生活下去，不要掛念他，更不要回去找他。七師弟，說真的，我都不知道該怎麼做才好。」

羅獵失望道：「你剛才跟小安德森說了那麼多，我還以為是真的呢。」忽地，羅獵的雙眼閃出光亮，急切道：「大師兄，我覺得小安德森的建議很不錯啊，咱們打著環球大馬戲團的旗號回了國，那朝廷敢不給洋人面子嗎？」

趙大新道：「你還記得那鐸嗎？」

羅獵皺眉應道：「那五狗？大師兄你提他幹啥？」

趙大新道：「他的那家班其實就是東拼西湊的一個班子，別看人數眾多，但實力著實不濟。而小安德森還有皇家馬戲團均向他拋出橄欖枝，你知道為什麼嗎？」

羅獵蔑笑道：「還不因為他會吹，說他有能力為馬戲團辦大清朝的通關文書。」

趙大新道：「你是只知其一不知其二啊！那鐸在咱們環球大馬戲團待了有三個月，去到皇家馬戲團也有小一個月，可在這兩個地方，那鐸都沒能辦下來馬戲團赴大清朝的演出文書，你可以說那鐸根本沒能力，只會吹牛說大話，可是，比咱們規模小了許多的馬戲團卻能辦妥了手續，你知道這其中原因嗎？」

羅獵茫然搖頭，這一點，他確實不知是何原因。

趙大新接道：「大清朝早已經腐敗透頂，主管辦理通關手續的部門官員跟那些洋人們互相勾結，早就把這塊市場給霸佔了。咱們在金山演出，在洛杉磯演出，主辦方負責了咱們所有的開銷，還要付給馬戲團三成票房的演出費。可你知道，要是赴大清演出的話，是怎樣一個情況麼？」

羅獵更是不知。

「所有費用馬戲團自己承擔，而他們卻要抽三成票房的水，還要指定演出場所，演出場所的費用是一口價，先交了錢才能給你辦理通關手續。這麼大的風險，哪家馬戲團能承擔的起啊？先前赴大清朝演出的馬戲團，不是個個都虧到了腰窩裡去了嗎？

那鐸吹牛說他能另闢捷徑辦下通關手續，不用給那幫人抽成而且可以自主聯繫演出場所，這才得到了小安德森先生和皇家馬戲團的青睞。」

羅獵驚異歎道：「還這麼複雜啊！」

趙大新笑道：「現在，你還認為小安德森先生的建議很不錯嗎？」

羅獵道：「身為商人，怎樣的生意都可以去做，唯獨虧本生意絕不可能去做。」

趙大新道：「所以啊，那只是小安德森的一個計策，哄著咱們先跟他續了約，然後再找出各種理由來拖延自己的承諾。」

羅獵疑道：「小安德森先生不會是那種人吧？」

趙大新哼笑道：「誰知道呢，反正師父回國之前交代我說，等五年合約滿了，就帶你們回金山，你那幾位師兄師姐雖然不是安良堂的弟兄，但看在師父的面子上，濱哥也一定會好生照顧，咱們自己開個場子，賺多賺少不說，但大夥總是能有個安定的生活，你說對嗎？」

羅獵沒往自己身上想原因，只覺得大師兄的打算挺有道理的，給洋人打工的滋味並不好，小安德森雖待人和善，可制定的規矩卻一點也不和善。自己弄個場子演出，可能收入上比不過在環球大馬戲團，但在心情上，卻能得到極大的彌補。

「大師兄，你想得真周到。」羅獵由衷讚歎道。

趙大新道：「行了，肉麻話還是少說兩句吧，趁著還有些時間，你還是多琢磨琢磨咱們的節目吧，等琢磨好了，你師兄師姐們也該到了，咱們將就著做個排練，爭取今晚的演出就能上節目。雖然咱們確定了要在合約期滿後離開，但這半年時間，咱們還是要認真競業地完成本職工作，不能給師父丟臉，更不能給彭家班抹黑。」

羅獵規規矩矩道：「知道了，大師兄。」

楊森辦事很是利索，沒過多久，便將彭家班其他幾位成員接到了這邊的酒店。師兄師姐們的反應倒也稀鬆平常，可艾莉絲卻是異常興奮，剛上了樓，人在走廊中便叫嚷開了：「諾力，諾力？你快出來看，我帶了什麼禮物給你。」

羅獵應聲開門出來，卻見到艾莉絲的手上拿了一柄飛刀。

「艾莉絲，你從哪兒弄來的飛刀呢？」羅獵不明艾莉絲用意，禁不住皺起了眉頭。

艾莉絲咯咯咯笑開了，反手將飛刀扎在了自己的胸膛上，道：「這是把假飛刀，是我找人特意定做的道具飛刀。我知道，你有心理陰影，不敢用真飛刀射人靶，但用了假的飛刀，不就沒關係了麼？」

羅獵嚴肅道：「胡鬧！怎麼能用假飛刀糊弄觀眾呢？要是被觀眾看出來了，豈不是要毀了咱們彭家班的名聲了嗎？」

艾莉絲嘟囔起嘴巴來，道：「你都沒有聽我把話說完……哼！不跟你說話了。」

趙大新迎了上來，訓斥羅獵道：「就是！人家艾莉絲還沒說完你就能下定論了？

你愛護彭家班名聲，人家艾莉絲就不愛護了？」轉而再對艾莉絲道：「艾莉絲，進屋跟大師兄說你的想法，咱不跟他一般見識。」

艾莉絲傲嬌地昂著頭，從羅獵面前經過，並發出重重的一聲蔑哼。

「大師兄，我是這樣想的……」艾莉絲將自己的想法細細的講述了一遍。

趙大新不由讚道：「這個設計我覺得很不錯啊！七師弟，你認為呢？」

在艾莉絲她們還沒到來的時候，羅獵認真地琢磨了該如何調整節目，可想了幾個方案，感覺上都有些空洞單調。若是前面的鋪墊不夠滿意的話，那麼勢必會影響到最後高潮環節的舞台效果。

但艾莉絲設計出來的節目形式，既照顧了羅獵有可能再於舞台上發作的心理陰影，又能將節目的故事性及趣味性彰顯出來，跟最後的飛刀射飛刀的高潮環節還有著相輔相成的效果。

羅獵實事求是，應道：「我也覺得很不錯，至少，要比我琢磨出來的好。」

「哼！你說得再怎麼好聽，艾莉絲也不會搭理你，這是艾莉絲想出來的節目，飛刀道具也是艾莉絲找人定做的，艾莉絲有權力拒絕諾力的出演請求。除非，諾力向艾莉絲道歉！」艾莉絲雙手叉腰，神態頗為神氣。

「好吧……」羅獵歎了口氣，似笑非笑看著艾莉絲。就當艾莉絲包括趙大新都以為羅獵就要道歉的時候，卻聽到羅獵道：「我尊重你的意見，不演就不演吧！」

艾莉絲一怔，隨即便翻過身撲向了羅獵，以其人之道還治其人之身，伸出手來去撓羅獵的胳肢窩。「你道不道歉？你投不投降？」

羅獵笑得上氣不接下氣，求饒道：「我認輸，我道歉……」

艾莉絲咬牙切齒道：「晚了！諾力，得罪艾莉絲的下場只有死路一條。」

趙大新在一旁微笑著靜靜地看著這對小情侶在胡鬧，眼神中流淌著欣喜和羨慕。相比羅獵和艾莉絲，他跟甘荷之間的愛戀可要平淡了許多。

二人終於鬧夠了，這才起身整理好了衣衫。趙大新吩咐道：「七師弟，去把你師兄師姐們都叫來吧，咱們按艾莉絲設計的節目走走場，若是感覺還可以，那晚上就上了這個節目。」

第六章

西蒙神父的邀約

小安德森來到了西蒙神父的起居間，小安德森在心中盤算著，
西蒙神父將自己約到這種地方，要談的事情定然是私事。
正想著，西蒙神父從房內走了出來：
「謝謝你，小安德森先生，謝謝你讓我如此近距離地看到了艾莉絲。」

晚上，環球大馬戲團的第一場加演，彭家班這個取名為《決鬥》的節目被當做了壓軸表演。

甘蓮和艾莉絲扮演了一對母女，甘蓮扮演的母親送喜歡歌舞的艾莉絲扮演的女兒乘坐火車去遠方求學，卻在火車上遭遇了劫匪，為了保護女兒，母親被劫匪殺害。

這時，羅獵登場，用假飛刀將二師兄、五師兄、六師兄扮演的劫匪全部殺死，就當觀眾們以為這節目就此結束的時候，大師兄趙大新扮演的劫匪頭子出場了。一上場，便露了數手飛刀絕技，寒光閃閃的真飛刀射向了艾莉絲，不過，劫匪頭子並沒有殺人之心，那幾把飛刀貼著艾莉絲的頭頂脖頸和兩肋，插在了當做車廂的道具上。

趙大新的飛刀絕技自然博得了洛杉磯觀眾的熱烈掌聲，但，這並非結束，而是高潮環節剛剛來臨。

羅獵重新登場，和趙大新扮演的劫匪頭子展開了對決。

趙大新一把飛刀射來，羅獵回敬飛刀一把，兩把刀在二人的中間相撞，發出了清脆的聲響。不等觀眾反應過來，趙大新再射兩把飛刀，羅獵毫不示弱，同樣以兩把飛刀相迎。

精彩的表演自然得到了人們的熱烈反響，觀眾們經過了短暫的因震驚而產生的沉寂之後，隨即爆發出了如雷一般的掌聲，並陸續起立，以表達他們內心中對舞台上演員的崇高敬意。

觀眾席中，有一人甚為特殊。此人相貌打扮與其他洋人無異，左手拿著一頂黑色的毛氈禮帽，左臂上搭著一件黑色的大衣，身上穿著的西裝甚為考究。和其他觀眾一樣，這一位也站了起來，平攤左手，以右手很有節奏地拍著左手，只是，眼神中流露出來的神色卻甚是複雜。

觀眾們的掌聲經久不息，趙大新帶著師弟師妹們一連謝了三次幕，觀眾們的掌聲才漸漸稀落下來。

觀眾陸續退場，趙大新、羅獵也回到後台準備卸妝，這時，小安德森激動地衝了進來。「哦，上帝啊，我真不知道該用什麼詞彙來形容我所看到的這個節目，趙，諾力，你們實在是太偉大了，這個節目絕對是環球大馬戲團有史以來最為精彩的，哦，不，應該說是整個美利堅合眾國所有馬戲團中最為精彩的節目。」小安德森一邊感慨唏噓，一邊擁抱並親吻了每一個人。

趙大新道：「謝謝您的稱讚，小安德森先生，能被你稱讚為環球大馬戲團最為精彩的節目之一，我感到非常榮幸。」

小安德森道：「不，不！趙，不是之一，是唯一！這檔節目配得上這種稱讚，我從五歲開始被父親領入馬戲這個行當，至今已有三十一年，我親眼見證過許多偉大的表演，但能讓我如此震撼且感覺不可思議的節目卻少之又少，恭喜你，趙，你和你的彭家班做到了。」

羅獵卸完了妝，湊過來道：「小安德森先生，客觀的說，我們表演的這檔節目不過是占了一個新奇的便宜，觀眾們沒見過這種表演形式，更想像不到這種表演形式，所以，當他們第一次看到的時候，自然會有一種震驚甚至是震撼的感覺，但看得多了，也就那麼回事了，畢竟，我們的表演內容還是單薄了一些。」

小安德森連連擺手，道：「不，不，你們東方人有句話說得好，叫外行看熱鬧內行看門道，我想，我應該是個內行，馬戲行業中，表演飛刀節目的不在少數，不管是睜著眼還是蒙上眼，用的全都是固定靶，蒙上眼的難度雖然大了許多，但只要練得熟練，把每一個動作要領把控到絲毫不差，也就能做得到了。可是，以飛刀射移動靶，卻要比蒙眼射飛刀還要難，你大師兄之前表演的飛刀射飛碗的節目就已經讓我歎為觀止了，但是，碗被拋向空中的速度並不快，要比你大師兄發射出來的飛刀慢多了，諾力，我不知道你是怎樣做到的，但我認為，你絕對是飛刀界的天才，無人能及。」

羅獵笑道：「小安德森先生，換了別人發射飛刀，比如說你，射出來的飛刀肯定沒有我大師兄快，但我卻不敢保證能擊落它，你明白我的意思嗎？」

小安德森卻是茫然搖頭。

羅獵接著解釋道：「我跟大師兄練飛刀，至今已有四年半之久，我對大師兄的出刀手法以及出刀速度是瞭若指掌，這才能做得到百發百中，若是換了個人，恐怕就沒這麼簡單了。」

小安德森若有所思，道：「我懂了，這叫默契。」

趙大新道：「算是吧，小安德森先生，就像我們之間一樣，也存在著默契，對麼？」

三人說話，各有各的暗示。

小安德森一心想的是要跟彭家班再續五年的合約，而羅獵要表達的則是這個節目離開了大師兄就根本不行，而趙大新則用默契二字來告誡小安德森他對續約一事的態度已然明確無需多說。或許，羅獵沒能聽得懂那二人的話外之意，但小安德森和趙大新卻是彼此相通。

「嗯，你說得對，趙，我們之間確實存在著默契。」小安德森的心思被趙大新堵上了路，雖心有不甘，卻也是無可奈何。

趙大新、羅獵他們卸完了妝，就要離開後台，準備回酒店休息，小安德森跟著大夥一塊出了後台，因為所住的酒店不在一起，因而出了後台之後就要上不同的車輛。

和趙大新、羅獵他們分開後，小安德森剛等來了自己的車子，這時候，一個很紳士的中年男人走向了他。「抱歉，打擾您了，請問，您是小安德森先生嗎？」

小安德森站住了，禮貌回道：「我是小安德森，請問您是哪位？」

那人脫掉了禮帽，微微欠身，道：「西蒙・馬修斯，聖約翰大教堂神父。」

美利堅是一個信奉基督教的國家，因而，神父或是牧師的社會地位非常之高。小安德森聽到了對方的自我介紹，立刻畢恭畢敬地向西蒙・馬修斯行了禮，並道：「西蒙神父，我非常願意為您效勞。」

西蒙神父道：「不必客氣，我找你，只是想問你，表演那個飛刀節目的白人小姑娘，她叫什麼名字？」

「艾莉絲？」小安德森想了下，說出了艾莉絲的全名：「艾莉絲・泰格，西蒙神父，您問她的名字是……」

西蒙神父笑著擺了擺手，道：「沒什麼，我只是看她長得很像一個老朋友的女兒，但名字並沒有對上，謝謝你，小安德森先生，你的馬戲團為洛杉磯人們奉獻了一場精彩絕倫的節目，我想，洛杉磯人們會記住你們的。」

小安德森道：「謝謝，謝謝西蒙神父的稱讚，更要感謝上帝的眷顧。」

西蒙神父在胸前劃了個十字架，道：「願主保佑你們。」

待小安德森離去，西蒙神父悵然若失，呢喃自語：「艾莉絲，十五年了，整整十五年了，艾莉絲，你還會記得我嗎？」

艾莉絲並不知曉自己在洛杉磯還有一位神父故知，事實上，她跟羅獵一樣，都是第一次來到洛杉磯。洛杉磯比不上紐約的繁華，但身為西海岸第一大城市，卻有著和紐約不一樣的風情。

演出大獲成功，艾莉絲異常興奮，雖然節目主演是大師兄和羅獵兩人，但她卻是這台節目的總導演，同時又是連串了整個節目的女主角，過足了表演的癮。「諾力，我們不要那麼早回酒店可以嗎？我想……嗯，我想你陪我四處逛逛，領略一下洛杉磯的夜景，好嗎？」

羅獵玩心也是挺重，來一趟洛杉磯若是不能四處走走看看，似乎也頗為遺憾，於是，便把目光投向了趙大新：「大師兄，可以不？」

趙大新搖了下頭，道：「天不早了，洛杉磯也不安全，還是回酒店吧，想出去玩，明天白天大師兄帶你們去玩好了。」

艾莉絲嘟囔起了嘴唇，道：「大師兄，我們又不走遠，再說，洛杉磯最美的還是夜景，白天要遜色了許多。」

羅獵跟道：「就是就是，大師兄，我們就在酒店周圍轉轉，不會有問題的。」

趙大新歎了口氣，道：「唉，你們啊，就是貪玩，好吧，去就去吧，但不能走遠，也不能太長時間，最多一個小時。」

羅獵、艾莉絲歡快地應下了。

夜漸漸深了，喧嘩的洛杉磯已然寧靜了下來，光怪陸離的霓虹燈陸續滅了不少，只有一行行的路燈、高樓頂上一盞盞的小燈泡星星似的閃著，像一雙雙窺視大地的眼睛，樓房下，一排排黑漆漆的樹莊嚴、肅穆地站著，好像堅守職位的哨兵似的。

天空佈滿了一塊塊形狀不規則的青白色的小雲塊，像是碎裂開來似的，每一個雲塊周圍都散著點點藍色，顯得格外好看而深遠，又帶著某種不可名狀的神秘。月亮顯得特別的澄清明亮，在它的周圍，散著一圈由橙黃到淡紅的光暈，三點兩點的星星散在空中，有幾顆是很亮的，待在一個地方不動的，有幾顆隱在雲層裡，乍一看，根本看不到，眨眨眼，又看到了，再一眨眼，又不見了。

「好美啊！」艾莉絲舒展開雙臂，微閉雙眼，盡情地呼吸著路邊散發出的隱隱花香，動情呼喊：「洛杉磯，我愛你！」

羅獵一旁說笑道：「既然你那麼喜歡洛杉磯，那不如留下來吧。」

艾莉絲轉過身來，面向羅獵，正色道：「諾力，你知道嗎？事實上，我的家鄉並不是金山，而應該是洛杉磯。」

羅獵笑道：「這麼說，你的父親是洛杉磯人咯？對了，艾莉絲，我怎麼從來沒聽你提起過你的父親呢？」

艾莉絲的神色突然黯淡下來，幽幽歎道：「我並不知道我的父親是誰，席琳娜從來不願意向我述說我的父親，每當我問到她有關父親的問題時，她總是避而不談或是暗自傷心。」

羅獵不禁一怔，道：「對不起，艾莉絲，是我讓你傷心了。」

艾莉絲攏了下被海風吹散的金髮，恢復了開朗的笑容，道：「席琳娜答應過我，在我的婚禮上，一定會邀請我的父親，諾力，你告訴我，我還需要多長時間才能見到我的父親？」

艾莉絲的變相逼婚使得羅獵登時尷尬。

羅獵是喜歡艾莉絲的，四年前，他第一次見到艾莉絲的時候便喜歡上了這個金髮碧眼的小女孩，四年來，這份情感只有愈發濃烈卻始終沒有淡化過，只是，羅獵卻從未考慮過結婚的問題。

便在因尷尬而支吾時，路旁樹叢間突然踉蹌鑽出一人，羅獵猛然一驚，下意識地護在了艾莉絲的身前。那人踉蹌了幾步，終於栽倒在地，倒在地上之時，像是衝著羅獵招了下手。羅獵手腕翻轉，從袖中抖落出一柄飛刀扣在了掌心，小心向前兩步，定睛一瞧，不禁驚呼道：「胡班主？怎麼會是你？」

倒地之人正是昔日胡家班班主胡易青。

「救我……」胡易青似乎沒能認出羅獵，口中只是以微弱聲音呼救。

羅獵心善，但雖動了惻隱之心卻未失去提防之意，手扣飛刀，將艾莉絲護在身後，又向前了一步，問道：「你傷到哪兒？」

胡易青像是昏了過去，並未回應羅獵。

「艾莉絲，回酒店去找大師兄，我守在這兒。」羅獵涉世未深，遇到了這番狀況，自然而然地想到了大師兄趙大新。待艾莉絲向酒店方向走了幾步，羅獵突然意識到了不對，急忙叫住了艾莉絲：「等一下，艾莉絲，我送你去酒店。」

此地距離酒店也就是三四百米，羅獵將艾莉絲送入了酒店大堂，確定艾莉絲安全之後，才返回到了胡易青身邊。趙大新很快在艾莉絲的帶領下趕了過來，尚有十餘步之遠，便急切問道：「胡班主他怎麼樣了？」

羅獵搖了搖頭，道：「像是昏死過去了。」

趙大新來到胡易青身邊，蹲下來仔細查驗，卻不住搖頭：「他身上並沒有外傷，莫非，是中毒了不成？小七，你過來給大師兄照個亮。」趙大新從口袋中掏出了一盒火柴，交給了羅獵。

借助火柴光亮，趙大新翻開了胡易青的眼皮。

「瞳孔並沒有散大，光線一刺激還能縮小，也不像是中毒啊！」趙大新遲疑自語，再試了胡易青的氣息後，趙大新道：「胡班主本質不壞，只是受了那鐸蠱惑，被奸人利用才做下的錯事。念在他與咱們乃是同胞的份上，咱們不能冷眼旁觀。」

羅獵道：「可胡班主究竟是怎麼昏過去的呢？大師兄，咱們要不要給他請個醫生來啊？」

趙大新搖了搖頭，道：「他身上並無外傷，也不像中毒，倒是蠻像被內家高手震傷了內臟。不過，我試了他的氣息，尚算平穩，這樣吧，咱們先把他帶回酒店，看情況再決定是不是要給他請醫生，唉，出事也不選個好的時間，這麼晚了，上哪兒去請醫生啊！」

趙大新將胡易青扛回了酒店，卻只是餵了些溫水給他喝了，那胡易青便悠悠轉醒過來。醒來第一句話並未對趙大新、羅獵表示感謝，而是說了兩個字：「我餓！」

羅獵不禁啞然失笑，緊張了半天，這貨居然是餓昏過去的。「大師兄，我去給他找點吃的來。」

趙大新應道：「酒店餐廳還有宵夜賣，你去給他弄點容易消化的食物來，最好是粥一類的，餓太久的人胃已經傷了，吃不得那種難消化的食物。」

酒店餐廳確實還在營業，但洋人廚師打理的餐廳卻根本沒弄過各種粥，羅獵盤算一番，也就帶上來了一份湯和一個漢堡。趙大新只餵了胡易青喝下了半份湯以及幾口麵包，便僅是這點食物，也足以讓胡易青恢復了些許說話的氣力。「大新，謝謝你，羅獵，謝謝，謝謝你們救了我。」

趙大新問道：「你這是怎麼啦？還有，你怎麼也來到洛杉磯了？」

胡易青長歎一聲，道：「說來也是話長，我被奸人那鐸所害，進了美利堅的大牢，做了整整四年的苦力，才重新得到了自由。出來後，我便去找那鐸算帳，誰知道，那家班已經做鳥獸散，而那鐸也不見了影蹤。」

趙大新道：「那鐸為人奸惡，想必是遭到了報應。」

胡易青又是一聲長歎，道：「我也是這樣勸慰自己，即便能放下跟那鐸的恩怨，可我也要活下去啊，我身無分文，只能依靠胡家班以前兄弟姐妹的接濟勉強糊口，但這樣下去也不是個長久之計啊，因而，我就尋思著想回到老家去，能東山再起最好，不能的話，家裡還有幾畝薄田，粗茶淡飯，了卻餘生。哪知道，剛到了洛杉磯，還沒來得及買上船票，大傢伙給我湊的盤纏便被偷了。」

羅獵道：「早知今日，何必當初？你若是稍有些感恩之心，也不會受了那鐸蠱惑而對小安德森下此狠手，到頭來，卻落了個流落街頭的結果。」

胡易青躲閃開羅獵的目光，將臉側向了另一方，黯然道：「誰說不是呢，可是，後悔已經晚了呀！」

趙大新歎道：「若能悔過自新，我想，什麼時候都不算晚，胡班主，今晚你且安心住下，明天我給你買船票，送你回去。」

胡易青激動道：「胡某對你彭家班多有不敬，可你卻以德報怨，胡某無以為報，請受我一拜。」胡易青說著，掙扎著就要翻身下床，卻被趙大新一把按住了。

「胡班主不必如此，你我均是華夏兒女，在這異國他鄉，本就應該相互幫襯。說句實在話，你出事後，胡家班被迫解散，我師父從你胡家班中也選了十幾位優秀演員，雖然沒能列入彭家班來，但也留在了環球大馬戲團。小安德森還是將你胡家班那十幾名演員歸到了彭家班的名下，所以，我彭家班這幾年也算是在你胡家班的身上賺到了一些錢財，資助你回國船票，也是應該。」趙大新見到胡易青的狀態逐漸轉好，於是便把剩下的半份湯和大半個漢堡遞給了胡易青，並道：「你餓得久了，可不敢暴飲暴食，把這些吃了，便休息吧。」

胡易青道：「你們救了我，又答應給我買船票送我回去，我胡易青已是感恩戴德了，又怎能再占了你們的房間呢？我還是出去吧，隨便找個地方將就一夜就是了。」

趙大新遲疑了一下，道：「嗯，這樣吧。」趙大新從口袋中掏出了幾張一美元的鈔票，塞到了胡易青手中，「雖已是春季，可今年的春天卻是春寒料峭，這些錢你拿著，找家小旅館住下吧。」

胡易青再次掙扎起床，但這次，趙大新沒再阻攔。

「謝謝大新兄弟，這份大恩大德，胡易青必將銘記於心。」胡易青下了床，不由搖晃了一下，但隨即便站穩了，對著趙大新鞠了一躬，再對羅獵鞠了一躬，這才向房門退去。

「等一下！」胡易青剛拉開房門，卻又被趙大新叫住：「那點錢也只夠住店的，明天你還要吃飯，我還是多給你一些錢吧。」趙大新說著，上前來到了胡易青身邊，從口袋中又掏出了幾張美鈔，塞到了胡易青的手中。

胡易青千恩萬謝，閃身離去。

房內，羅獵不滿道：「大師兄，你也忒心善了吧，雖說這個胡班主不是個壞人，但也絕對是個小人，就憑他當初唯利是圖明知那鐸不是個好東西卻還要沾著黏著，咱們就不能跟他深交。」

趙大新歎道：「所謂可憐之人必有可憎之處，這個胡易青啊，確實如你所說，不宜深交。不過呢，大師兄如此做為，並不是拿他當朋友，大師兄只是在為師父討個心理上的安慰。」

羅獵不解問道：「這事怎麼能跟師父扯上關係呢？」

趙大新輕歎一聲，道：「那時候，你還小，許多事即便知道了可能也想不明白，又何況不知道呢。跟你說吧，胡易青坐牢，說是被那鐸所害，但起因卻在師父，是師父向約翰警長寫了舉報信，這才將胡易青抓了。師父本意並不是針對胡易青，因而，對胡易青坐牢而那鐸仍舊逍遙法外的結果甚是遺憾，這之後，師父留下了胡家班的十多位演員，本意是想給胡家班留下些種子，只可惜，我們師兄弟們沒能體會到師父的苦心，一味跟人家鬧摩擦。」

羅獵道：「既然如此，那咱們將那原來胡家班的演員還給胡易青就是了！」

趙大新苦笑道：「你想得倒是簡單，這種做法，小安德森先生會同意麼？他恨胡易青可是恨到了骨縫裡。咱們要是把那十幾人還給了胡易青，不就等於斷了人家的活路了麼？再有，原來胡家班的那些人歸在咱們彭家班之下，每個月，咱們都能多從小安德森先生那邊多領個十八九甚至二十美元，咱們現在花個十幾美元給他買張船票送他回國，再加上剛才給他住店吃飯的錢，也不過二十美元，咱們還是穩賺不虧啊！」

羅獵想明白了，也笑開了，點頭應道：「嗯，花點錢將他送回去，才能少生變故，咱們那每個月十八九二十美元的外快才能賺得安心。」

第二天一早，趙大新準備去給胡易青購買船票。艾莉絲想流覽洛杉磯風景的心思依舊濃烈，於是便拉著羅獵纏著趙大新非要一塊去，趙大新拗不過，只得同意。

剛出了酒店大門，卻見到小安德森親自開了輛車駛了過來，離老遠便按起了喇叭，跟趙大新、羅獵他們打了招呼。「嗨，趙，諾力，還有我們美麗的小公主艾莉絲，一大早的，你們這是準備去哪兒呢？」

趙大新如實作答道：「昨晚上碰巧遇到了胡易青胡班主，他的境況很糟糕，在美利堅實在是難有生路，因而想回家鄉去。他來到洛杉磯後不幸被盜走了旅費，我想著大家都是中國人，能幫一把就幫上一把，這不，準備去給他買回國的船票呢。」

小安德森搖頭歎道：「趙，胡是咎由自取，根本不值得同情，我雖然不贊成你的做法，但我無權干涉你的決定。上車吧，我送你去港口。」

趙大新遲疑道：「小安德森先生，港口有些遠，不會耽誤你的事情嗎？」

小安德森笑道：「今天是禮拜天，我是準備去教堂做禮拜，早一點到晚一點到沒多大關係。」

艾莉絲驚喜道：「小安德森先生，我們和你一起去做禮拜，可以麼？」轉而又對羅獵道：「諾力，你陪我一塊去，好麼？」

羅獵聳了下肩，道：「那也要得到小安德森先生的同意啊！」

小安德森道：「我當然不會拒絕，要知道，拒絕一位美麗公主的請求，是十分不紳士的行為。」

羅獵轉頭看了眼趙大新。

趙大新點了點頭，道：「去吧，別給小安德森先生添麻煩就行。」

小安德森開車將趙大新送到了港口，然後帶著羅獵、艾莉絲去了教堂。

「美麗的艾莉絲公主，我冒昧地問一句，你也是教徒嗎？」車上，小安德森不經意地問道。

艾莉絲歡快做答：「是的，小安德森先生，我很小很小的時候，就被媽媽帶進了教堂，我五歲的時候，就已經接受了洗禮。」

小安德森又問道：「諾力，你對成為一名教徒有興趣嗎？」

羅獵對上帝並沒有多少好感，或許是爺爺在他身上留下的刻痕太重，雖於少年時期來到了美利堅，至今也有了四年零七個月之久，但他尚不能完全接受美利堅的文化。只是，在金山和席琳娜在一塊說話聊天的時候，席琳娜曾經暗示過羅獵，若是想娶艾莉絲為妻，那麼首先同時也是唯一的條件便是他必須成為一名基督教教徒。

「我想，我應該是一名尚未接受洗禮的基督教徒。」羅獵在回答小安德森的時候，不由看了艾莉絲一眼。

艾莉絲撲簌著一雙湛藍的大眼，深情地看著羅獵，驚喜道：「真的嗎？諾力，艾莉絲並不想強迫你做任何事情。」

羅獵笑道：「你放心，沒有人能強迫我，除非是我自願。」

聽到了羅獵的回答，小安德森也顯得很高興，道：「我們去聖約翰教堂，我認識那裡的西蒙神父，諾力，如果你真的想成為一名教徒的話，我可以介紹西蒙神父跟你認識，並請求他為你洗禮。」

所有信仰上帝的都叫基督教，看似統一，但其中又分做了天主教、東正教以及新教三個派系，不同派系的教徒需要去各自的教堂做禮拜，而聖約翰大教堂則是天主教的教堂，按道理，小安德森理應問清楚艾莉絲的宗教派別，以免造成不必要的尷尬，可是，小安德森卻沒有細問下去，直接將艾莉絲和羅獵帶去了聖約翰大教堂。

三人抵達聖約翰大教堂時，第一場彌撒已經進入了尾聲，小安德森領著羅獵、艾莉絲在教堂的最後排找了空位坐了下來。對教徒來說，每週一次的彌撒可謂是人生中最為重要的一個活動，因而，雖然這一場彌撒已經進入到了尾聲，所有的教徒仍舊是全神貫注。一向活潑好動的艾莉絲一進入到教堂之中，就像是換了個人似的，不再有嬉笑神色，就連走路坐下的姿勢都收斂了許多。

兩場彌撒之間的間隙，小安德森帶著羅獵、艾莉絲見到了西蒙神父。羅獵見到西蒙神父的第一眼竟然產生了一種異樣的感覺，就好像曾經在哪裡見到過他似的。但艾莉絲似乎對西蒙神父的第一印象很不好，躲在了羅獵身後一側，只是跟西蒙神父淺淺地打了聲招呼，便再無言語，就連西蒙神父的禮貌問話，也是由羅獵代為回答。

「神父，諾力是一個極為優秀的年輕人，同時也是上帝的一名虔誠信徒，只是，在過去幾年時間中，他一直沉浸於他的飛刀絕技，因而忽略了上帝對他的愛，現在他醒悟了，願意敞開胸懷去接納上帝對他的關懷，請求神父憐愛這個孩子，能引領他走向真正的光明。」幾句寒暄後，小安德森替羅獵向西蒙神父提出了為其洗禮的請求。

西蒙神父在聆聽小安德森請求的時候，卻不時地將目光移向了羅獵身後的艾莉絲，這使得羅獵的感覺很不舒服。艾莉絲是他的，即便是以主的名義，也不能對艾莉絲有任何非分之想。搶在西蒙神父之前，羅獵道：「對不起，神父，對不起，小安德森先生，我想，我現在還沒有做好充分的準備成為主的一名忠實信徒，我還需要點時間能讓我感受到主的偉大。」

西蒙神父並未感到突兀，只是淡淡一笑，回道：「主會保佑你的，我的孩子。」

小安德森卻略顯尷尬，支吾著連忙岔開了話題。

兩場彌撒的間歇時間並不很長，西蒙神父再跟小安德森客套了幾句後便離去了。

這時，艾莉絲扯了下羅獵的衣襟，待羅獵轉過身來，艾莉絲附在羅獵耳邊悄聲道：

「諾力，我不想做彌撒了，我想儘快離開這兒。」

羅獵為難地看了小安德森一眼，然後低下頭來，小聲道：「可是，小安德森還要做彌撒，我們需要搭乘他的汽車回去啊！」

艾莉絲微微搖頭，道：「諾力，我們自己回去不行嗎？」

羅獵苦笑道：「路程那麼遠，我身上又沒帶錢。」

艾莉絲意志堅定，道：「我們可以步行回去！」

羅獵清楚，艾莉絲並不是一個喜歡耍性子的人，除非是遇到了特殊情況，否則，絕不會有如此任性的行為。

「我過去跟小安德森先生打聲招呼啊！」羅獵趕緊了兩步，追上了小安德森，道：「抱歉，小安德森先生，艾莉絲她突然覺得身體有些不舒服，我想，接下來的彌撒我們是參與不了了。」

小安德森關切道：「嚴重不嚴重？需不需要去看醫生？」

羅獵搖頭道：「不用了，她經常這樣，出去散散步，呼吸一下新鮮空氣就會好許多。」

小安德森道：「那好吧，你們就在四周走走，等我做完彌撒，再帶你們回去。」

羅獵道：「不用了，小安德森先生，謝謝你，我們自己叫車回去好了。」

小安德森聳了下肩，算是同意了。

走出聖約翰大教堂足有百餘米，艾莉絲終於鬆了口氣，道：「諾力，你不覺得那西蒙神父很奇怪嗎？」

羅獵道：「嗯，他看你的眼神怪怪的，而且，還經常用餘光瞄你。」

艾莉絲禁不住打了個冷顫，道：「諾力，一想到他的目光，我就忍不住地產生恐懼感。」

羅獵牽起了艾莉絲的手，笑道：「再過兩天咱們就要離開洛杉磯了，或許，今天是咱們跟西蒙神父的唯一一次見面。艾莉絲，不用怕，有諾力保護你，諾力是不會允許任何人傷害到艾莉絲的。」

艾莉絲抱住了羅獵的胳臂，並將頭靠在了羅獵的肩上，口吻間滿滿的都是幸福感：「諾力，認識你真好。」

小安德森做完了彌撒，正準備開車回去，一個陌生男人追了上來，叫道：「小安德森先生，請留步。」那陌生男人也是西裝革履，看上去也是一個有身分的人，於是，小安德森跳下了車來，立在車頭處等著那人。「我是聖約翰大教堂的工作人員，小安德森先生，西蒙神父想約你談一談。」

小安德森回道：「我已經如約將艾莉絲帶來和他相見了，我做到了我的承諾，但我並不需要額外的感謝或是報酬，請轉告西蒙神父，小安德森已經盡力了。」

那人連忙解釋，道：「哦，不，小安德森先生，我想，你誤會了，西蒙神父想和你談些別的事情。」

小安德森聳了下肩，道：「那好吧，但我希望，你在見到西蒙神父的時候，替我告訴他，我的時間並不多。」

那人點頭應道：「我會的，小安德森先生，我想，西蒙神父不會耽誤你太多時間。」

小安德森跟著那人來到了西蒙神父的起居間，這兒，應該屬於西蒙神父的私人空間，小安德森在心中盤算著，西蒙神父將自己約到這種地方，要談的事情定然是私事。正想著，西蒙神父從房內走了出來：「謝謝你，小安德森先生，謝謝你讓我如此近距離地看到了艾莉絲。」

「諾力，我實在走不動了。」艾莉絲站住了，可憐兮兮地看著羅獵。

羅獵蹲了下來，反手拍了下自己的後背，道：「上來，我背你。」

艾莉絲搖頭道：「不，諾力，我會心疼你的。」

羅獵順勢坐在了地面上，歪著頭看著艾莉絲，笑道：「那怎麼辦呢？」

艾莉絲撇著嘴巴，撲簌著雙眼，眼看著就要落下淚來。

羅獵歎了一聲，從地上爬起，拍了拍屁股上的塵土，笑道：「還是聽我的吧，咱們叫輛車回去。」

艾莉絲委屈道：「可是，咱們身上沒帶錢，怎麼叫車啊？」

羅獵伸手刮了下艾莉絲的鼻子，道：「把你賣了，不就有錢了麼？」

艾莉絲似乎當真了，連連搖頭，道：「不，諾力，買賣人口是違法的。」

羅獵已經站到了路邊開始招手叫車了。

也就是一小會，一輛空車便駛到了羅獵面前，可艾莉絲卻死活不肯上車。羅獵歎道：「你們美國人是不是腦子都一根筋啊？等車子到了酒店，我留在車上，你去找大師兄要錢付了車費不就行了？」

艾莉絲聽了，頓露喜色，一下便鑽到了車上，待羅獵坐到了身邊，還捶了羅獵兩拳，並抱怨道：「誰讓你不早點說清楚。」

車子駛到了酒店，羅獵留在了車上，艾莉絲正要下車回酒店找趙大新要錢，羅獵卻突然看到酒店門口一個熟悉的人影一閃而過。「彪哥？彪哥！」

董彪回過頭來，看到了正探出身子跟自己打招呼的羅獵，急忙走了過來，道：「怎麼這麼巧啊，你這是剛回來還是要準備出去啊？」

羅獵道：「剛回來，車子一停，就看見了你。」

董彪笑道：「既然都回來了，怎麼還不下車？」

羅獵尷尬道：「身上沒帶錢，正想讓艾莉絲回去找大師兄要錢呢。」

董彪呵呵一笑，替羅獵付了車費。

「彪哥，怎麼這麼巧，你也住這家酒店麼？」一同走進酒店，羅獵隨口問道。

董彪道：「彪哥可住不起這麼高級的酒店，彪哥來，是找你大師兄商量事情的。」

羅獵點了點頭，道：「哦，剛好我跟大師兄住一個房間，嗯，這會大師兄應該回來了。」

回到了房間，可趙大新並沒有回來，羅獵去問了其他的師兄師姐，也都說沒見到大師兄回來。已經到了中午飯的時間，羅獵正準備邀請董彪下樓去吃午飯，便在這時候，趙大新推門進來了，見到了房間中等著的董彪，禁不住一愣，道：「彪哥？找我有事？」

董彪點了點頭。

趙大新脫去外套，掛在衣架上，走過來倒了杯水，端給了董彪：「不好意思啊，彪哥，讓你久等了。我一早去給胡家班的胡班主買船票去，排了好長的隊才買到。」

「自家弟兄，不必見外。再說，我和羅獵也是剛進房間沒多久。」董彪隨手摸出了一包萬寶路，彈出了一支叼在了嘴上，剛準備拿火柴的時候，又想到了禮貌問題，指了指嘴巴上叼著的香煙，含混不清問道：「可以麼？」

趙大新呵呵笑道：「拿彪哥的話說，自家弟兄，不必見外。」而羅獵已經拿起了床頭櫃上的火柴，劃著了一根。

董彪就火點煙的時候，問道：「羅獵，要不要來一支試試？」

羅獵為董彪點上了煙，熄滅了火柴，道：「我才不要呢，煙那麼嗆人，真不知道有什麼好抽的。大師兄，彪哥有事要跟你商量，你們說話，我先下樓吃飯去了。」

董彪道：「急什麼？待會我請你倆吃大餐！」

羅獵撓了下後腦勺，不好意思道：「你們談事，我聽了不太好吧？」

董彪笑道：「有什麼不太好的？你也是安良堂的弟兄，而且，這件事跟你也會有一定的關係。」

羅獵聽了，只得乖乖地坐了回去。

「是這樣，大新，羅獵，咱們老家來了個重要的客人，在金山下的船，準備去紐約。家裡那幫牛尾巴對此人卻是恨之入骨，還沒上船的時候就想除掉咱們這位客人，可是沒能得逞，不過呢，他們賊心不死，居然追到了美利堅來。倒楣的是咱們這位客人乘坐的輪船在半道上遇到了風暴，耽擱了幾日行程，結果，比那幫牛尾巴殺手還晚到了金山有三五天。」董彪抽著煙，說著事，看似漫不經心頗為輕鬆，但趙大新、羅獵卻能感覺到他那種發自內心的緊張。

「金山是濱哥的地盤，那幫牛尾巴自然不敢動手，但若是上了火車，很多事便是濱哥所無法掌握的了，而那位客人實在是重要之至，容不得有半點閃失。濱哥計畫兵分三路，一路伴兵由濱哥親自率領，自金山出發，直接乘火車前往紐約，第二路由我帶領，自金山先到洛杉磯，再從洛杉磯出發，乘火車前往紐約，但這一路仍舊是佯兵。」董彪煙抽得有些猛，剛點上的一支煙不過三五口便已經只剩下了一個煙屁股，董彪再拿了一根，就著煙屁股的火頭續燃了香煙，再把煙屁股掐滅了。

趙大新道：「那濱哥的安排是……」

董彪噴了口煙，道：「將那位重要的客人交給你，混在環球大馬戲團中，神不知鬼不覺，送到紐約顧先生那邊。」

羅獵禁不住插話道：「這個安排最穩妥，環球大馬戲團八成以上都是洋人，咱們把那位客人扮做了洋人，肯定能瞞得過那幫牛尾巴。」

趙大新卻是一副憂心忡忡的樣子，道：「彪哥，我實話實說啊，萬一被那幫牛尾巴察覺到了，或者，那幫牛尾巴三路同時出擊，我們這邊，只有我和羅獵會些功夫，其他人可都指望不上，實在是太危險了。」

董彪重重地歎了一聲，道：「你的憂慮不無道理，但任何事情不可能做到萬無一失，只能是盡力而為，牛尾巴們這一次來勢洶洶，據說內機局已是傾巢而出，我們能追查到行蹤的僅有三十餘人，另有百餘人均是偷渡而來。我們在明，他們在暗，硬拚顯然不行，能做的只有是虛虛實實，讓他們無從下手。大新，你要知道，這兒是美利堅合眾國，在他們判定清楚之前，是不敢貿然動手的。另外，濱哥當然不會讓你和羅獵孤軍奮戰，紐約顧先生那邊已經抽調了好手前來協助，他會暗中保護你們這一路，另外，濱哥暗中培養的多名好手也會派過來暗中保護。」

趙大新憂慮的眼神中多了些許的喜色，道：「紐約顧先生派來的是趙大明麼？」

董彪搖了下頭，道：「趙大明是紐約安良堂大字輩中的佼佼者，早就上了那幫牛尾巴的重點關注名冊，因而，他只能被用作佯兵。不過，你放心，顧先生調派過來的好手也不會比大明差了多少。」

趙大新長吁了口氣，道：「是不是大明也不重要，只是在紐約的時候，我跟他相處得不錯。彪哥，既然濱哥已經定了策略，身為安良堂弟兄，我趙大新沒什麼好說的，傾盡全力，即便搭上了我這條性命，也一定要護送那位客人安全抵達紐約。我只是想求彪哥，能不能把羅獵調回去，他還年輕，我不想讓他……」

羅獵急道：「大師兄，萬萬不可，不是七師弟逞強，只是因為咱們稍有變故，就很可能引起敵人注視。我覺得只要彪哥能把那個客人在不被覺察到的情況下送進咱們環球大馬戲團中來，那麼，咱們把他打扮成了洋人，就一定能瞞得過那幫牛尾巴。」

趙大新犯愁道：「可問題是怎麼做才能確保把人送來的時候不被人家覺察到呢？還有，彪哥，那客人現在在什麼地方？環球大馬戲團定了大後天的車票，若是在後天之前不能把客人送進來的話，後面的事情很難把控啊！」

董彪道：「客人已經到了洛杉磯，咱們在洛杉磯的勢力也足以威懾了那幫牛尾巴不敢輕易動手，但若說做到完全不被覺察，似乎很難。」

趙大新歎道：「是啊，彪哥，你這大白天的前來找我，說不準已經被那幫牛尾巴給盯上了。」

董彪道：「這倒不會，你彪哥甩盯梢的本事倒還是有那麼一點。」

羅獵突然插話道：「要是被盯上了反而倒好了。」

董彪、趙大新均是一怔，齊聲問道：「這話怎麼說？」

羅獵道：「虛虛實實，實實虛虛，虛中帶實，實中帶虛，這樣才能真正搞暈了敵人，如果，咱們這實兵一路被敵人認作了佯兵，而佯兵卻在洛杉磯按兵不動並被敵人當做了實兵，這一路護送，豈不輕鬆？」

羅獵說話的時候，董彪捏著煙屁股想再抽一口，但聽到羅獵說了一半便停下，董彪側過臉來，若有所思道：「說下去呀，幹嘛停下來呢？」

羅獵深吸了口氣，回道：「剛才確實有了靈感，但再一細想，又覺得還是有問題。」

趙大新道：「不管有什麼問題，先說出來再說，三個臭皮匠還抵得上一個諸葛亮呢，說不準，我跟彪哥幫你參謀一下，還真能成為一條妙計呢！」

羅獵道：「假定彪哥和那位客人的行蹤已經被敵人覺察到，因為濱哥尚且坐鎮於金山，隨時可以乘坐火車前往紐約，那麼，敵人一定會認為彪哥這一路原本就是佯兵，意在干擾他們的注意力。」

董彪只顧著聽，卻忘記了手中煙頭，直到被燙到了，慌忙丟下了煙頭，並點頭應道：「嗯，有道理！」

羅獵接道：「既然敵人認定了洛杉磯這一路乃是佯兵，那麼我們就必須做出實兵的姿態，咱們做的越是實在，越是像真的，那麼，敵人就越有可能判斷我們這邊是佯兵，是虛的。」

趙大新吸了口氣，凝眉思考道：「以實為虛，以虛為實，確實可以擾亂了對方的視線。」

羅獵接道：「所以，咱們之間的客人交接，既要做得隱蔽，又要讓敵人能夠覺察得到，這樣的話，他們將會徹底暈菜，若是不能集中兵力攻擊一點的話，單憑他們手中的冷兵器，倒是不怎麼難對付。」

董彪道：「那你有沒有想到既隱蔽又能引得他們覺察到的交接方式？」

羅獵道：「辦法我倒是想了一個，就是不知道有效還是沒效。」

第七章

告知真相

艾莉絲是一個很有包容心的女孩，同時也是一個很有主見的人，
四年多的相處，艾莉絲從來沒有強迫過羅獵任何事情，
反過來，羅獵也不願意將自己的意願強加在艾莉絲身上。
在這件事上，羅獵能做的不過是將真相告知艾莉絲。

小安德森回到了酒店，將自己關進了房間中，他很想靜一靜，可耳邊卻始終縈繞著西蒙神父的聲音。

「我向上帝發誓，艾莉絲是我的女兒，沒錯，艾莉絲・泰格，她跟了她媽媽的姓，但艾莉絲這個名字卻是我起的……」

「天知道我有多愛她，我離開她們母女已經有十五年了，我以為我已經忘記了她，可是，昨晚上我卻神使鬼差地去看了你們的演出……」

「當你告訴我她叫艾莉絲・泰格的時候，我便斷定她便是我的女兒，所以，昨晚上我去了你下榻的酒店，再次找到了你，我乞求你能將她帶來讓我見上一面。我以為，能近距離地多看她幾眼，也就能了卻了心願，可我錯了……」

「當我看到她那雙對我充滿敵意的眼睛時，我的心都碎了，我寧願放下我的一切，我只想聽到她叫我一聲爸爸……」

西蒙神父在向小安德森述說這些的時候，顯得非常痛苦，他雙眼中一直閃爍著淚光，時不時地還用雙手扯拽著自己的頭髮。小安德森早已是兩個孩子的父親，雖然他體會不到跟自己的親生女兒分別十五年之久有多麼的痛苦，但卻能理解西蒙神父的濃濃父愛。

可是，當西蒙神父最終向小安德森提出了進一步的乞求時，小安德森卻陷入了兩難之間。

「小安德森先生，我懇請你幫幫我這個可憐的父親吧，讓我能聽到艾莉絲叫我一聲爸爸，求您了！」

小安德森當時問西蒙神父：「你為什麼不親自向艾莉絲說明你是她的父親呢？」

西蒙神父長歎一聲，黯然回道：「我不敢，我生怕她為此發怒，我更怕她從此再也不願意見到我。」

小安德森有心幫助西蒙神父，可卻不知該如何向艾莉絲開口提及此事，他亦有心回絕西蒙神父，但又不願意再傷及西蒙神父那顆已經支離破碎的心。

糾結中的小安德森一個人在房間中悶了許久，也是突然間，他想到了羅獵。或許，只有羅獵才能做得到讓西蒙神父和艾莉絲父女相認。想到這兒，小安德森豁然開朗，顧不上先吃午飯，便急沖沖向羅獵所住的酒店趕來。

羅獵、趙大新都不在房間，小安德森只能在酒店大堂等待，直等到自己已是饑腸轆轆之時，才見到羅獵和趙大新有說有笑地從外面回來。

「嗨，諾力，有時間嗎？我想跟你說點事情。」小安德森站起身來，對著羅獵招了招手。

羅獵看到了小安德森，跟趙大新分開了，向小安德森這邊走來：「小安德森先生，對不起，讓您久等了。」

小安德森叫來了酒店侍者，為羅獵點了杯咖啡，還沒等羅獵坐安穩，便迫不及待道：「諾力，我必須向你道歉，今天早晨我將你和艾莉絲帶去聖約翰大教堂……」

羅獵不等小安德森把話說完，便搶道：「不，該說對不起的應該是我們，小安德森先生，實在抱歉，我辜負了您的一片好意，還有，艾莉絲實在是不舒服，不然，我們是會做完了彌撒再跟你一塊回來的。」

小安德森擺手道：「哦不，諾力，你誤會我的意思了，我是想說，我帶你們去聖約翰大教堂是有目的的，是西蒙神父請求我將你們帶去聖約翰大教堂，他很想見艾莉絲一面。」

羅獵不禁一怔，道：「那他是什麼目的呢？」

小安德森輕歎一聲，道：「艾莉絲是他的女兒。」

羅獵驚道：「你說什麼？」

小安德森搖了搖頭，再歎了一聲，道：「西蒙神父十五年前離開了艾莉絲和艾莉絲的母親，我猜測，他應該是為了能當上神父才這樣做的，但是，他現在後悔了，他說，只要艾莉絲肯認他這個父親，他寧願放棄他所擁有的一切。」

羅獵不禁回憶起上午在聖約翰大教堂跟西蒙神父見面時的場景，西蒙神父在談話時總給人一種心不在焉的感覺，而且，其目光時不時地就要落在艾莉絲的身上。羅獵當時並沒有讀懂西蒙神父的那種複雜的眼神，但現在回憶起來，卻是很容易理解。

「怪不得上午見到他的時候，他的眼神怪怪的，還不住地拿餘光去瞄艾莉絲，我還以為……嗨，原來是這個原因啊！」知道是自己誤會了西蒙神父，羅獵對他的印象也有了很大的改觀，笑著道：「既然他寧願放棄一切也要認下艾莉絲，那他應該主動來找艾莉絲才對啊！艾莉絲可不是那種沒有包容心的女孩，只要西蒙神父能真心悔過的話，艾莉絲是一定會原諒他的。」

小安德森苦笑道：「我跟他說過類似的話，可他表示說，他不敢。諾力，我不知道你能不能理解西蒙神父的這種感受，我已是兩個孩子的父親，我知道，一個做父親的對他的孩子是一種怎樣的感情。西蒙神父說他不敢的理由是怕艾莉絲生氣發怒甚至以後再也不會理他，但我認為，西蒙神父是愧疚，他無顏對艾莉絲啟口。」

酒店侍者為羅獵端來了咖啡，羅獵在咖啡中加了糖，試了下甜度，然後道：「小安德森先生，我們中國有句古話說，解鈴還須繫鈴人，意思是說，像這種事情，當事人若是躲在背後，是永遠解決不了問題的。」

小安德森道：「這個道理我清楚，但是，諾力，做為朋友，我們是不是有義務從中做些調和鋪墊工作，能讓他們父女兩個再見面的時候不至於太過尷尬呢？我們在洛杉磯還有兩天的時間，若是我們能促成艾莉絲和西蒙神父的再次相見，我想，這將是一件非常有意義的事情。」

羅獵點頭應道：「你說得很對，小安德森先生，我懂得你的意思，我想，我會努力說服艾莉絲的。」羅獵在話語中雖然用到了努力說服這兩個單詞，但他清楚，這兩個單詞根本無法用在艾莉絲的身上。

艾莉絲是一個很有包容心的女孩，同時也是一個很有主見的人，四年多的相處，艾莉絲從來沒有強迫過羅獵任何事情，反過來，羅獵也不願意將自己的意願強加在艾莉絲身上。在這件事上，羅獵能做的不過是將真相告知艾莉絲，假若艾莉絲的情緒太激動或是太悲傷，那麼羅獵還能多做一件事，便是安撫艾莉絲。除此之外，均是多餘。

「謝謝你，諾力，謝謝你。」小安德森苦笑道：「我不知道該如何拒絕西蒙神父，但答應了他，卻又不知道該怎麼向艾莉絲開口，有了你的承諾，我感覺到輕鬆了許多。」

羅獵笑道：「小安德森先生，你真是個熱心腸的人，能成為您的員工，這是我的榮幸。」

小安德森謙遜道：「應該感到榮幸和自豪的是我才對，沒有你們，四年前環球大馬戲團就應該倒閉了。」回想起那段往事，小安德森不由想起了胡易青，禁不住皺眉問道：「諾力，你和你大師兄是怎麼遇見胡班主的？我始終想不明白，你大師兄為什麼要如此善待那個惡人。」

羅獵也是不由一怔，隨即笑著解釋道：「我大師兄這個人啊，和你一樣，也是個熱心腸的人。胡易青害了馬戲團，我們彭家班也跟著遭受損失，可是，小安德森先生，我們承認，彭家班遭受的損失和打擊要遠低於你和環球大馬戲團，因而，我大師兄對胡易青的恨意也遠低於小安德森先生您。所以，當我們偶遇胡易青之時，他的境況又是如此淒慘，大師兄的惻隱之心戰勝了恨意，自然就有了善待胡易青的舉措。」

「艾莉絲，陪我到外面走走，好麼？」送走了小安德森，羅獵隨即敲響了艾莉絲的房間門。

羅獵敲門時，艾莉絲正準備上床睡午覺，聽到了羅獵的提議，艾莉絲頓時睏意全無，歡快地答應了下來。

酒店的後面便是一處花園，正值午休時間，那花園中人跡甚是稀少。

「艾莉絲，我想問你，你想不想見到自己的父親？」

艾莉絲曾經跟羅獵說過，席琳娜答應過，等到了艾莉絲結婚的時候，一定會把她的父親請到她的婚禮現場中來，因而，艾莉絲將羅獵的這句話理解成了羅獵想向她求婚。「哦，我向上帝發誓，如果有可能，我不願意多等一分鐘。」艾莉絲話說得雖然大方，但紅暈早已經佈滿了雙頰。

「其實，你已經見過了你的父親。」羅獵當然沒有向艾莉絲求婚的想法，他只是不想艾莉絲感覺太過突兀而打算循序漸進地告訴艾莉絲，西蒙神父便是她的父親。

艾莉絲不由一怔，隨即咯咯笑道：「你是說我剛出生的時候已經見過了我的父親，是嗎？」

羅獵長吁了口氣，道：「不，我不是那個意思，我是說，今天上午，你已經見過了你的父親。」

艾莉絲絕頂聰明，一下子便想到了西蒙神父。她驚愕地張大了嘴巴，雙手貼在了臉頰上，不住搖頭，驚道：「天哪！這怎麼可能？不，諾力，你是在逗我的，對嗎？」

羅獵苦笑道：「小安德森先生剛離開，他特意過來告訴了我這些消息，並請求我說服你願意跟西蒙神父相見並父女相認。我想，這件事錯不了，但我並不打算說服你什麼，艾莉絲，你是一個有主見的女孩，不管你做出怎樣的決定，我都會堅定不移地站在你這一邊。」

艾莉絲心亂如麻，捂著臉兒蹲了下來，嗚咽道：「我以為他已經死了，我以為席琳娜說的話只是為了安慰我，可我真的沒想到，他還活著，活得好好的，我想，他一定是為了能當上神父才拋棄了我和席琳娜，我不想有這樣的父親，我為此而感到恥辱，諾力，你能理解我嗎？」

羅獵跟著蹲在了艾莉絲面前，將雙手搭在了艾莉絲的雙肩上，道：「我能理解你，艾莉絲，我說過，不管你做出怎樣的決定，我都會站在你的身邊。」

艾莉絲倒在了羅獵的懷中，無助道：「可是，我這麼恨他，為什麼還想跟他見面呢？諾力，你告訴我，我該怎麼做才好。」

羅獵攬著艾莉絲，輕輕地拍著艾莉絲的臂膀，柔聲道：「你恨他，是人之常情，在你很小很小的時候，他便離開了你和席琳娜，不管是出於什麼原因，這十幾年來，他始終是杳無音信，根本沒盡到一個做父親的責任，所以，艾莉絲，你有權力去恨他。可是，血濃於水，這十幾年來，你無時無刻不在思念著你的父親，所以，當你知道了西蒙神父便是你的父親時，即便你恨他，但仍舊想再見他一面，這也很正常。」

稍一停頓，羅獵接道：「恨或者不恨，見又或不見，你總算還有得選擇，可我，卻只能眼巴巴看著別人叫出爸爸媽媽並有人答應……」

艾莉絲抬起飽含著淚花的雙眼看著羅獵，弱弱道：「對不起，諾力，是我讓你傷心了。」

羅獵淡淡一笑，道：「我沒有傷心，艾莉絲，我只是想告訴你，當你的親人離開了人世間去了天堂之後，你連恨他的機會都沒有了。」

艾莉絲點頭應道：「我懂了，諾力，謝謝你，可我還是想問你，你願意陪我一起去見西蒙神父嗎？」

羅獵道：「當然願意！但我更希望西蒙神父能主動來見你。」

艾莉絲道：「我還是很猶豫，諾力，我不知道見面的時候該不該叫他一聲父親。」

羅獵搖頭苦笑道：「我也不知道，艾莉絲，我無法回答你的這個問題。我只知道，當你能叫他一聲父親的時候，你已經從心裡原諒了他。」

艾莉絲幽幽歎道：「我會原諒他嗎？我應該原諒他嗎？諾力，我的心好亂，我知道，你是無法幫我，可我忍不住還是想得到你的幫助，諾力，告訴我，我該不該原諒他？」

羅獵長歎一聲，道：「**恨一個人很簡單，但要原諒一個人，卻無比艱難**，即便是自己的父親。艾莉絲，你是一個勇敢的女孩，我認為，你可以嘗試一下最艱難的選擇。」

艾莉絲將頭埋在了羅獵的懷中，呢喃道：「我不知道我能不能做得到，我真的不知道我有多大的勇氣，諾力，我現在非常想見到席琳娜，可我又不想離開你，哪怕是一分一秒。」

羅獵抱緊了艾莉絲，將嘴巴貼在艾莉絲的耳邊，輕聲道：「艾莉絲已經長大了，不能將難題交給席琳娜，要學會自己勇敢去面對。不管你能不能原諒西蒙神父，席琳娜都不會怪罪你的。」

艾莉絲伸出手來，摩挲著羅獵的臉頰，道：「我可以把你的這句話理解成你也不願意離開我？同樣的哪怕是一分一秒，是嗎？」

羅獵露出了笑容，握住了艾莉絲貼在自己臉上的手，道：「當然！艾莉絲，假若你必須回去見席琳娜的話，我一定會陪著你。」

艾莉絲道：「謝謝你，諾力，有你的安慰，我覺得我好過了許多。我們回去休息吧，再過幾個小時，我們就該登台演出了，我想，洛杉磯的觀眾還在翹首以盼地等著我們的《決鬥》節目成功上演呢！」

將艾莉絲送回了房間，羅獵隨即去了小安德森所在的酒店，找到了小安德森，告訴了他艾莉絲的意見，並請小安德森轉告西蒙神父，若是真想再見到艾莉絲的話，他最好親自前來，而不是再要求將艾莉絲帶去聖約翰大教堂。

小安德森表示同意，道：「是的，我非常贊同你的意見，做錯事情的是西蒙神父，他理應前來向艾莉絲說對不起。」

羅獵道：「他的態度若是足夠誠懇的話，我想，艾莉絲是很有可能原諒他的。我瞭解艾莉絲，她是一個善良豁達的女孩，雖然她也知道，原諒一個人有多麼的艱難，但是她並沒有畏縮，她願意嘗試。」

小安德森感慨道：「是啊，恨一個人原本就是一件不容易的事情，若是選擇了原諒，將會更加艱難。就像我對那鐸和胡易青，這麼多年來，我始終放不下，我恨不得將他們撕成碎片。這種感覺很不好，可是，若讓我原諒他們兩個，我更是做不到。」

羅獵道：「當你知道了胡易青的消息時，你並沒有追問他的下落，這說明你並不想繼續懲罰他。小安德森先生，你能做到這樣，已經很不容易了。」

小安德森不由提到了趙大新，道：「可是，你大師兄……唉，我仍舊不能接受他對胡易青的態度，算了，不提這些不開心的事情了，諾力，謝謝你對我的幫助，我會儘快把你的意見轉告給西蒙神父。」

羅獵告辭離去，剛走出兩步，卻又折回身來，叫住了小安德森，問道：「小安德森先生，冒昧地問你一句，晚上的演出，您手上還有票嗎？哦，是這樣，有幾位金山的朋友來了洛杉磯，想觀看今晚上咱們的演出，我擔心他們已經買不到票了。」

小安德森驕傲地點頭應道：「諾力，你的擔心並非多餘，這場演出的門票早已經在三天前便銷售一空了。不過，主辦方留給我的包廂卻可以幫助你解決難題，而且，不用麻煩別人增加座位，因為我要去聖約翰大教堂去找西蒙神父。」小安德森說完，從上衣口袋中掏出了一塊精緻的金屬牌，交到了羅獵的手上。

羅獵欣喜道：「太感謝了，這包廂需要付多少美元？我讓大師兄付給您。」

小安德森呵呵笑道：「諾力，你這樣說話我可不愛聽，你把小安德森先生當成票販子了是嗎？這個包廂是主辦方免費提供給我的，我可不願意拿它來賣錢。」

羅獵將那塊金屬牌子放進了衣兜，對著小安德森笑道：「那好吧，等演出完了，我和大師兄一塊請你吃宵夜。」

小安德森道：「嗯，這個主意很不錯，若是能再喝上兩杯，那就更好了。」

環球大馬戲團在洛杉磯的第二場加演定在了晚上七點鐘，六點半不到，羅獵便等在了劇院門口。沒多會，一輛黑色轎車緩緩駛來，董彪不等轎車停穩，便跳了下來。

「怎麼樣？搞到票了麼？」

羅獵將金屬牌遞給了董彪，道：「九號包廂，是主辦方留給馬戲團小安德森先生的，他晚上有事，便把包廂留給了我。」

董彪拍了下羅獵的肩，道：「幹得漂亮！包廂隱蔽，幹起活來更像是真的。」

羅獵道：「但願咱們現在的一舉一動，都已經被遠處的一雙眼睛緊緊盯住了。」

董彪笑道：「放心吧，要是連這一點都做不到，那麼，那幫牛尾巴們又如何能對咱們形成威脅？」

當晚的演出依舊精彩，和前一天的演出一樣，彭家班的師兄弟們表演的《決鬥》節目得到了觀眾們的瘋狂追捧。

如雷般的掌聲中，最後一排靠邊的座位上，有兩人只是象徵性地拍了幾下手，似乎並沒有被節目所震撼。此二人一身洋裝打扮，面孔卻表明了他們中國人的身分。

「周兄，你是練暗器的，你覺得台上那二人的飛刀功夫如何？」左邊一個頭稍矮體型墩實的傢伙漫不經心地拍著手向另一人問道。

右邊那人的個頭高了許多，體型偏瘦，留了兩撇八字鬍，再搭配上一雙吊梢眼，給人一種摸不清深淺的詭異感。「還行吧！那個年長者的基本功要比那小夥子扎實些，不過，那小夥的天賦還算不錯，再練上個幾年，會有些成就。」

矮墩那人道：「周兄若是以一敵二，能有幾成勝算？」

高瘦那人冷哼一聲，回道：「不多，也就是十成吧。」

矮墩那人道：「如此說來，那安良堂二把手玩的必然是虛招咯！」

高瘦那人冷冷道：「何以見得？」

矮墩那人笑道：「將逆黨藏身於馬戲團，神不知鬼不覺帶回紐約，確實是個不錯的想法，可是，就憑此二人，又如何能保護得了那名逆黨？」

高瘦那人冷笑道：「安良堂可安排高手於暗中保護。」

矮墩那人蔑笑道：「既然是藏身於此，那麼安良堂高手勢必與逆黨要保持相當的距離，能對逆黨行貼身保護的，僅有那台上二人，而周兄既然有十足把握以一敵二，那麼只需兄弟引開那些暗中高手，周兄便可一擊得之，對嗎？」

高瘦那人眯起了一雙吊眼，點頭應道：「此言卻是不假。」

矮墩那人微微搖頭，道：「如此紕漏，安良堂曹濱又怎能不知？因而，兄弟斷定，這洛杉磯一路人馬，八成可能是為疑兵。」

高瘦那人道：「李大人對此早有判斷，曹濱行事謹慎，不會貿然將逆黨交給他人負責。」

矮墩那人呵呵笑道：「李大人若是如此篤定，又何必派出你我兄弟尾追那董彪前來洛杉磯呢？周兄，不是兄弟多想，說不準，除了咱們這隊人馬外，李大人還可能另有安排呢！」

高瘦那人面無表情，只是悶哼了一聲，卻沒再繼續搭話。

觀眾開始退場，這一高一矮二人就像是位普通觀眾一般，隨著人流走出了劇院，消失在了街道的另一端。

九號包廂中的董彪並未著急退場。一個小時前，他便已經將要保護的客人交給了羅獵，而羅獵趁著登台演出前的空檔找來了相熟的化妝師，將那位客人打扮成了洋人的模樣，並藏在已經演完了節目的洋人演員中送回了酒店。

洋人開辦的酒店很重視安防，每一個安保人員均是荷槍實彈，而那幫牛尾巴雖然也能混進酒店，但想突破酒店房間的那扇實木房門卻是不易。從房間窗戶突破更是別想，一是樓層高，沒點特殊的本領根本爬不上去，即便爬上去了，那洋人弄出來的鐵框玻璃窗也爬不進一個人去。也就是說，只要那客人進了酒店房間，確保不隨意開門，那麼安全就能完全保證的了。

反盯梢的幾個弟兄陸續回到了九號包廂，其中有一人向董彪彙報道，說在劇院最後一排的角落中看到了兩個形跡可疑的人。

「你們幾個就沒發現什麼可疑痕跡嗎？」董彪蹙緊了眉頭，以他的估計，前來盯梢自己的牛尾巴絕對不止這麼一對。

只是，那幾名兄弟均是茫然搖頭。

便在這時，尚未來得及卸妝的趙大新、羅獵進到了包廂之中。

「怎麼樣？還順利嗎？」董彪揮了揮手，將手下幾名弟兄打發出了包廂。

羅獵點了點頭，應道：「一切正常。」

趙大新坐了下來，也不管桌上的水是否被別人喝過，先端起來灌了一氣。放下杯子，抹了把嘴，道：「彪哥，我總感覺有些不對勁。對方雖然不敢在市內就動手，卻也不至於如此風平浪靜吧？」

董彪點了點頭，道：「我也有著同樣的感覺，今晚上來劇院盯梢我們的，居然只有兩個人，他奶奶的，也忒小看我董彪了不是？」

羅獵道：「或許，他們都藏在暗處呢。」

趙大新道：「在咱們大清朝，他們或許能做得到，可這兒是美利堅，他們人生地不熟的，要想全程監視了咱們，必然會露出不少的蛛絲馬跡。可是，我們這一路來回，竟然一點被盯梢的感覺都沒有，彪哥，我總覺得實在是太詭異了！」

羅獵搶道：「這也不是壞事啊！他們不盯梢，就說明他們根本不重視咱們，或是確定了咱們這一路本就是佯兵，那咱們就順水推舟，直接將客人送走就是了。」

董彪略加思索，忽然笑開了，道：「先不想那麼多，反正客人入了酒店，在馬戲團出發之前都是安全的，那咱們乾脆就以逸待勞靜觀其變，看看他們下一步能鬧出怎樣的么蛾子來。行了，時候也不早了，我該退場了，你們也該卸妝回酒店了。」

劇院後台中，艾莉絲已經卸好了妝，但見羅獵走了進來，急忙迎了上去：「諾力，你去哪兒了？」

羅獵笑道：「去噓噓了呀，跟大師兄一塊去的。」

艾莉絲撇嘴一笑，又道：「剛才小安德森先生來了，他找你沒找到，所以才對我說的，西蒙神父已等在了酒店大堂。諾力，我有些緊張，有些後悔答應了他。」

羅獵攬住了艾莉絲的腰，來到了鏡子前，一邊卸妝，一邊道：「艾莉絲，有我呢，你用不著緊張，說實在的，該緊張的是西蒙神父才對。」

艾莉絲幫著羅獵擦去了下巴上的一塊油彩，斜倚在羅獵的身上，端詳著鏡子中的羅獵，幽幽歎道：「諾力，你知道嗎？有時候我經常想，要是能和你到一個無人的小島上生活那該有多好，這樣的話，你噓噓的時候我都能見到你了。」

羅獵說噓噓時用的是國語，艾莉絲顯然沒弄懂這噓噓的意思。引得羅獵噗嗤一聲笑開了懷，道：「艾莉絲，你真不嫌害臊，你知道噓噓是什麼意思嗎？是小便啊！」

艾莉絲愣了一下，隨即咯咯笑了起來，邊笑邊捶著羅獵的肩，並嚷道：「諾力，你真壞。」

羅獵馬馬虎虎把妝卸了，跟著大夥一塊回到了酒店，果然見到了西蒙神父。

正如羅獵所說，應該緊張的是西蒙神父才對。但見艾莉絲挽著羅獵的臂膀走進了酒店大堂，西蒙神父慌忙站起身來準備上前迎接，卻不想刮帶了桌上的台布，將台布上的一杯咖啡以及一個餐巾紙的盒子帶翻落在了地上。酒店大堂原本很安靜，因而，咖啡杯和餐巾紙盒子落在地上的聲響甚是刺耳。

西蒙神父想回身幫助侍者收拾狼藉，卻又擔心艾莉絲就此離去，一時間進退兩難，居然愣在了遠處。

羅獵見狀，及時地跟西蒙神父打了聲招呼：「嗨，西蒙，見到你真高興。」也是不想張揚，羅獵在打招呼的時候，故意隱去了西蒙的神父身分。

聽到了羅獵的招呼，又看見艾莉絲在羅獵的陪伴下向自己這邊走來，西蒙神父這才算是鬆了口氣。侍者已經將地面上的狼藉打掃了乾淨，西蒙神父也在座位前迎來了羅獵和艾莉絲。

「艾莉絲，我的女兒，你還好麼？」西蒙一開口，聲音便顫抖了，待一句話說完，一雙老眼已是熱淚盈眶。

而艾莉絲卻已經崩潰，一頭扎進了羅獵懷中，抽噎道：「我等這句問候，等了足足十八年……西蒙，你為什麼要離開我和席琳娜，你為什麼那麼狠心從來不去找我們，你為什麼又要突然出現攪亂了我的生活，西蒙，我恨你！」

西蒙神父悲切道：「不，艾莉絲，不是十八年，是十五年，我離開你和席琳娜的時候，你才三歲……那時候，我每天都要陪著你，不管白天有多累，只要回到了家中看到了你天使一般的笑容，我身上的疲憊便一掃而空。我不解釋當初離開你和席琳娜的原因，我也不敢奢求你的原諒，我只想對你說一聲，抱歉，我的孩子，我沒有盡到一個父親的責任，艾莉絲，你有權力恨我。」說完，西蒙神父微閉上了雙眼，兩行熱淚順勢奪眶而出。

艾莉絲離開了羅獵的懷抱，看了西蒙神父一眼，緩緩地搖了搖頭，道：「西蒙，你還是回去吧，我想，我還是無法接受你，我已經習慣了沒有父親的生活，我只有兩個親人，席琳娜和我的諾力，我無法再分出一份多餘的感情。西蒙，對不起。」艾莉絲說完，轉而再向羅獵道：「諾力，送我回房間吧，如果你還有什麼話要對西蒙說，你可以請西蒙在這兒等著你。」

羅獵隨即明白，艾莉絲一定是有什麼話想通過自己轉達給西蒙神父。

果然，在上樓的時候，艾莉絲便向羅獵敞開了心扉。

「諾力，你知道我為什麼要著急離開麼？我已經心軟了，若是再多待上一分鐘的話，我想，我可能就會原諒他了。」艾莉絲抱著羅獵的胳臂，邊走邊搖晃著，這是艾莉絲的習慣，當她做出這個動作的時候，就說明她的心情應該是不錯的。「可是，我還不能那麼快地原諒他，這樣對席琳娜不公平。諾力，你知道我多麼希望席琳娜也能原諒他嗎？」

羅獵道：「艾莉絲，你是一個能為別人考慮的好女孩，可你想過沒有，席琳娜並不希望你為她而受到任何委屈。」

艾莉絲道：「不，諾力，我能感覺到，席琳娜還是愛著西蒙的，十五年了，席琳娜和西蒙分開十五年了，她原本是有機會再婚的，可是她並沒有。」

羅獵道：「那也不一定，或許席琳娜只是為了你才拒絕別的男人。」

艾莉絲誇張驚呼道：「哦，上帝，是你瞭解席琳娜還是我瞭解席琳娜？諾力，你敢不敢跟我打賭呢？」

羅獵搖頭笑道：「當然是你更瞭解席琳娜，所以，我不敢跟你賭。」

艾莉絲滿意笑道：「這還差不多。諾力，待會你替我問問西蒙，他為了我，為了席琳娜，真的願意拋棄他目前所擁有的一切嗎？」

羅獵道：「一問一答，都很簡單，但問題是，他若是做出了肯定的回答，又該如何證明他沒有說謊。」

艾莉絲露出了迷人的微笑，道：「那還不簡單嗎？他要是真的願意，就讓他離開聖約翰大教堂，去紐約等著我們。」

羅獵聳了下肩，笑道：「這倒是個不錯的主意。」

同一時間，在金山安良堂堂口二樓曹濱的書房中，一個三十來歲帶著金絲邊眼睛的白皙男人正在跟曹濱說著話。曹濱看上去很輕鬆，愜意地抽著雪茄，品著香茗，跟那白皙男人聊著國內的形勢。

「許先生，說實在的，我曹濱非常敬仰貴組織的每一位成員，十三年前，我便和貴組織的孫先生有過一面之緣，那時候這座樓房還是一片平地，總堂主棲身於咱們金山唐人街的一座破舊小樓上，至今我還清楚地記得那座小破樓的門牌號碼，新呂宋巷三十六號，那座小破樓有多寒酸你都不知道，單說門口的台階吧，狹窄得僅能容納一人上去。便是在那種環境下，我聽了孫先生的演講，從而對祖國的未來重燃了希望。若是沒有孫先生，我恐怕到現在還活得像一具行屍走肉，整日只知道打打殺殺。」

白皙男人道：「濱哥，還是叫我公林吧，您這一口一個許先生，都把我叫得生份了。」

曹濱微笑著點了點頭，抽了口雪茄，接著說道：「說起來也是個笑話，咱們總堂主當初請我為孫先生做保鏢，一開始我可是跟總堂主討價還價一點也不鬆口，可完成了保鏢任務後，我居然忘記了向總堂主討要傭金了，反而倒貼錢協助總堂主建立了這安良堂。」

許公林扶了下金絲邊眼睛，跟著笑道：「濱哥當時肯定沒想到十三年後的今天，濱哥重操舊業，又做了我許公林的保鏢。」

曹濱道：「此話卻是差矣！十三年來，我時時刻刻無不盼望著能為貴組織再奉獻一份綿薄之力，今日終於盼來機會。」

許公林微微搖頭，道：「濱哥真是貴人多忘事啊，四年前，若不是濱哥出手相助，公林又如何能順利得到那份名單？」

曹濱擺手笑道：「不是忘記，實在是那件事太過簡單，不足掛齒。」

許公林道：「對了，濱哥，上次你說，你的安良堂中有內機局的眼線，這個內奸查出來了嗎？」

曹濱笑道：「都四年過去了，濱哥若是連這點本事都沒有，怎麼在江湖上立足啊？好了，閒話少說，你還是給我講講國內的形勢吧。」

許公林點了點頭，端起面前的茶杯，喝了口茶水，道：「據宮裡傳出來的消息說，慈禧那個老女人的身體已經不行了，長則一年，短則半年，定是要歸西升天。朝廷的各路勢力正忙著後慈禧時代的佈局，他們中有越來越多的人已經看到了清政府必然滅亡的結局，和我們的接觸也是愈發頻繁。只是，越接近黎明，這天色便越是黑暗，那些頑冥不化者正在極力反撲，其中，便以那內機局最為猖狂！」

曹濱輕蔑一笑，道：「就是那個李喜兒？四年前，若不是因為你的一句話，我跟紐約的老顧聯手，早就把他給除掉了。」

許公林道：「上次是因為那份名單太過重要，我才力勸濱哥暗度陳倉，儘量不去招惹他。但今天不一樣了，我的任務已經完成了，如今完全可以做濱哥手中的一枚誘餌，將那李喜兒以及內機局百餘高手引將出來，一舉殲滅，也算是為多年來犧牲在內機局魔爪下的同志們報仇雪恨！」

曹濱喝了口茶，放下了手中雪茄，來到了窗前，望著天空中的皎月，伸出手指來在胸前劃了個十字架，不無感慨道：「許先生拳拳赤子之心，令人敬仰感動，我曹濱對天發誓，這一次，一定幫許先生完成了心願。內機局那些鷹犬，欠我中華民族的血債實在太多，也罷，既來之則安之，我曹濱就借此機會，用美利堅的槍和子彈，讓他們永遠安息在美利堅的這片土地上。」

許公林略顯激動，也跟著站了起來，和曹濱並肩立在窗前，握緊了拳頭低聲怒吼道：「驅除韃虜，復我中華！」

便在這時，突然響起了敲門聲。

曹濱轉身回到了原來的座位上，應道：「進來吧！」

來人走到了曹濱面前，放下了一張紙，輕聲道：「彪哥的電報。」

曹濱看了眼紙上的內容，不禁露出了會心的笑容，看過之後，隨手拿過火柴來，劃著了一根，點燃了那張電報。

送電報的堂口兄弟已然退出了房間，許公林問道：「濱哥，彪哥那邊進展的怎麼樣？」

曹濱微微頷首道：「李喜兒已經上鉤了。」

許公林道：「濱哥，莫怪公林愚鈍，我始終沒能弄明白濱哥這一招調虎離山之計的用意，按理說，金山才是濱哥的地盤，幹掉內機局那幫鷹犬，理應是離金山越近才越有把握。」

曹濱笑道：「正因為金山是我的地盤，所以，我才會選擇一個稍遠一些的屠殺場所。不然，一下子死了那麼多人，我安良堂必然不得安寧。」

許公林疑問道：「那幫鷹犬，個個都留著牛尾巴，洋人員警會在乎他們的生死嗎？」

曹濱搖頭歎道：「那些牛尾巴的性命，在洋人的眼中，實在是連條野狗都不如。可是啊，這些該死的洋人員警卻要遵守更該死的美利堅法律，但凡出了命案，總是要刨根問底一探究竟，這要是在金山附近死了百十個洋人，或許我安良堂不會被懷疑，可那幫鷹犬卻長著一張中國人的臉，呼啦一下死了那麼多，洋人員警要是不懷疑到我頭上來才怪！」

許公林笑道：「濱哥這是樹大招風啊！」

曹濱長歎一聲，道：「人在屋簷下不得不低頭啊！咱們生活在人家洋人的地盤上，就得看人家洋人的臉色，整日夾緊了尾巴尚且不得安寧，更何況要給偉大的美利堅合眾國添這麼大的麻煩呢！」

許公林感慨道：「國家羸弱，人民勢必受人家欺辱，莫說在這洋人的國家，就算在咱們中國，不一樣要看人家洋人的臉色嗎？」

曹濱又拿起了雪茄，連著抽了幾口，將已經隱住的火頭再次燃起，並道：「就盼望著你們能實現願望，推翻滿清，建立共和，帶著全國人民走向繁榮富強之路。國家強大了，我們這些在異國他鄉的遊子才能真正挺直了腰杆，不再受洋人的欺辱。」

許公林肅容正色，點頭應道：「會有那麼一天的，濱哥，你相信我，一定會有那麼一天，中國人不再看洋人臉色，甚至，那些個洋人還要反過來看中國人的臉色！」

曹濱深深地抽了口雪茄，緩緩吐出煙霧，深邃的雙眸凝視著嫋嫋升騰的青煙，歎息道：「家祭無忘告乃翁……公林啊，你說，濱哥還能看到那一天麼？」

許公林堅定道：「即便我們這代人看不到，但我堅信我們的後代一定看得到！」

曹濱突然大笑起來，笑得許公林一愣一愣的，「濱哥，你這是……」

曹濱擺了擺手，止住了笑，道：「就為了你剛才的那句話，濱哥是該找個女人生幾個兒子女兒的了！」

許公林點頭應道：「濱哥這話算是說到點子上了，虎父無犬子，濱哥理應多生幾個，新中國需要他們。」

曹濱長歎一聲，呢喃道：「新中國，新中國……這三個字真是讓人充滿了憧憬。」曹濱微閉著雙眼，像是陷入了無限遐想中，過了許久，突然起身道：「時間不早了，休息吧，明日一早，隨我前往洛杉磯，屠殺那幫滿清鷹犬！」

時隔四年，李喜兒再一次踏上了美利堅的土地。

美利堅的金山更加繁華，相比四年前，多出了許多高樓大廈和平坦馬路，街上的汽車也多了許多，行人在路上的步伐更加匆忙，街道兩側的商鋪中所陳列的商品更是琳琅滿目。

而他的大清朝卻是沒什麼明顯的變化，樓還是那些樓，路還是那些路，只是相比四年前更加陳舊一些，汽車仍舊是極少數達官顯貴的標誌，百姓們面龐上隱隱透露出來的絕望神情更加明顯，商鋪更加凋零，就連一些老字號也關門倒閉了不少。

乾爹的身子骨還算硬朗，但老佛爺明顯跟不上了。朝廷中的要員們一個個看上去仍舊是忠誠無比，但私下裡卻是各找各的門路各拉各的山頭，其中有不少還跟逆黨建立了眉來眼去的關係。

逆黨更加猖獗，僅是最近的一年，就鬧出了三場大的暴亂來，雖然均遭到了徹底鎮壓，但李喜兒明顯感覺到那些個逆黨卻是越殺越多。內機局在老佛爺不甚滿意的狀態中度過了風雨飄搖的四年，而這次，似乎再也挺不下去了，乾爹發話過來，說是這一次若失手的話，內機局必將遭到裁撤。

擒賊先擒王的道理誰都明白，李喜兒一貫主張若想徹底打壓了逆黨氣焰，最好的策略便是刺殺逆黨領袖。老佛爺還是認同李喜兒這個主張的，只是，那逆黨實在狡猾，四年來李喜兒組織了數次行動，均是無功而返。

老佛爺對內機局的不滿，便是由此而生。

這一次，李喜兒得到的情報說，逆黨領袖準備前往美利堅遊說美利堅政府要員對他們的支持，李喜兒認為，這是一個絕佳的機會。逆黨領袖遠渡重洋，不可能像在國內那樣有那麼多的人保護他，隨從人員最多六七而已。

進一步情報說，美利堅那邊負責接待的官員將在紐約和逆黨領袖會面，李喜兒隨即便制定了刺殺計畫。從大清朝前往美利堅，所有的遠洋巨輪只會停靠在美利堅西海岸的某個港口，而從西海岸的這個港口城市前往紐約，尚有四五千里的路程。在這段路程中，便是內機局動手的最好時機。

若是在西海岸城市中動手，怕是做不到神鬼不知，而一旦落下把柄，那麼朝廷必將受到來自於美利堅的無比壓力。等逆黨領袖抵達了紐約，機會便再也沒有了，否則的話，美利堅因此而失去的臉面，必然會以槍炮艦船的形式向朝廷討要回來。

李喜兒早先一步做了佈局，抽調了內機局近百名高手提前數日偷渡到了美利堅，潛伏在了逆黨領袖最有可能上岸的金山和洛杉磯兩市，隨後，他親自帶領二十餘內機局骨幹偽裝成商人團體，抵達了金山。

幸運的是，他比那逆黨領袖還早到了三日。

只是，那逆黨領袖被金山安良堂的曹濱接到了堂口之後，便再也沒有露過面。

「劉統領，你說，那逆黨領袖會不會已經被曹濱送走了呢？」心懷不成功便成仁之念的李喜兒自然是壓力如山，他可以不為他自己的前途著想，但也一定要為內機局的前途而焦慮。

四年的時光，劉進已經從統帶升到了統領，官銜也從正六品升到了從五品，若是這次任務能夠順利完成，那麼內機局便可得以保留，待回去之後，他必將能夠自從五品再升一級位列於正五品官員之列。

「稟大人，幾無可能！逆黨領袖是在弟兄們的監視下被那曹濱接到他安良堂堂口的，從那以後，安良堂即便溜出一隻耗子都會被負責監視的弟兄記錄在案。」監視安良堂的活由劉進全權負責，他對自己以及自己手下弟兄的能力還是相當篤定。

李喜兒放下了手中的煙槍。四年前，他已經戒掉了大煙泡子，可身上的壓力實在太大，這兩年又不得已重新抽上了。「咱家的意思是說，大前天一早，那董彪帶出去的人會不會就是真的逆黨領袖，而非替身呢？」

劉進思考了片刻，道：「正如大人分析，那曹濱行事一向謹慎，按理說，如此重要人物，他不可能交給別人護送。」

李喜兒輕歎一聲，道：「真真假假，假假真真，真中有假，假中有真，曹濱的目的是將逆黨領袖護送到紐約，為此，他若是不按常理出牌，演上一齣偷樑換柱的好戲，倒也是合情合理。」

劉進道：「屬下認為，這種可能性並不大。那董彪出去的時候，身邊只帶了十人，力量如此單薄，又怎麼能做到萬無一失？」

李喜兒再歎一聲，道：「這正是曹濱的過人之處啊！他沒有莽撞行事，而是在堂口中靜觀咱們的應對。他那招調虎離山之計本應該使得更加精妙才是，可為什麼要留下如此疏漏？咱家以為，這應是曹濱有意而為，要的就是將真做成假的效果，以期瞞過咱們的眼皮子。」

劉進哼笑道：「可那曹濱卻沒想到，大人早有安排，董彪所去的洛杉磯，咱內機局的人手只比金山多不比金山少。」

李喜兒尖著嗓子笑了幾聲，道：「要說玩明的，你劉統領自然在周統領之上，但說到玩陰的，那周統領顯然是你所不及，甚至比起咱家來都是半斤八兩。咱家相信，那董彪絕非周統領對手。」

劉進陪笑道：「大人所言極是，屬下對周統領也是甚為欽佩。對了，大人，董彪到了洛杉磯也有兩天了，周統帶就沒有進一步的消息傳來麼？」

李喜兒打了個哈欠，拿起身邊的錦絹手帕，擦了下眼角，歎道：「是啊，理應有新的消息了，可這麼晚了，怎麼還沒傳過來呢？」

正說著，門外傳來手下的報告聲：「稟大人，周統領電報到了。」

李喜兒面露喜色，應道：「快快送來！」

看過了電報，李喜兒拿起了煙槍，裝了一泡大煙，一旁劉進連忙劃著了火柴。李喜兒沒有直接就著火柴的火去點煙，而是拿起了那張電報紙，燃著了，放在了煙槍的點火口上。

一泡煙抽食完，李喜兒頗為愜意道：「洋人的玩意啊，就是先進。四年前，咱們要是掌握了這電報之法，也不至於落下個顆粒無收的結果。」

劉進歎道：「是啊，可惜了那八位弟兄的性命。」

李喜兒臉色一沉，道：「話也不能這麼說，那八位兄弟還是有貢獻的。」

劉進自知失言，慌忙離座跪下，正反手抽了自己兩個嘴巴子，道：「屬下該死，屬下沒有質疑大人的意思，屬下只是……」

李喜兒擺了下手，細聲細氣道：「咱家知道是你一時失言，平身吧，咱家不怪罪你就是了。」

劉進誠惶誠恐站起身來，卻不敢落座，垂著雙臂守在了一旁。

李喜兒道：「還是坐下說話吧，站著多累呀。」

劉進這才回到了原來座位上坐了下來。

「周統領發來電報說，董彪帶過去的那人雖然一直沒看到真正的面龐，但從形體辨別以及其他情報上看，有八成以上可能性是個真貨。」李喜兒愜意地伸了個懶腰，催發出了一個哈欠，冷笑兩聲，道：「若非咱家早有安排，那曹濱還真能得逞了。」

劉進道：「大人方才的預判竟然完全正確，屬下佩服地五體投地……對了大人，那咱們是不是應該連夜調整向洛杉磯增派人手呢？」

李喜兒蔑笑道：「你當這兒是咱們大清朝啊？駿馬加鞭在人家美利堅是不可行的，最快的交通工具便是火車，這麼晚了，哪還有火車可坐啊？」

劉進道：「屬下調查過，自金山出發駛向洛杉磯的還有只拉貨不拉人的火車，即便是夜間，也有六趟之多，咱們可以……」

李喜兒擺手打斷了劉進，道：「怎麼說在這種事上你不如周統領呢？遇事可不能著急，要穩住，你在監視曹濱的時候，就能保證曹濱不在監視你嗎？咱們這邊貿然動作，萬一打草驚蛇了該怎麼辦呢？咱們有洋人的電報，那曹濱在美利堅經營多年，肯定也有電報啊！」

劉進的額頭滲出了些許細密汗珠，一臉的窘態盡顯無疑，急忙起身抱拳，揖身道：「屬下知錯了。」

李喜兒揮了揮手，道：「不過，周統領也是火候未到，他居然將董彪的一個騙招信以為真，以為送進環球大馬戲團的那人便是逆黨領袖，唉……也真是個豬腦子啊！」

劉進的臉上閃現出一絲不易覺察的笑來，隨即便恢復了嚴肅面容，再次抱拳欠身，問道：「大人，為何有如此評斷？」

李喜兒尖聲笑道：「那環球大馬戲團走走停停，等他們到了紐約，至少也是一個月後的事情，且不說這期間會給咱們留下多少機會，單說那逆黨跟美利堅要員的約定時間，也要被耽誤了，你說，這怎麼可能呢？」

劉進一揖至地，待起身時，臉上寫滿了欽佩二字：「大人英明！」

第八章

機不可失

那一聲爆炸，表明內機局的人已經被曹濱騙過，
這幫牛尾巴肯定沒機會查驗爆炸現場，只能是作案後迅速離開。
但根據爆炸的威力，完全可以斷定車廂中的人絕無活下來的可能。
也就是說，對內機局的人來說，曹濱已經不存在了。

羅獵將艾莉絲送回了房間，然後折頭回到了酒店大堂。西蒙神父仍舊等在原處，只是神色間有些恍惚。

「西蒙神父，對不起，讓你久等了。」酒店大堂中只剩下了羅獵和西蒙神父二人，因而，羅獵對西蒙神父的稱呼重新多了個神父。「您的出現，對艾莉絲來說實在是太過突然，艾莉絲一時難以接受也是正常。」

西蒙神父點頭應道：「我明白，她還是個孩子，都怪我，都怪我太心急了，沒有給艾莉絲留下足夠的時間。」

羅獵微微一笑，道：「也不能全怪你，環球大馬戲團在洛杉磯的逗留時間只剩下了兩天，換做了誰，也難免心急。這一點，艾莉絲應該能有所包容。」

西蒙神父驚喜道：「真的嗎？艾莉絲真的不會怪罪我太魯莽了嗎？」

羅獵道：「艾莉絲不是一個小氣的姑娘，她很大度，習慣為人著想。只是，一直以來，她都以為她的父親已經不在人世了，她怎麼也沒想到，她和席琳娜是在十五年前被拋棄的，所以，在短時間內，她無法接受這個殘酷的現實。」

西蒙神父很是悲愴，雙手抱住了頭顱，不住搖晃。

羅獵又道：「我看得出來，西蒙神父，你像是有苦衷，如果你想傾訴的話，我願意做一名傾聽者。」

西蒙神父鬆開了雙臂，抬起頭來看著羅獵，道：「你叫諾力，是艾莉絲最好的朋友，看得出來，艾莉絲很信任你，我也感覺得到，你是一個好人，諾力，謝謝你願意聽我的傾訴，可是，錯了就是錯了，我不想把責任推卸給別人。一切都是我的罪孽，我願意接受上帝的一切處罰。」西蒙神父長歎了一聲，做出了就要起身告辭的姿態。

羅獵微微搖頭，道：「你不說，席琳娜也不會主動說，艾莉絲更不會主動去問席琳娜，那麼，這其中的芥蒂便永遠也解不開。西蒙神父，你是個男人，就應該擁有男人應該擁有的勇氣，除非，你並不愛你的女兒。」

西蒙神父的雙眸中閃現出一絲慍色，道：「不，諾力，你錯了，我愛艾莉絲，我願意為她放棄所有，我甚至願意為她犧牲了自己的生命。你不知道，這十五年來我是多麼的痛苦，我身為神父，每天都在替上帝為他的兒女們授業解惑，可是，誰又能撫平了我的心頭之痛？誰又能讓我在夜深人靜的時候安然入睡？在前天晚上之前，我始終迷茫，我找不到答案，但是，當我看到舞台上的艾莉絲的時候，我頓悟了。散場之後，我沒有走，我等到了小安德森先生，從他那兒，我得知了艾莉絲的全名，那一刻，我便知道，這是上帝的旨意，是他引領著我重新見到了失散十五年的女兒，只有艾莉絲才能撫平我心頭之痛，只有艾莉絲才能讓我安然入睡……」

羅獵肅容道：「那你就更應該向艾莉絲說明十五年前究竟發生了什麼？如果，是你為了神父的身分拋棄了艾莉絲和席琳娜，那麼，你就應當向艾莉絲懺悔，我說過，艾莉絲是個大度的女孩，只要你誠心懺悔，我想，艾莉絲是能夠原諒你的。」

西蒙神父歎道：「我願意背上所有的罪名，但我不能說謊，我離開艾莉絲和席琳娜是事實，但我絕不是因為神父的身分，諾力，我可以負責任地告訴你，我是離開艾莉絲和席琳娜之後五年才做了神父。」

羅獵聳了下肩，道：「時間上的差異並不能說明內心的目的，你一心想做上神父，為此而離開了艾莉絲和席琳娜母女，隨後經過五年的努力，終於做上了神父，這樣的解釋也是合情合理。」

西蒙神父道：「我知道，如果不說出真相，所有的解釋都是徒勞，可是，諾力，實在抱歉，對那段往事，我不想再提。」

羅獵有些來火，提高了嗓門道：「可是，你這樣做有可能永遠失去艾莉絲！」

西蒙神父跟著也大起來聲音道：「可我不能再一次傷害艾莉絲！」

二人陡然間提高了一倍的聲音驚動了酒店侍者，那名白人小夥從吧台中探出頭來，向這邊張望了幾眼。羅獵和西蒙神父也同時意識到了自己的失態，沉默下來。

過了許久，西蒙神父開口道：「諾力，我請求你，善待艾莉絲，不要傷害她，好麼？」

羅獵沉聲應道：「從我認識艾莉絲開始，到今天已經有四年半了，這期間，艾莉絲只會因我而笑出了淚花，卻從未因我而傷心哭泣。我想，今後的四年，四十年，一輩子，都會是這樣而永不改變。」

西蒙神父道：「我相信你能做得到。」

羅獵蔑笑道：「可你卻做不到！」

西蒙神父道：「不，諾力，我能做得到。」

羅獵道：「你願意為了艾莉絲而放棄你現在所擁有的一切嗎？」

西蒙神父苦笑道：「沒有了艾莉絲，我便一無所有，還有什麼放棄不掉的呢？」

羅獵深吸了口氣，道：「既然如此，那就離開聖約翰大教堂，隨我們一同回紐約。你做得到麼？」

西蒙神父閃現出一絲驚喜，隨即又黯淡下來，呢喃問道：「艾莉絲還願意再見到我嗎？」

羅獵道：「我說過，艾莉絲是一個大度的女孩，她即便一時無法接受你，但也不會拒絕再見到你。」

西蒙神父重新現出了驚喜神色，語無倫次道：「太好了，真是太好了，上帝如此眷顧我，我都不知道說些什麼好了，諾力，謝謝你，如果你能告訴我你們即將乘坐的火車班次的話，我想，我會更加感激你的。」

羅獵聳肩道：「對不起，西蒙神父，不是我不願意告訴你，是因為我真的不太清楚，關於我們將乘坐的火車班次，我想，你應該去詢問小安德森先生更為合適。」

西蒙神父激動道：「我知道小安德森先生的酒店和房間號，他是我的朋友，我想他應該可以告訴我，謝謝你，諾力，我這就去找小安德森先生。」

夜已深，此時去敲小安德森的房門肯定不合適，但羅獵並沒有提醒西蒙神父。

送走了西蒙神父，羅獵回到房間，而大師兄趙大新尚未入睡，像是在等著羅獵。見到羅獵進了房間，趙大新立刻迎了上來。羅獵尿急，直接去了衛浴間，趙大新便倚在衛浴間的門框上說道：「小七，我想了又想，還是不想讓你蹚進這趟渾水中來。我已經將你幾個師兄師姐安排妥當了，你帶著艾莉絲，跟他們一道離開環球大馬戲團吧！」

羅獵沖完了馬桶，洗了手，隨口問道：「為什麼呀？」

趙大新道：「你不覺得這次的任務太過凶險了嗎？四年前，師父便是栽在內機局這幫鷹犬的手上，他們心黑手辣，殺人如麻，而那位客人又是他們勢在必得的獵物，小七，你還年輕，還有著大好前程。我是躲不掉的，但你不一樣，你可以把責任推到我身上，濱哥不會怪罪你多少的。」

羅獵出了衛浴間，躺到了床上，道：「大師兄，我知道你是為我好，可是，我真的不能答應你。我要留下來，不是因為濱哥，而是因為我想為師父報仇！」

趙大新道：「報仇的事情有大師兄呢！小七，你要冷靜思考問題，大師兄有個三長兩短，彭家班還有你能撐得住檯面，可是，咱們倆要是都受了重傷或是……唉，那彭家班也不就要散了嘛！」

羅獵半側過身來，衝向了趙大新，笑道：「大師兄，你要相信彪哥，更要相信濱哥，他們十幾二十年，吃的是刀尖上舔血的一行飯，有得是這方面的經驗，咱們是不會吃虧的。」

趙大新長歎一聲，道：「你啊，是只知其一不知其二吶！沒錯，你說的都對，濱哥彪哥他們確實是經驗老道，可是，這幫牛尾巴不是布蘭科，布蘭科雖然也是個狠角色，但跟內機局那些鷹犬相比，還是要差了許多。濱哥彪哥能做到不傷毫髮擺平了布蘭科，但絕對做不到能以零傷亡的結果戰勝了內機局。」

羅獵打了個哈欠，回道：「大師兄，你說得很有道理，可今天都這麼晚了，我實在是太睏了，咱們明天再說，行麼？」羅獵說著，脫下了外套，就要往被窩裡鑽。

趙大新一把拉住了羅獵，道：「不把話說完，你休想睡覺！噢，你是倒頭就能睡得著，可大師兄滿肚子心思卻只能翻來覆去數綿羊，想睡覺？你想得美。」

羅獵哀求道：「大師兄，你就饒了我吧，好好好，我答應你就是了，不跟著你們蹚這趟渾水了，我聽你安排，跟師兄師姐們躲得遠遠的。」

趙大新依舊把攥著羅獵的胳臂，道：「此話當真？」

羅獵伸出了另一隻手來：「要不，咱倆拉鉤？」

趙大新禁不住笑開了，鬆開了羅獵，卻趁勢在羅獵屁股上拍了一掌，笑道：「從小到大，大師兄不知道被你小子騙過多少回了，好吧，那我就再多上一次當好了。」

夜半時分，金山下起了雨來。春雨淅淅瀝瀝，時緊時鬆，到了天明之時，雨勢雖然停歇，但陰得卻更加濃重，讓人產生了仍在夜間的錯覺。

從金山駛往紐約的火車一天有四班，最早的一班為早晨七點半鐘出發。曹濱於六點半鐘出門，帶著許公林和七名手下，分乘了三輛車，駛向了火車站的方向。很顯然，他是準備乘坐最早一班火車前往紐約。

內機局的人隨即跟上，同時分出一人來向李喜兒作了彙報。

「大人，曹濱身旁那人和畫像中的人極為符合，應該就是逆黨領袖！」

李喜兒冷笑一聲，道：「天色昏暗，只需稍作化妝，便可瞞過人眼。曹濱，咱家承認你在真假之間拿捏得恰到好處，可你騙得了別人卻騙不了咱家！劉統領何在？」

劉進抱拳施禮，應道：「屬下在！」

李喜兒微微頷首，命令道：「你率領十名弟兄，會合負責監視的七人，共計一十八名兄弟，想辦法混上火車，待火車駛入荒野之中時，炸掉曹濱的那節車廂！」

劉進再次抱拳，回道：「屬下領命！」

李喜兒再令道：「命其他潛伏弟兄，立刻向三號集結點進發，咱家不管他們採用什麼辦法，咱家只要求明晚亥時一到，便可見到他們。」

其餘未被劉進點到的數名弟兄得到了李喜兒之命，立刻行動了起來。

曹濱的車行駛到了半路時，雨勢突然加大，看著車外，曹濱問道：「公林，你信上帝麼？」

許公林笑著應道：「我不信。」

曹濱道：「我也不信，可是，有時候又不得不信，比如今天。」

許公林道：「濱哥這話的意思是……」

曹濱呵呵一笑，道：「你看，上帝提前看到了那些個牛尾巴的慘死結局，都傷心地哭了。」

許公林跟著笑了兩聲，回道：「上帝是洋人的上帝，他會為那些滿清鷹犬而傷心麼？」

曹濱道：「洋人的上帝和洋人一樣，虛偽，貪婪，以為全天下人都該是他的子民，所以那些個牛尾巴慘死在了洋人地盤上，上帝說什麼也要假惺惺落下點淚來。」

許公林點了點頭，道：「濱哥看得透徹，公林甚是欽佩。」

七點十分，車子駛到了火車站，曹濱探出頭打了個招呼，那車站的洋人守衛便立刻打開了大門去除了路障，放行這三輛汽車直接駛上了月台。

曹濱跳下車，拍了下司機兄弟的肩，吩咐道：「在月台上等著，別著急回去。」

許公林不解，待上了火車後，禁不住問道：「濱哥，你讓車子等在月台上有何深意？」

曹濱聳了下肩，道：「沒什麼深意，就是想給內機局的牛尾巴指個路，省得他們找不到濱哥。」

七點半，火車準時啟動，拉了一聲長長的汽笛，車輪緩緩滾動起來。剛駛出了車站，鐵路兩側閃出十來條身影，動作矯健敏捷，順著火車行駛的方向助跑了幾步，然後一個飛身，便貼在了火車車廂的外壁上，再接著，三兩下便爬到了車廂頂上。

車廂頂上，早有一人等著了，見到了那十來條陰影，立刻招呼道：「曹濱在七號車廂中部，劉統領命令，火車出城五分鐘，即可炸掉七號車廂。」

火車的轟鳴以及車外的風雨，本已經將這些人的動靜掩蓋了一乾二淨，饒是如此，這些人的動作仍舊是小心翼翼。偉大的美利堅合眾國，只要出得起錢，便可以買得到最先進的槍支，至於彈藥，更是想要多少便有多少。

李喜兒的部下中有一個製造炸彈的高手，他利用近萬發步槍子彈中的火藥製成了十多枚炸彈，雖然未經實驗，但那名高手卻拍著胸脯保證說，莫說這十多枚炸彈全用在一節火車車廂上，即便只用一顆，也絕對能將車廂炸翻。

爬上車廂頂部的那些人顯然是經過了嚴格的訓練，待火車駛出了城區，領頭人斷然揮手後，那十來人立刻行動，步調幾乎一致地在七號車廂的頂部，兩側，以及車底下掛上了炸彈，並拉開了引信。

火車上的人，卻是全然不知。

「轟——」

半分鐘之後，十數枚炸彈幾乎同時爆炸，發出了足以使五十米之內的人出現短暫失聰的巨響。

七號車廂被攔腰炸斷。

這一聲爆炸，聲響之大，威力之巨，就連坐在車上剛駛出金山火車站沒多遠的許公林都被嚇了一跳。

「濱哥，這爆炸是……」

曹濱點了點頭，道：「挨炸的肯定是剛才那列火車的七號車廂。」

許公林驚呆了片刻，道：「可是，濱哥，咱們僥倖逃脫了，那七號車廂上的其他旅客……」

曹濱笑道：「你剛才也上了車，在七號車廂中看到有別的旅客了嗎？」

許公林又是一怔，回憶了一下剛才上車後的所見，雖然注意力並不於此，但似乎車廂中空蕩蕩毫無人跡。

曹濱又道：「莫說七號車廂，就連跟它相鄰的六號八號車廂也是空無一人，我買下了這三節車廂的票，而洋人的規矩是火車開出兩個小時不見旅客才能另行處理。」

許公林鬆了口氣，道：「沒想到濱哥早就算準了他們這一招。」

曹濱笑道：「內機局那幫鷹犬，笨是笨了些，但絕不傻，他們也會知道，單憑冷兵器是幹不過火藥槍的，可是，這幫笨蛋卻想不到金山幾乎所有的武器商店跟我安良堂都有些業務往來，他們的所作所為，全都在我的掌握之中。」

許公林突然緊張了起來，道：「濱哥，若是他們也練會了使槍，那咱們……」

曹濱側臉瞄了眼許公林，似笑非笑，道：「你說，這些牛尾巴來到美利堅，會不會帶著槍支彈藥遠渡重洋呢？」

許公林道：「我想，不會吧！」

曹濱點了點頭，道：「即便是偷渡，帶著錢也比帶著槍要方便些，他們四年前來過美利堅，知道只要肯花錢，就沒有買不到的槍支彈藥。可是啊，他們卻想不到另外一層。」曹濱說著，忍不住哈哈大笑了起來。

許公林道：「濱哥，你就先別笑了，先告訴答案好麼？」

曹濱好不容易才止住了笑，從懷中摸出一根雪茄來，點上了，噴著煙，卻忍不住又笑開了。「洋人們整日將誠信啦契約精神啦掛在嘴邊，可實際上呢？奸商奸起來，比咱們中國人可是有過之而無不及。內機局那幫人，即便再怎麼裝，也瞞不過那些賣槍賣子彈的軍火商，給你試槍的時候用的絕對是真貨，可你拿走的，卻百分百的是廢品，但從外表上你卻根本看不出來。等到該派上用場的時候……」曹濱想像著那種尷尬場景，終於說不下去，再次爆發出大笑來。

許公林算是聽懂了，跟著也是一通大笑。

強龍壓不過地頭蛇，曹濱在金山經營了多年，各行各業各個部門，就沒有他說不上話辦不成事的地方。火車啟動前要提前一分鐘關閉車門，但曹濱就是有能耐在火車已經啟動的時候打開車門並從容下車，而跟著曹濱混上了火車的劉進等人卻只能是茫然無知。

那一聲爆炸，表明內機局的人已經被曹濱騙過，而這幫牛尾巴肯定沒機會查驗爆炸現場，只能是作案後迅速離開。但根據爆炸的威力，完全可以斷定車廂中的人絕無活下來的可能。也就是說，對內機局的人來說，曹濱已經不存在了。

「濱哥，接下來咱們去哪？是洛杉磯嗎？」或許是因為好久都沒如此痛快地笑過了，大笑過後，許公林只覺得自己兩腮酸脹，不由地用雙手揉搓著。

曹濱從身旁的旅行包中取出了一只保溫杯，擰開了杯蓋，倒了小半杯蓋的茶水，遞給了許公林，並道：「洛杉磯？咱們去那幹嘛？李喜兒既然不願意在城市裡動手，那咱們也得給他一些面子，讓他自己選一個風景秀美的葬身之地。」

許公林道：「可是，鐵路線那麼長，怎麼能判斷出他們準備動手的地點呢？」

曹濱就著保溫杯喝了兩口熱茶，笑道：「這事啊，可不歸我管。那是你彪哥的事情，他說了，到時候保管將李喜兒一幫孫子準時引進咱們已經埋伏好了的地點。」

許公林倒吸了口冷氣，疑道：「我真有些想不懂，莫非……」

曹濱指了下許公林手中的杯蓋，示意他趕緊喝了水將杯蓋還給他，隨後又笑道：「想不懂的事就別想，旅途漫長，昨晚又沒睡好，趕緊喝了水補個覺，等見到了你彪哥，再問他也不遲。」待許公林喝完了杯蓋中的茶水，曹濱接過杯蓋，接著說道：「不過啊，這下雨天車子開不快，等咱們趕到的時候，估計他們已經把戰場都打掃乾淨嘍！」

昨晚睡得晚，早晨起得又早，這會兒，許公林確實有些犯睏，但見曹濱說完了話，打了個哈欠，閉上了雙眼，許公林也不再開口，跟著靠在了椅背上，瞇上了眼。

洛杉磯只是陰著天，卻始終沒能落下雨來。

當晚的演出結束後，趙大新將四個師弟三個師妹召集到了一起。

「可能你們都知道了，馬戲團明天中午出發，前往下一站演出地點聖達戈。我把你們幾個的火車票都退了，改成了後天中午出發，你們就在洛杉磯多留一天吧，四處蹓躂蹓躂，看看風景逛逛街，也挺好的。」趙大新極力保持著平靜的神色，但眼神中卻時不時流露出一絲焦慮來。

甘荷問道：「師兄，那你呢？是跟我們一起麼？」

羅獵呲哼了一聲，搶在了趙大新之前道：「大師兄不跟我們在一起，他明天一個人跟馬戲團走，哼，肯定是看上了那個洋妞，故意甩開大師嫂的。」

趙大新被氣得直翻白眼，而甘荷則噗嗤笑出了聲來。

艾莉絲衝著趙大新豎起了拇指，讚道：「大師兄就是有品味。」

二師兄汪濤調侃道：「艾莉絲，你這個馬屁拍的真是有水準，直接把你大師嫂還有四師姐給得罪徹底了，呵呵，今後有你的好日子過嘍。」

艾莉絲嚇得吐了下舌頭，躲到了羅獵的身後。

趙大新道：「別胡鬧了，還是說正事吧。咱們彭家班跟環球大馬戲團的合約到八月底就結束了，等合約結束，咱們就不再跟小安德森先生續約了，大夥的年紀都不小了，也該找個地方安生下來，成個家，要倆孩子，好好過日子。咱們這些年在環球大馬戲團也賺了些錢，分到每個人的頭上也有個千八百的，用這些錢安個家應該不成問題。至於今後的生活來源，濱哥說由他來安排，你們都見過濱哥，知道他的為人，他既然有了承諾，就一定會把你們安排妥當的。」

趙大新說著，罕見地摸出了半包煙來，抽出了一支，叼在嘴上點著了，只是，他並不會抽煙，抽了第一口，便嗆得咳嗽了起來。「咱們雖然只是師兄弟，但這麼些年處下來，卻比親兄弟還要親，有件事我不想瞞著你們，濱哥交代了一項任務給我，而這項任務極為凶險。我已經把咱們彭家班的銀行存款交給了小七，等你們到了聖達戈，若是我沒去車站接你們，那麼，彭家班今後的事情，就由小七來做主好了。」

羅獵的成長進步非常之快，對許多事務的理解以及處理上幾乎要趕超了大師兄，因而，趙大新要將彭家班領班的重擔交給羅獵，這一點，對其他師兄師姐們來說並沒有什麼不服氣。只是，大家的重點並不在此，而在於對趙大新的擔憂上。

甘荷低頭不語，做為傳統的中華女性，她既然嫁給了趙大新，那麼就必須毫無怨言地接受趙大新做出的每一項決定和安排，干涉丈夫的事情，絕不是三從四德所提倡的。甘蓮緊緊地握住了姐姐的雙手，之前，她一直很羨慕姐姐能嫁給大師兄這樣優秀的男人，而一直追求她的二師兄汪濤顯然無法跟大師兄相提並論，但在這一刻，甘蓮突然可憐起姐姐來，並暗自慶幸，幸虧二師兄汪濤沒入了那安良堂。

汪濤深吸了口氣，道：「大師兄，我知道我不該多嘴，可是我實在忍不住了，是什麼任務非得是你一個人涉險？我們幾個做師弟的就不能幫你點什麼嗎？」

趙大新苦笑著，搖了搖頭，道：「要說幫手的話，安良堂的弟兄可是不少，本事還都比你們大。但幫手再多，也降低不了風險，槍子不長眼，誰又能保證自己絕對安全呢？好了，你們也不必太過擔憂，大師兄只是怕出現萬一，才做這樣的打算。」

羅獵突然笑道：「大師兄，你也太悲觀了吧，我覺得只要按照咱們商量好的計策來，你肯定能安安穩穩地抵達聖達戈。你看看你，整得這一齣就跟在交代後事似的，有這個必要嗎？」

趙大新瞪眼嗔怒，道：「就你話多！小七，你給我聽好了，以前那些七七八八的事情你給我耍滑頭，騙了我一次又一次，那都沒關係，但是……」趙大新說著，面容逐漸嚴肅起來：「但是，這一次你最好乖乖聽話，不然的話，大師兄非得以家法伺候，甚至會將你逐出師門！」

羅獵回敬了一個斜眼加撇嘴。

「好吧，該說的我都說了，時候不早了，大家該幹啥幹啥去吧。」趙大新站起身來，伸了個懶腰，像是卸下了身上的重負。

羅獵偷偷掐了下身旁的艾莉絲，隨即又使了個眼色過去，艾莉絲心領神會，在師兄師姐正在離去之時，對趙大新道：「大師兄，我想讓諾力陪我出去走走，行嗎？」

趙大新似乎懶得說話，只是揮了揮手。

走出了酒店，艾莉絲卻還在為大師兄所擔心，不禁問道：「諾力，你說大師兄真的很危險嗎？」

羅獵聳了下肩，道：「中華有個寓言故事，我說給你聽啊，很久很久以前，中華分成了好多個小國，其中有一個國家叫杞國。杞國中呢，有那麼一個人，膽子很小，而且還有些神經質，總是擔憂天會塌下來把自己給活活悶死了。」

艾莉絲聽了，咯咯笑道：「這個人不是蠢嗎？天怎麼會塌下來呢？」

羅獵道：「是啊，別人也這麼勸他，可他卻說，天或許塌不下來，但天上的太陽月亮和星星呢？它們難道就不會掉下來嗎？」

艾莉絲笑得更加歡快，並道：「看來，這個人是真的很蠢。」

羅獵長歎一聲，道：「大師兄就有點像這個整日擔心天會塌下來的杞國人。」

艾莉絲歪著腦袋想了一會，道：「諾力，那個人不能跟大師兄相比吧，他擔心天會塌下來，是因為無知，但大師兄所擔心的危險，卻是實實在在地存在著。」

羅獵道：「艾莉絲，你應該換個角度看待這個問題，在金山安良堂，濱哥就是天，我不是說濱哥這個天就不能塌下來，而是想說，即便濱哥這個天塌了，也不會悶死自己的兄弟的。大師兄所面臨的任務，以我看來，並非那麼危險，實在是大師兄自己杞人憂天了。」

艾莉絲搖頭道：「你說的我聽不懂，我還是為大師兄擔憂。」

羅獵輕歎一聲，道：「我也在為他擔憂啊，可是，時機不到，也是無能為力。」

來到了酒店的後花園，艾莉絲撒開羅獵的手，跑到了路邊的一處花叢，探過頭嗅著鮮花的芬芳，神態甚是陶醉。

羅獵隨手採摘了一朵，插在了艾莉絲的頭上，笑道：「哦？難道我面前的這位女子就是傳說中的花仙子嗎？」

艾莉絲不懂花仙子是何許神聖，但從羅獵的表情看，定然不是什麼壞話，於是便咯咯笑了起來，道：「諾力，你親手摧殘了一朵鮮花的生命，你簡直就是一個殘暴的劊子手。」

羅獵道：「不，艾莉絲，你錯了，對鮮花來說，在它有限的生命中，能得到人們的讚賞，那才算是體現了它的最大價值。就像人一樣，活得長久並不是偉大，擁有多少財富也不是偉大，**真正的偉大，是你為當世人做出多少有意義的奉獻，為後世人又留下了多少有價值的東西。」**

艾莉絲癡癡地看著羅獵，感慨道：「諾力，你懂的道理可真是多。」

羅獵不好意思地笑道：「這個道理可不是我想出來的，是別人告訴我的。」羅獵並不是謙虛，這句話的前半段確是羅獵自己的想法，但後半段，卻是聽董彪送來的那位客人所言。羅獵和他相處的時間並不長，僅僅是從劇院到酒店這一路上，但是，那位客人寥寥數言，卻已然震撼到了羅獵的心靈。

「諾力，你叫我出來，不僅僅是為了告訴我這些道理吧。」艾莉絲摘下了頭上的花朵，放在了鼻子下嗅著花卉的芳香。

羅獵點了點頭，道：「當然，我想跟你說的還是西蒙神父的事情。」

艾莉絲道：「該說的在白天的時候不是已經說過了嗎？」

羅獵歎道：「可是，事情發生了變化，大師兄讓咱們多留一天，那麼，西蒙神父上了火車便見不到我們了。」

艾莉絲咯咯笑道：「那又如何呢？他說走就走整整消失了十五年，可我們只是跟他錯開了這段旅程，而且，小安德森先生還會告訴他發生了什麼，諾力，我並不認為這是對他的不公平。」

羅獵點了點頭，道：「那好吧，既然你決定了，我尊重你的意見。其實，我真正想跟你說的是，明天中午，我還是要偷偷地跟大師兄乘坐同一班火車。」

艾莉絲陡然一怔，隨即便露出了笑容，道：「我就知道，我的諾力才是真正的男人，他不會留下大師兄獨自一人面對危險的。」

羅獵道：「能得到你的理解支持真的很高興，不過，我還要叮囑你一句，艾莉絲，這是個秘密，你要向我保證，不會告訴其他人。」

艾莉絲驕傲地昂頭道：「那當然！我一定會為你保守秘密的！」

黎明時分飄了些雨絲，雨絲不算緊密，天亮之後也不過僅是將地面打濕了。吃過了早餐，趙大新便將一幫師弟師妹打發去逛街。「都出去蹓躂蹓躂吧，看你們這副愁眉苦臉的樣子，就像是要給我送終似的。」趙大新一邊說著，一邊將諸位師弟師妹往外推。當手搭在了甘荷的肩上時，趙大新勉強一笑，道：「不許哭，不吉利！」

甘荷扭頭看著趙大新，哽咽道：「師兄，孩子還有三個月就要出生了，你給孩子起個名吧。」

羅獵搶道：「我來！」

艾莉絲在身後嘲諷道：「人家大師兄的孩子，你逞什麼能？」

羅獵沒搭理艾莉絲，繼續道：「安良堂懲惡揚善除暴安良的八字諫言還不夠，我覺得人家孫先生提出的驅除韃虜恢復中華的口號才夠響亮，大師兄身為安良堂弟兄，就該有所擔當，這孩子的名字就叫振華吧，將來必將成為振興中華的棟樑之才！」

趙大新呵呵一笑，道：「那要是個女孩呢？起個這樣的名字多彆扭啊！」

羅獵道：「要是女孩的話，就把振興的振字換成了珍惜的珍字，趙珍華，要時時刻刻提醒自己是中華人的後代，要珍惜自己華人的身分。」

趙大新撫摸著甘荷的肚子，道：「我覺得他師叔起的這名挺不錯，就這麼著吧。是男孩，就叫振華，是女孩，就叫珍華。」

甘荷點了點頭，極力忍住了自己內心的悲傷和不安，勉強擠出了一絲笑容，跟趙大新招呼道：「師兄，那我們去了。」

熬到了中午，趙大新收拾了行李，簡單吃了點東西，跟著馬戲團大隊人馬登上了火車。到了自己的鋪位所在的艙室，只一會，一名陌生男子領著一個洋人推門而入。「大新哥，我是彪哥的手下，姓陸，叫文棟，哦對了，這位便是咱們要護送的客人，你可以叫他孫先生。」

趙大新起身先跟孫先生握了手，招呼道：「孫先生，咱們是第二次見面了，事非得已，讓您扮做了洋人，真是委屈您了。」

孫先生道：「你們苦心積慮為我安全著想，孫某怎敢說委屈二字，不過，連著兩天不能開口，倒是挺悶人的。」

陸文棟笑道：「現在孫先生可以盡情開口了，這一節車廂，全都是咱們的人。」陸文棟說著話，順便打量了一下艙室，轉而又問道：「大新哥，你的那個小師弟呢？彪哥說，他應該跟咱們在一塊的呀？」

趙大新應道：「我沒讓他上車，給他買了明天的火車票。」

陸文棟蹙起了眉頭，道：「那彪哥知道嗎？」

趙大新反問道：「非要得到彪哥的同意嗎？」

陸文棟解釋道：「大新哥，我不是那個意思，我是說……」

趙大新深吸了口氣，再緩緩吐出，打斷了陸文棟的解釋，道：「羅獵是濱哥選定的接班人，我不想讓他被當成了靶子，彪哥要是不高興，大可去跟濱哥告狀，該是什麼懲罰，我趙大新認了。」

孫先生圓場道：「你們不用爭執了，都是為了保護我，再引得你們兄弟產生矛盾，我會非常過意不去的。」

陸文棟歎了口氣，閉上了嘴巴，不再言語。

趙大新笑了笑，轉而對孫先生道：「讓您見笑了，孫先生，剛才文棟兄弟說到的那個我的小師弟，今年還不滿十八歲，他太年輕，做事經驗不夠，我擔心他留在車上會壞事，所以就沒讓他上車。沒關係的，我已經做了妥善安排，也跟彪哥說過了。」
陸文棟在一旁嘟囔道：「既然說了，那幹嘛非得嗆我呢？」
趙大新沒搭理陸文棟，繼續跟孫先生聊天，問道：「孫先生，我看您的面相還有聲音，您今年應該有四十歲了吧？」
孫先生笑道：「前年入不惑，今年已是四十有二嘍。」
趙大新跟著笑道：「可單看您面相，不聽聲音，還以為先生只有三十來歲呢。」
孫先生道：「或許是膚色所致，我少年時旅居檀香山求學，那兒空氣濕潤，常年如春，而我又久居課堂，極少受到風吹日曬，故而這皮膚要比常人白皙一些。」
趙大新問道：「孫先生是哪裡人士？依我看，理應是南方人才對。」
孫先生笑道：「趙兄眼力過人啊！孫某確是南方人，祖籍廣東中山。」
趙大新點了點頭，道：「怪不得，我聽說那廣東也跟檀香山相差不多，也是四季如春。」
孫先生笑道：「可不是相差不多啊，孫某祖籍，應該說是四季如夏還差不多。」
說著聊著，不覺間，火車已經啟動，待趙大新發覺時，那火車的速度已經上來了。望著車窗外一閃而過的樹影房屋影，趙大新不禁感慨道：「什麼時候咱們中華也能像人家美利堅一樣先進啊？」
孫先生接話道：「只要四萬萬漢人同胞團結起來，我相信，這一天並不遙遠。」

趙大新歎道：「你說，這滿清朝廷怎麼就那麼不爭氣呢？起初，我以為是咱們中華人比不上人家洋人聰明，可到了美利堅之後才發覺，那洋人也不怎麼聰明啊，可人家就是比咱們要先進許多。濱哥說，這全怪滿清朝廷，太腐敗，太封閉，孫先生，您覺得呢？」

孫先生淡淡一笑，道：「你們濱哥說得對，滿清朝廷確實是腐敗封閉，但這只是表像，若是不能挖其根源……」

孫先生剛想說下去，車廂艙門處卻傳來了敲門聲。

敲門聲很有節奏，先是三聲連在一起，間隔一秒，又是一個連在一塊四聲。

「是自己人！」好久沒開口說話的陸文棟起身去打開了車廂艙門，「你是……大新哥的小師弟羅獵？」

趙大新猛然一怔，連忙望去，羅獵已經笑吟吟走了進來。

「孫先生，非常高興能再次見到你。」進門後，羅獵沒理會一臉陰沉的趙大新，先跟孫先生握了手。

孫先生打趣道：「小夥子，你不聽從你大師兄的安排，恐怕屁股要遭殃啊！」

羅獵扮了個鬼臉，轉過頭來，嬉皮笑臉地對趙大新道：「我可不是不聽你的話哦，我也是沒辦法，你知道的，艾莉絲的父親西蒙神父也上了這趟車，我擔心他們父女兩個再產生誤會，就想趕過來跟西蒙神父打聲招呼。可上了車卻來不及下來了。」

趙大新憋著氣瞪著眼，可面對羅獵的一張笑臉，卻怎麼也發不出火來。「他們幾個呢？」憋嗤了一會，趙大新憋嗤出了一句問話。

羅獵仍舊是一副嬉皮笑臉的樣子，聳了下肩，回道：「估計他們幾個在酒店還等著我吃午飯呢！」

趙大新長歎一聲，道：「上都上來了，也下不去了，你小子就別再拿謊話來欺騙你大師兄了。」

羅獵顯得很委屈，道：「我哪有騙你啊？不信，你去問西蒙神父去，他就在十一號車廂中。」

趙大新又瞪起了雙眼，恐嚇道：「再跟我胡謅八扯，信不信我從窗戶把你給丟下去？」

羅獵拋了個白眼過去，同時撇嘴吐舌，閃到了孫先生的身邊。

趙大新再歎一聲，對孫先生道：「讓先生見笑了，我這個小師弟啊，平時仗著我捨不得打罵，甚是頑劣。」

孫先生笑道：「我倒是覺得羅獵這小夥聰明機警，且有擔當。」

羅獵蹬鼻子上臉，立馬開心道：「孫先生，今後我就跟著你了好不好？我可以給你做司機還能兼保鏢，時不早晚地客串一下秘書的工作也湊合，小時候，爺爺逼著我認識了好多好多的生僻字，只是，我有些懶，不太喜歡寫字。」

趙大新呲哼了一聲，道：「就你？還給孫先生做司機？你不過就是偷了小安德森先生的車鑰匙，然後把人家的車子撞到樹上了麼？」

羅獵強道：「那不是一開始嘛，現在我不是開車開得挺溜的了嗎？」

孫先生笑道：「你願意跟著我，我當然很高興，可你是濱哥的人，我可不敢奪濱哥所愛。」

趙大新還憋著一肚子的氣，不禁嚷道：「這種不聽話的孩子，濱哥才不會喜歡他呢！孫先生若是看得上，就把他帶回國吧，省得我天天看著心煩。」

趙大新話音剛落，車廂艙門又傳來了敲門聲，但這一次的節奏，卻跟羅獵的敲門聲有著明顯的不同。

趙大新猛然一怔。而身旁陸文棟則站了起來，道：「孫先生，大新哥，羅獵，收拾東西，咱們準備下車。」

羅獵道：「你開什麼玩笑？這火車前不著村後不著店，怎麼下車？」

趙大新一怔之後，明顯感覺到了火車在減速，於是疑道：「陸文棟，你把話說清楚，這是誰的安排？」

陸文棟點了點頭，從懷中取出了一封信件，遞給了趙大新：「大新哥，彪哥的字跡你應該認得出吧。」

拆開了信，看到了上面的筆跡，確實是董彪親筆書寫，信的內容很簡單，也只有一句話：「大新，看到信件，隨文棟下車，彪哥在路邊等著你們。」

看完了信，火車也停了下來，洋人列車員早已經打開了車門等在了一旁。

陸文棟引領大夥下了火車，穿過鐵路兩側的灌木叢，遠遠地看見了前面的公路。

「陸文棟，你不是說一車廂全是咱們的人嗎？怎麼就咱們四人下了火車？」下火車時，趙大新便存在著這樣的疑問，當穿出那片灌木叢看到前方公路的時候，趙大新終於忍不住問了出來。

陸文棟邊走邊應道：「彪哥說，那一車廂弟兄是給朝廷鷹犬準備的，人家大老遠的趕過來，要是不陪他們幹上一仗的話，就顯得咱們太小氣了。」

「那倒也是。」趙大新隨口應了一聲。撥開擋在面前的灌木枝葉，趙大新突然驚呼了一聲：「小七，野兔！」

羅獵眼明手快，一把飛刀已經閃爍著寒光飛了出去，可憐那隻野兔只翻了兩滾，便蹬直了四條短腿。陸文棟連忙跑了過去，拎起了那隻野兔，笑道：「哈哈，咱們今晚上算是有肉吃了哦！」

羅獵收回了飛刀，又四下裡張望了一番，視線中卻沒能看到第二隻活物，頗有些悻然道：「就這麼一隻也不夠咱們吃的呀！」

趙大新哼笑斥道：「一天到晚就知道吃，少吃一頓肉能死啊？」

羅獵撇著嘴，搖頭晃腦道：「寧可居無所，不可食無肉……大師兄，你別光說得好聽，晚上這兔肉，你有本事一口不吃？」

說笑間，眾人已經來到了公路邊，不遠處，一輛黑色轎車正向這邊緩緩駛來。

「上車吧，孫先生坐前面，你們三兄弟在後面擠擠。」董彪親自開車，車上並無其他弟兄，車子停穩，董彪跳下車來，接過孫先生手中的皮箱，放到了車子的頂棚上，然後用繩索固定好了，拍了拍巴掌，又道：「幸虧路程不遠，也就是半個小時的車程。」

羅獵、陸文棟都是空著手，趙大新的行李也不多，學著董彪的樣子，將一口柳條箱也綁在了車頂上後，三人依次上了車。羅獵居中，趙大新、陸文棟各在左右。

一早的霏霏細雨停了下，下了停，車子剛一啟動，清涼的風裹挾著細微雨絲迎面撲來，人的精神也為之一爽。但趙大新卻大煞風景地打了個響亮的噴嚏，並帶出了兩行鼻涕。

董彪轉過頭來看了眼趙大新，道：「大新，要不要停車加件衣服？你穿得太少了！」

趙大新從口袋中掏出了一疊草紙，撚起一張，擦淨了鼻涕，丟到了車外，並回道：「不用了，彪哥，冷倒是不冷，只是昨晚上睡覺的時候沒蓋好被子。」

羅獵呵呵笑道：「大師兄，你怎麼一點都不害臊呢？這麼大個人，晚上睡覺還要蹬被子？」

趙大新側臉怒目，斥道：「耍貧嘴是嗎？等到了地方，看我怎麼收拾你！」

李喜兒在前往三號集結點的路途中收到了劉進發來的電報，電報只有兩個字：得手。

雖然，李喜兒已經斷定曹濱那一行數人必然為假，雖然，李喜兒的目標並不是針對曹濱，但是，能除掉這個對手，李喜兒還是感覺頗為欣慰。

李喜兒確定的三號集結點位於洛杉磯至聖達戈的鐵路的中間地段，那兒是一片山區，火車的通行速度不怎麼快，而且，鐵路兩側多有障礙物可以藏身，絕對是一個飛身爬車的絕佳地段。不過，李喜兒只是從地圖上選擇了這兒，他並沒有做實地考察，只有周統領坐著火車來看了一眼，因而，這地方到底適合不適合行動，李喜兒也是七上八下不敢做定論。

便在趙大新他們乘坐的火車即將啟動的時候，李喜兒也趕到了自己選擇的三號集結點，隨便打量了幾眼，李喜兒便放心下來，這地點選擇的真是英明，火車有一段長坡要爬，待爬到了坡頂，正是速度最低的地方，鐵路一側剛好有一片樹林。

可是，欣喜也就是那麼一小會，還沒有等來任何一個手下，李喜兒便接到了周統領傳來的電報。電報同樣簡單，只有五個字：他們已下車！

李喜兒登時暴跳如雷。

沒錯，發電報是有點難度，可是，就這麼不明不白的五個字，能說明什麼？還不如不發！

李喜兒的發飆也就是一瞬間，隨即便冷靜下來。周統領此刻應該在火車上，而在火車上發電報並不方便，或許，稍等片刻周統領還會有電報傳來。

那周統領沒有辜負李喜兒的信任，二十分鐘後，果真又發來了一封電報，電報依舊簡單之至，仍是五個字：車開一刻鐘。

這十個字透露出來的信息量已經不少了，早已經冷靜下來的李喜兒旋即便明白了過來。曹濱雖然已經命喪黃泉，但他設計好了的策略仍在發揮著作用。很明顯，那董彪又玩了一手虛晃一槍。

「拿地圖來！」李喜兒爆喝一聲。隨行手下趕緊拿出地圖，展開了，鋪在了李喜兒的面前。李喜兒凝視著地圖，不時伸出手指在地圖上指指畫畫。「車開一刻鐘……應該是這一帶……離下一個車站尚有百餘里，但僅僅一刻鐘，那火車也就是剛駛出洛杉磯市區而已……難道說，他要殺個回馬槍不成……」李喜兒不停地吸著冷氣，口中不住呢喃自語。

便在這時，周統領的第三封電報傳來，這一次更是簡單，僅有兩字：速來。

李喜兒心頭不禁一凜。按規矩，周統領只有彙報的權力，絕無向他李喜兒指手畫腳的膽子，「速來」二字雖然簡單，但包含了命令的意思，除非他有重大發現而無法通過電報彙報清楚，否則，那周統領即便吃了十個豹子膽也不敢跟他李喜兒說出這兩個字來！

李喜兒深吸了口氣，隨即令道：「留下秘密記號，令他們趕來之後，沿鐵路追趕咱家！」令罷，李喜兒脫下了洋人的皮鞋，換上了自家的小牛皮包踝軟底快靴，正欲沿鐵路向洛杉磯方向狂奔而來，便有手下多嘴道：「大人，咱們有車，坐車既省力又省時！」

李喜兒只是被周統領的三封電報搞得有些急火攻心而一時糊塗，一聲提醒下，李喜兒已經清醒過來，兩條腿肯定跑不過洋人弄出來的四個輪子的汽車，而汽車也絕非能跑得過好幾百輪子的火車。

但此時，卻另有一多嘴者道：「你懂什麼？大人這是準備要搭乘火車。」話說到這兒若是能夠打住，或許，那李喜兒心中的怒火也就能壓制住了，可是，前一人卻不依不饒繼續道：「搭火車也不用往前奔啊！」

後一人隨即懟道：「你懂個屁！火車還沒來，先往前走一段，不是能節省時間麼？」

前一人嘲諷笑道：「是我懂個屁還是你懂個屁啊？早晚都會被火車追上，在哪兒上車不都是花了一樣的時間麼？」

這話說得極為正確，但正是因為正確，才使得李喜兒急火攻心要往洛杉磯方向狂奔的舉措顯得愚蠢無比。

「就你聰明！」李喜兒低吼一聲，右手揮出，一枚寸半長的透骨釘呼嘯飛出，釘在了前一人的額頭正中。

那前一人登時僵住，兩隻眼珠子忽地膨出，死死地盯住了李喜兒，喉管發出兩聲吱吱嘎嘎的聲響，然後直挺挺向後仰倒下去。

後一人雙膝一軟，撲通跪倒，顫抖道：「大人饒命，是屬下多嘴。」

李喜兒尖聲笑道：「他說得對，在前面等火車和在這兒等火車，其實花的時間是一樣的。」

那後一人將頭緊緊地貼在了地面上，磕巴道：「大人英明，是屬下愚蠢。」

李喜兒冷哼一聲，道：「起來吧，咱家若想殺你，你便和他一樣已然沒命了。」

殺了名手下，那李喜兒的心情似乎平靜了許多，躲在鐵路一側的樹林中，悠閒自得地拿出了煙槍，裝上了一泡大煙。

不多會兒，一輛駛往聖達戈方向的運貨火車經過，緊接著，便有內機局屬下陸續報到。

再過了一會兒，遠遠地聽到聖達戈方向傳來了火車的汽笛聲，李喜兒粗略地點了一下屬下的數量。除了周統領所帶領的一支三十六人的隊伍，還有劉統領帶走的一十八人，其餘應該於當日亥時趕到三號集結點的六十六人已經到了一多半。

「嗯，你們的表現很是不錯，咱家甚是欣慰，待此事了結，咱家定將為你們請功。」李喜兒不慌不忙，收起了煙槍，又道：「周統領在洛杉磯郊區位置發現了逆黨的藏身點，逆黨很是狡猾，三番五次將咱們內機局玩弄於股掌之間，此等羞辱，是可忍孰不可忍？今日咱們等來如此機會，咱家望各位弟兄萬般珍惜。」

內機局眾屬下齊聲應道：「謹遵大人調遣！」

李喜兒微微一笑，道：「逆黨手中雖有火槍，但我等手中火槍也是不少，相比而言，我內機局仍舊占了優勢。只望各位弟兄在於逆黨交戰時，都能夠勇往直前，奮勇殺敵。」

內機局眾屬下再次齊聲應道：「屬下定將生死置之度外！」

火車雖快，但路程甚遠。待李喜兒一行伏在火車頂部看到周統領留在鐵路兩側呈正三角形的火堆暗號的時候，已經到了晚上的十點鐘。

李喜兒率四十餘名屬下溜下了火車來，周統領已是等候多時。

「大人，屬下多有冒犯，請大人責罰！」遠遠看到李喜兒走來，周統領早早地跪在了一旁。

李喜兒擺了擺手，道：「咱家知你心切，並不怪罪於你，起來說話吧。」

此周姓統領，單名一個通字，便是當日在劇院後排監視董彪的那個高瘦之人，在宮中侍衛之中，其暗器功夫獨佔鰲頭。若論傳業授道，這周通還是李喜兒的暗器一門武功的師父，只不過，在皇權面前，這些江湖規矩，只是煙雲。

周通應聲起身，向前一步，單掌遮住了嘴巴，向李喜兒低聲彙報道：「稟大人，那人終究還是站到了咱們這邊。」

李喜兒一怔，隨即面露喜色，道：「哦？何以見得？」

周通道：「他一路上留下了若干記號，引領屬下找到了逆黨的藏身之所。」

李喜兒深吸了口氣，道：「會不會是那董彪故意而為？」

周通道：「絕無可能，所有記號，全由那人完成，所用物品，也是屬下親自交給他的。那人雖因貪生怕死而左右搖擺，但絕無背叛朝廷背叛大人之可能。」

李喜兒長出了口氣，道：「想來也是。此人於四年前便暗中向咱家提供情報，若非心中仍舊忠誠，他大可不必如此。」

周通道：「那董彪將逆黨藏在了一個極為隱蔽之處，自以為神鬼不知，故而並未安排多少防衛。屬下已經探明，其周邊有八名槍手，分列於四個方位……」周通說著，蹲了下來，撿了根樹枝，在地上畫起了圖來。一旁，立刻有屬下將手中火把湊了上來。「據那人最後留下的信號物品所示，那逆黨藏身之所只有董彪和另外三人。」

李喜兒謹慎問道：「那四周可有伏兵？」

周通搖頭道：「董彪所選之地雖極為隱蔽，卻是荒野間一處殘破院落，應是多年前獵人所用的棲身之地，此院落背靠深山，面前是一條蜿蜒山道，山道另一側則是萬丈深淵。若有伏兵，也只能藏於那深山之中。我等可繞進山中，自高而下攻擊那處院落，若是那深山中藏有伏兵，也會被我等提前發現。」

李喜兒盯著地面上周通畫出來的示意圖，良久不語。

「大人，**機不可失失不再來**，屬下判斷，那董彪不過是在此地稍作休整，待明日天亮，甩開我們，與前一站登上火車，到時，我們想追都追不上啊！」周通再次跪倒，雙手抱拳，懇請道：「大人，下令吧！」

董彪所護送的逆黨顯然是真的逆黨領袖，不然，也絕不會費此周折。此計不可謂不妙，只要那董彪能夠安然躲過了今夜，那麼，待到明日天亮，直接奔赴前一個火車站而登上火車的話，那麼，內機局這次行動便只能宣告失敗。

正如周通所言，追都追不上！

李喜兒不由打量了散在四周的屬下，跟著他從三號集結地趕過來的有四十三人，周通的屬下也有三十六人之多，其中有三分之一的人配備了長短火槍，而且，還是美利堅生產的最先進的長短火槍。論火力，已經足夠占優，論勢眾，更是能碾壓對手。

「傳咱家之令，所有人聽從周統領號令，即刻出發！」思籌再三，李喜兒終於下定了決心。

第九章

電光火石間

羅獵右手握住趙大新右手手腕，左手卻不及阻止趙大新左手中的飛刀。
電光火石間，那冒牌孫先生驟然出手，
卻是一把用來裝扮孫先生的煙斗，那煙斗激射而出，
正中了趙大新的左臂肩胛，力道之大，
竟然使得趙大新的左臂登時癱軟。

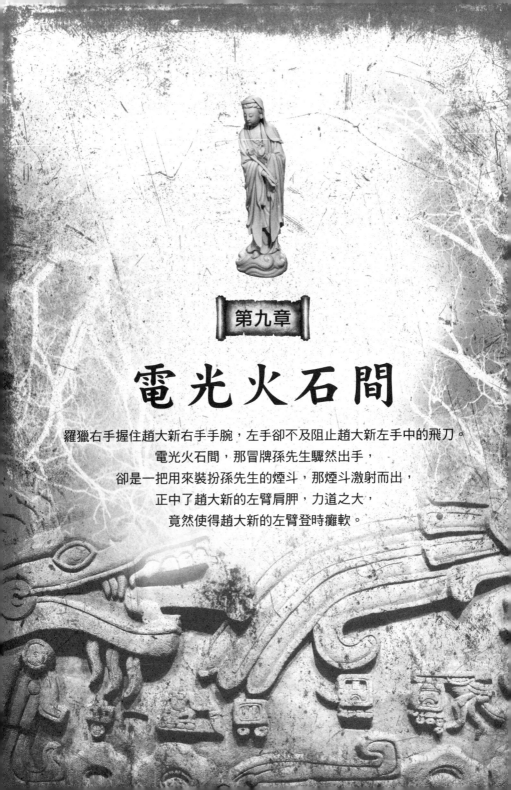

董彪嘴上說是路程不遠，只需半個小時的車程，可是，山路難行，雨勢突然加大，董彪足足用了一個小時才將車子開到了目的地。

下了車，羅獵隨即玩笑道：「彪哥，這兒不會是濱哥的又一處度假莊園吧？」

董彪道：「這兒只適合修行，可不適合度假。」

趙大新皺著眉頭道：「依我看，這處院落應該是很久以前獵人們所建，為的是夜間能有個遮風擋雨的棲身之所。」

董彪笑道：「對嘍！我找到此處的時候，裡面還有不少的狩獵工具呢。」

羅獵撇嘴道：「那下面有沒有地下室或是地道什麼的？」

董彪用腳躲了躲地面，道：「這下面全都是山石，羅大公子你給我挖個地道出來？」

羅獵呵呵笑道：「給我足夠的炸藥，還有足夠的工人，我保管能給你弄出個地下宮殿出來。」

董彪被噎得直搖頭：「行行行，你羅大少爺強，好吧，你接著吹你的牛，那什麼，文棟兄弟，去把那隻野兔剝了，趕緊把肉燉上，彪哥我忙活了大半天，午飯都沒顧得上吃。」

院落中的三間破房子中還藏了八名安良堂的弟兄，此刻從屋裡走了出來，看那架勢，個個腰間或懷裡都帶著了傢伙。董彪招呼道：「你們兄弟幾個都吃過了吧？」

那八人也不廢話，只是點了點頭，便出了院落，兩兩一組，分成了四個方位，把風站崗去了。

董彪顯然是準備充分，破房子中只有鐵鍋一口，鐵鍋旁邊放著一個鐵罐，鐵罐中裝了些鹽巴，除此之外，便無其他佐料。但一張破舊低矮的桌子上，卻堆著好幾十個罐頭。

陸文棟手腳甚是麻利，三下五去二便將野兔剝了皮去了內臟，拎到了破屋中，左右看了兩眼，道：「彪哥，啥佐料都沒有，就這麼一罐子鹽巴，怎麼燉啊？不如烤著吃吧！」

董彪已經開了一個牛肉罐頭吃上了，滿嘴都是肉，說話自然是含混不清：「行吧，隨你！」

羅獵和孫先生也各自開了一個罐頭，只有趙大新在一旁呆坐著，說肚子不餓，還不想吃東西。

「我估計啊，內機局那幫孫子今天找不到咱們必然就會亂了陣腳。」董彪吃了幾口肉，放下了手中罐頭，拿起了保溫杯，喝了口水，放下保溫杯後，卻沒著急繼續吃，而是端著罐頭開始說道：「咱們啊，就在這將就一晚，內機局那幫孫子找不到咱們，必然會折回洛杉磯去，等明天天一亮，彪哥開車帶你們前去下一站乘坐頭班火車，呵呵，那幫孫子就是想追也追不上嘍！」

孫先生咽下了口中的食物，笑道：「濱哥的計策定得妙，彪哥的執行更是天衣無縫，就連我這個當事人都被你們給瞞過去了。」

董彪道：「孫先生此言差矣，這哪裡是濱哥定下的計策啊，這是咱們羅大少爺想出來的歪招！」

羅獵不滿道：「彪哥，你能不能別叫我羅大少爺啊？」

董彪呵呵一笑，往口中塞了塊肉，應道：「遵命，羅大老爺。」

陸文棟架起了火，烤上了兔子肉，只一會兒，那肉香便充滿了整間破屋，待兔肉烤熟，趙大新終究沒能忍住，也撕了一大塊，吃了個滿嘴流油。

填飽了肚子，各人找了個舒適的地方休息，坐車的累，開車的更累，不一會，屋裡的鼾聲便是此起彼伏。

一覺醒來，天色已近黃昏。

董彪從外面走進了屋中，揚了揚手中的一張紙片，道：「濱哥剛發來電報，說他在拉貨的火車上掛了一節車廂，條件雖然簡陋了些，但絕對安全。內機局那幫孫子，是怎麼也想不到孫先生居然會乘坐拉貨的火車前往紐約。好了，時候剛剛好，收拾東西，立刻出發。」

羅獵還真沒見過電報長啥樣，於是好奇央求道：「彪哥，我還沒見過電報是個什麼樣子的呢，能讓我看一眼麼？」

董彪拿著那張電報紙像是要遞給羅獵，可半途突然縮了回去，然後轉身就走：「想看？門都沒有，除非你給彪哥挖個地道出來。」

羅獵不甘心，叫了聲「彪哥」便追了上去。

陸文棟笑歎一聲，拎起了孫先生的皮箱，跟在了羅獵的身後。

孫先生急忙起身，向屋外走去。

就在孫先生的前腳剛踏出房門之時，身後的趙大新突然亮出了飛刀，而且不止一把，分上中下三路向孫先生射去。

很像是巧合，那孫先生踏出房門之時，居然順手關上了門，而且，關門的速度相當之快，趕在了趙大新之前，擋住了那三路飛刀。

屋外，董彪長歎一聲，朗聲道：「大新，你終於按捺不住了！」房門再次打開，董彪手握左輪，指向了跌坐在桌邊的趙大新。「你以為你藏得很深，可是，四年前，濱哥就已經懷疑到了你，只是手中沒有證據而已。」

孫先生也跟著進了屋，摘下了裝扮成洋人用的假髮和鬍鬚，略帶讚賞的微笑，道：「你的飛刀很快，只可惜，我早有防備，不錯，人在門框這個位置，是最難躲閃暗器的，只可惜，你忽略了房門。」

趙大新愣了會兒，忽道：「你不是孫先生？」

孫先生笑道：「我當然不是，只是因為體型跟孫先生比較相像，這些年來，一直做孫先生的替身。真正的孫先生，此時早已經抵達了紐約，他沒到金山，在檀香山做補給的時候就下了船，換乘了另一艘輪船，直接抵達了紐約。」

趙大新怒道：「既然如此，又何必多此一舉？」

那冒牌孫先生道：「濱哥有個親兄弟加入了我們，卻死於內機局的手上，多年以來，濱哥一直有個願望，要全殲了內機局，為他兄弟報仇。剛好有此契機，我們便跟濱哥聯手，演出這麼一場好戲，為的就是能將內機局的人盡數引來，一戰而全殲。」

董彪搖頭歎道：「這個想法很不錯，但很難完成。可巧了，濱哥手中剛好有你這麼一張牌。說實話，其實一開始我怎麼也不敢相信你趙大新居然是內機局的人，濱哥雖有懷疑，但也不敢確定，於是，我們只能是走一步看一步。」

趙大新歎息道：「都怪我沒能沉住氣，假若我不著急出手的話，你們也無法識破我。」

「你錯了，大師兄。」羅獵不知道什麼時候也進到了屋中，「當彪哥跟我說起濱哥的懷疑時，我便斷定你肯定有問題。你可以回想一下，先想想胡易青，一個餓得昏了過去的人，可想會有多狼狽，可是，胡易青沒有，一張小臉蛋乾淨得很。」

羅獵歎息一聲，坐到了趙大新的面前，接著道：「我推測，四年前內機局的人前來美利堅的時候，你就跟他們重新建立了聯繫。也應該是你，將尚在牢中的胡易青介紹給了內機局的李喜兒，胡易青出獄後，表面上是杳無音信，但始終離環球大馬戲團不遠，咱們去了金山，他也跟著去了金山，咱們到了洛杉磯，他也跟著到了洛杉磯，只因為，你時刻準備著為內機局效力，而胡易青，則是那個幫你傳遞資訊的人。」

趙大新慘笑道：「小七就是聰明，你的推測八九不離十。」

羅獵道：「我們沒敢去碰胡易青，怕的就是引起內機局的警覺，可是，你說你給他買了船票，從洛杉磯駛往中華的遠洋輪船每天都有，票也不難買到，可是，胡易青見過你之後的第三天卻仍在洛杉磯，這只能說明你的任務沒完成，他還不能離開。」

趙大新長歎一聲，道：「這點紕漏我以為無足輕重，沒想到還是被你發現了。」

羅獵苦笑一聲，接著道：「另一疑點，那日你說你要去給胡易青買船票，我當時就有了個疑問，是頭天晚上所沒想到的，大師兄，假若你真的對胡易青有了惻隱之心，完全可以把錢給他，讓他自己買船票回國就是，用不著你親自跑一趟啊！」

趙大新猛然一怔，深吸了口氣，歎道：「這確實是我的疏忽。」

「單就這些，當彪哥跟我說懷疑你的時候，我就斷定了你便是那個內奸，於是，我就跟彪哥一起設下了這個圈套，你忠誠於內機局，當你感覺到內機局此次任務即將失敗的時候，一定會不顧一切後果地出手，幫助內機局挽回敗局。」羅獵說著，不住地搖頭，最終歎道：「大師兄，你真的不適合做臥底，咱們下了火車，來到這兒的一路上，你又是提醒我射殺野兔，又是一張接著一張的草紙往車外扔，你不覺得這些事做得太明瞭嗎？」

趙大新悲切道：「小七，你不懂，大師兄知道自己是一個不合格的臥底，可是，在國家命運面前，大師兄沒得選。逆黨一日不除，國家永無寧日。」

冒牌孫先生冷笑道：「好一個逆黨一日不除，國家永無寧日。我且問你，逆黨為何產生？七十年前，英國人以堅船利炮打開我國門強行兜售大煙之時，可有你口中所稱的逆黨？五十年前，八國聯軍攻佔了紫禁城，咸豐皇帝和慈禧太后嚇得跑到了長安，中華國粹圓明園被付之一炬時，可又有你口中所稱的逆黨？滿清腐敗，致我中華兒女備受屈辱，這樣的國家，何談命運？何談寧日？不推翻重建，我之國家，又哪來的希望？」

趙大新微閉雙眼，緩緩搖頭，長歎一聲，道：「只怪那大清不爭氣啊！」

董彪哈哈大笑起來，笑過之後，用槍點著趙大新道：「不爭氣的何止是大清朝啊，你們這些個愚民不是更不爭氣嗎？你趙大新原本是漢人，卻甘心做滿人的奴才，說你兩句你還滿口狡辯，丟不丟人啊？連羅獵這樣的小夥子都能被驅除韃虜恢復中華八個字所震撼到，你他媽都一把子年紀了，怎麼還糊裡糊塗呢？」

趙大新淒切道：「大清已有三百年，早不分滿漢，皆為中華兒女。」

「我呸！」董彪氣道：「你他媽說這話也不嫌磣牙！還他媽皆為中華兒女？你也不看看，那些個吃不上喝不上，只能是背井離鄉賣兒賣女的，有一個是滿人嗎？不都是漢人嗎？」

趙大新突然笑開了，笑著道：「我不跟你爭辯，勝者為王敗者寇，既然到了這一步，我把性命交給了你們就是了。」稍一頓，趙大新又對羅獵道：「小七，念在這幾年大師兄待你不薄的份上，幫大師兄好好照顧你大師嫂。」

說罷，趙大新手中摸出了一把飛刀，向自己的脖子抹去。

可是，羅獵便近在咫尺，隨即出手，握住了趙大新的手腕。

趙大新悲切道：「怎麼？連死都不讓？非要折磨我方能泄你們的心頭之恨嗎？」

羅獵搖頭道：「大師兄，你不能死，想想趙振華。」

羅獵的聲音很輕，但趙振華這個名字卻猶如一把重錘擊在了趙大新的心上，他猛然一震，不禁呢喃道：「振華……珍華……好名字……好兒女……」

羅獵道：「大師兄，你知道一個孩子從小就失去了父親是什麼滋味嗎？你忍心讓振華或是珍華忍受這樣的痛苦嗎？」

趙大新淒然搖頭，道：「我不知道，我不知道……」

羅獵道：「可我知道！大師兄，實際上，你對滿清朝廷對內機局早就失去了希望，正因如此，你才會遠渡重洋來到美利堅合眾國，為的只是逃避你內心的矛盾。可是，你仍舊擺脫不了你當初加入內機局時誓言的束縛，將忠誠二字放大到了你為人的最根本信念。你厭惡滿清，厭惡內機局，但你卻擺脫不了你因忠誠二字而產生的心魔，因而，你才設下了這個你認為可以是一了百了的完美之局。」

趙大新陡然一怔，隨即苦笑道：「小七，你在說些什麼呀？大師兄哪還有什麼能力設局啊！」

羅獵微微搖頭，道：「其實，你早就知道你已經被懷疑了，即便起初濱哥沒有懷疑你，可你在胡易青身上故意留下來的紕漏也足以告訴彪哥和我，你就是那個內奸。你之所以這樣做，只是因為你早已看出了彪哥此行的真正目的，於是你將計就計，極力配合彪哥和我，終於完成了將內機局鷹犬引入彪哥埋伏圈的目的。假若你剛才的出手能夠傷到了孫先生，那麼對你來說，就是完美了，既可以令內機局煙消雲散，又能助內機局完成任務……」

趙大新長歎一聲，打斷了羅獵：「只可惜，我趙大新學藝不精，未能助內機局完成任務。」稍一頓，又淒笑道：「不過，我已盡力，我問心無愧。」

羅獵點頭應道：「我信，大師兄，你確實是問心無愧。你忠誠於內機局，也忠誠於師父，四年前，李喜兒借那鐸之手，斬去了師父一根手指時，你忠誠的重心便有了偏移。所以，你在明知自己已暴露的時候還要裝著什麼都不知道，為的就是能為師父報仇。大師兄，你當然問心無愧。還有，你射向孫先生的那三把刀，分明還可以再快一些，而你卻只用了八成功力，這就說明你殺掉孫先生的意願並不是那麼堅決。」

趙大新搖頭歎道：「那只是因為我輕敵了！」

羅獵苦笑道：「你非要這麼說，我也沒辦法，可你明知道這孫先生是個冒牌的，就應該能想得到他可能身懷武功，若是如此你仍舊輕敵，那我也是無話可說。」

趙大新長出了口氣，看著羅獵，眼神中不禁流露出些許慈愛，道：「小七，你長大了。」

羅獵道：「是的，大師兄，我長大了，可是，振華或是珍華還小，非常需要有父親能陪伴他們成長。大師兄，我知道你心意已決，可是，為了你即將出生的孩子，受點委屈又能如何？」

趙大新慘笑搖頭，道：「小七，即便你能原諒大師兄，可彪哥能麼？濱哥能麼？懲惡揚善，除暴安良，他們對內機局的人是不會手軟的，小七，讓大師兄去吧。」

董彪忽然大笑起來，收起了手中的左輪，指著趙大新罵道：「你大爺的，你還知道那內機局是惡暴之徒啊？扯了這麼半天，總算聽到了你還算有良心的一句話。」

趙大新淡然一笑，道：「彪哥，你滿意了？」話音未落，趙大新左腕一抖，掌心處赫然露出一柄飛刀。趙大新左手再一翻，已然握住了飛刀，向自己的心臟部位扎了過去。

羅獵以右手握住了趙大新的右手手腕，空出來的左手卻不及阻止趙大新左手中的那柄飛刀。電光火石間，那冒牌孫先生驟然出手，卻是一把用來裝扮孫先生的煙斗，那煙斗激射而出，正中了趙大新的左臂肩胛，力道之大，竟然使得趙大新的左臂登時癱軟，那柄飛刀，也僅僅是傷及了丁點皮肉。

董彪輕歎一聲，道：「大新，你若是覺得愧對內機局，愧對滿清朝廷，非得要以一死來證明你的忠誠，我董彪不會攔著你。但若是因無顏面對濱哥，無顏面對安良堂其他弟兄，那倒大可不必。死倒是容易，活著卻是艱難，若是想活出個人樣來，讓你的家人兄弟朋友都能敬佩你，更是艱難，所以啊，只有懦夫才會選擇一死了之。」

羅獵跟道：「大師兄，一直以來，我都認為你是個好人，即便是現在，我的觀點都沒有改變過。你只是上錯了船走錯了路，但你卻沒做過什麼壞事，我相信，濱哥他會原諒你的。你可以不為自己著想，也可以不為大師嫂著想，但你不能不為你即將出生的孩子著想啊！我剛才問你，你知不知道從小就沒有父親的孩子有多痛苦，你說你不知道，那我告訴你，比死還要痛，還要苦。」

趙大新的心理防線終於崩潰，他鬆開了右手，讓手中握著的飛刀噹啷落地，隨即垂下頭來，雙肩劇烈抽動，不由滾落了兩串淚珠下來。

董彪道：「羅大少爺說得對！轉述一下濱哥原話啊，大新這個人本質不壞，一心想報效國家卻走錯了道路，阿彪，別太為難他了。」董彪掏出萬寶路來，單手彈出一支，用嘴巴叼住了，另一隻手同時拿出了火柴，劃著了一根，點上了香煙：「濱哥的看法就是我阿彪的看法，濱哥的決定便是我阿彪的決定，再拿羅大少爺的話說，你趙大新非但無錯，而且有功，若不是你的配合，內機局那幫孫子也不會輕易上當。」

趙大新緩緩抬頭，淚眼婆娑，看著羅獵，哽咽道：「小七，大師兄想為師父報仇，可又不能容忍自己出賣了內機局，小七，大師兄該怎麼做才好啊！」

羅獵將手搭在了趙大新的肩上，輕拍了幾下，道：「懲惡揚善，除暴安良，大師兄，你並非是出賣了組織，而是謹遵了組織訓誡。」

趙大新聽懂了羅獵此話的內在含義，雙眸中閃現出希望的光彩，不由將目光投向了董彪。

董彪呲哼一聲，似笑非笑，道：「這冒牌孫先生不日回國，我金山安良堂的事務他也不會過問。陸文棟那小子是彪哥我的英文翻譯，嘴巴緊得跟肚臍眼似的，絕對不會向外張揚出半句話來。最不保險的就是你的七師弟了，要不我替你解決了他？」董彪雖是戲謔調侃，但話中之意卻是明顯，只要趙大新肯回頭是岸，那麼此事定將會成為安良堂的一個秘密。

羅獵轉過頭來，不滿道：「我怎麼就是那個最不保險的人了？」

董彪笑道：「一喝就醉，一醉就睡，睡了還要說夢話，那能保險麼？」

羅獵哭笑不得，回懟道：「我不就是喝醉了那一次麼？」

董彪年紀雖大，但童心不小，像是很喜歡跟羅獵鬥嘴：「就那麼一次還被彪哥撞到了，你說有多不保險吧。」

趙大新此刻插話道：「小七，別聽他的，你從來不說夢話，大師兄可以作證。」

羅獵抓住了理，衝著董彪嚷嚷道：「你聽聽，大師兄為我作證呢！」

董彪強道：「穿一條褲子的作證不算數，不過，既然你大師兄這樣說了，那我就不滅你的口就是了。」但見羅獵不依，還拉著一副要把話說清楚的架勢，董彪連忙改口道：「好了好了，彪哥認輸，彪哥投降，那什麼，趙大新，我阿彪已經把話說明白了，你要是醒過來了，就跟著我們走，若是仍舊執迷不悟，那你就留在這兒給內機局那幫孫子陪葬好了。」

說罷，董彪拍了下冒牌孫先生的肩，轉身向門外走去。

羅獵看著趙大新，輕聲道：「大師兄，咱們走吧。」

趙大新稍一遲疑，隨即點了點頭。

從金山至洛杉磯有六百多公里的路程，若是不間斷駕車行駛，一天一夜的時間應該足夠。即便是雨天路滑，車子要相應減速，那麼再多花上個半天的時間也能夠抵達目的地。

然而，那曹濱似乎並不著急，但凡經過小鎮之時，總是要讓車子停下來，或是喝杯咖啡，或是吃頓簡餐，夜晚時分，還找了家汽車旅館睡了幾個小時。以至於到了第二天傍晚時分，曹濱一行的三輛車距離洛杉磯尚有六七十公里的路程。

許公林坐在車上看上去顯得很輕鬆，可肚子裡卻裝滿了對董彪這邊的擔憂。做為孫先生的秘書兼替身，這些年來，許公林和內機局鬥智鬥勇，深知內機局並不是一個好對付的軟腳蟹。「濱哥，您別怪我多嘴，我實在是忍不住了，您知道，這次行動對我們來說非常關鍵，若是能全殲了內機局，將會是對滿清王朝的一個多大的打擊啊！」許公林輕歎一聲，接道：「說心裡話，我對董彪那邊始終放心不下，可您，卻是一副胸有成竹的樣子。」

曹濱笑道：「阿彪這個人，做別的事情或許是略顯不足，但要說殺雞宰猴，那可是行家裡手，他若是成了我的敵人，恐怕就連我也很難能贏得了他。」

許公林道：「這我知道，可是，濱哥，咱們的目標是全殲內機局，這難度……」

曹濱輕哼了一聲，道：「炸火車的那些個混帳玩意估計已經被金山的洋人員警們收拾個差不多了，即便有僥倖未被當場擊斃的，也要在美利堅的大牢中安度晚年了。至於阿彪那邊，更不必擔心，咱們有貴人相助，自然能令那李喜兒乖乖上套。」

許公林微微一怔，隨即便明白過來，笑道：「濱哥，四年前的那個內奸，你查出來是誰了，卻一直裝作不知，對麼？」

曹濱含笑看了許公林一眼，點頭歎道：「孫先生的機要秘書果真不簡單！說實在的，我原本對這枚棋子並沒有多大的期許，阿彪這個人有些粗狂，不適合跟別人鬥心眼，可幸運的是，阿彪的身邊有個小夥，很是聰慧機警，且思維縝密，有他相助阿彪，那枚棋子便會起到至關重要的作用，而李喜兒，便只剩下了自尋死路這麼個唯一的選項。」

許公林鬆了口氣，將身子向椅背上靠了靠，歎道：「濱哥，這些話您早該跟我說的，害得我擔憂了一天一夜。」

曹濱笑道：「早說？兩個小時前，濱哥也沒有把握，和你一樣，濱哥也是擔憂了一天一夜，這不是咱們在剛才那個小鎮上打尖的時候才收到了阿彪的電報麼。」

許公林探起身來，問道：「阿彪在電報中怎麼說的？」

曹濱從口袋中掏出了一張紙，遞給了許公林，道：「好奇是吧？那就自己看。」

許公林接過電報紙，瞄了一眼，卻不禁皺起了眉頭，問道：「濱哥，這啥意思呀？」電報內容只有六個英文字母，yuyogo，這並非是一個英文單詞，也難怪許公林看不懂。

曹濱笑道：「你就當它是個英文單詞，讀出來。」

許公林遲疑讀道：「于油溝……於約溝……魚咬勾？」

曹濱點了點頭，道：「電報這玩意是洋人發明的，傳英文要比傳漢字簡單，阿彪勉強能說點英文，但卻不會寫，於是便創造了這種中英文合璧的電報方式。」

許公林讚道：「這個辦法很不錯嘛，我看值得大力推廣，這樣的話，咱們國人學習文化讀書識字也會簡單許多，嗯，跟那些個洋人交流也能方便一些。」

曹濱道：「還是省省吧，要先推翻了滿清你才能大展宏圖。對了，公林，上次你說慈禧那個老女人身子骨已經不行了，我想問的是，光緒他怎麼樣了？公正的說，光緒算是還不錯的皇帝。」

許公林歎道：「自維新失敗，光緒帝便被囚瀛台，對外幾無聯絡，從僅有的幾條消息上看，光緒帝的身子骨恐怕還撐不過太后。」

曹濱哼笑道：「那最好不過，同年死倆，滿清必遭重創，再加上咱們這一戰清除了內機局，那你們在國內的日子就會好過了許多。」

許公林道：「相比朝廷被重創，更有意義地實際上是人們的覺醒，中華民族已經沉睡了好久好久，可至今都不願醒來。民眾若是不能覺醒，單是推翻了滿清統治，也無法壯大我中華之泱泱大國啊！」

曹濱道：「喚醒民眾可不是一件能急得來的事情，要有耐心，要善於把握機會。公林啊，濱哥對你們的事業也幫不上多大的忙……」曹濱說著，從上衣口袋中掏出了一個精緻的信封來，遞給了許公林：「我在花旗銀行為你們存了一萬美金，花旗在上海有分號，隨時可以兌取，也算是我曹濱的一點心意吧！」

周通突前，李喜兒殿後，一行整八十人的隊伍穿行於夜幕之中。

霏霏細雨時緊時鬆，天上陰雲偶爾會有攤薄開來的時候，微微透露些月光下來，但大多時，四下裡卻是黑黝黝幾乎伸手不見五指。

雨中山路雖無泥濘，卻崎嶇不平，且視線極差，因而一路上多有跌倒發生，然而，內機局畢竟是訓練有素，即便跌倒，也能做到極力不發出聲響。

近兩個小時後，突前的周通已經抵近了目標，遠遠望去，那院落方向有著幾盞燈火忽隱忽現。憑著黃昏之前的偵查記憶，周通引領著隊伍離開了山路，沿著山坡密林繼續向那處院落挺近。一路上，除了艱難和緩行，似乎一切順利。

終於來到了那處院落之後的山坡上，而此時，天公作美，霏霏細雨已然停歇，稍顯料峭的春風將天上陰雲撕扯開了數道口子，撒落下來不少的月光。自山坡上往下望去，那院落輪廓清晰可見，四周樹木巨石亦是盡收眼底。

殿後的李喜兒也跟了上來，據他的觀察，這山坡上應無伏兵。

「周統領，你打算如何攻擊？」

周通邊比劃邊彙報，道：「稟大人，屬下以為，我等宜兵分三路，大人親率一路殿後，另兩路，從左右兩側實行包夾。」

李喜兒冷哼一聲，道：「無需殿後，你我各率一路便是。」

周通道：「大人，陰雨天氣，視線極差，屬下擔心流彈會傷了大人……」

李喜兒冷笑道：「咱家並非貪生怕死之人，我若不能一馬當先，眾弟兄又怎能奮勇向前？周統領，莫要多言，按咱家吩咐去做！」

周通暗歎一聲，只得領命。

八十人分成兩隊，各由李喜兒周通帶領，成九十度扇面方向，順著山坡，向山路旁的那處院落悄然逼近。待摸到了山路邊上，那院落中的燈火已然清晰，尚可以隱隱聽到房屋中人睡覺的鼾聲。那董彪，實在是托大，居然在院落之外，毫無警戒。

周通打著手勢命令屬下，匍匐前進，無限接近目標後方可發起突襲。可就在周通準備匍匐前行的時候，突然感覺到胳臂上似乎被細線之類的什麼東西蹭了一下，未等周通反應過來，耳中卻率先被爆炸聲震了個半聾。

不止是一聲爆炸，院落左右兩端以及其後山坡處連續響起了數十聲爆炸，這可是董彪花了大價錢為內機局備下的一份厚禮，整整三十枚最為先進的連鎖雷。

雷響的同時，從院落的破屋中拋出了幾十隻火把，落在了內機局的陣營中，登時將他們的慘狀照了個一清二楚。但沒有人有心思欣賞這些，火把拋出後，破屋的各個窗口均伸出了黑洞洞的槍口。

沒被炸死的，卻也只能默默地吃下這免費的槍子。

僥倖還活著的周通顧不上李喜兒那邊怎麼樣了，立刻組織殘餘力量進行反擊，且邊打邊撤。便在這時，美利堅合眾國的那些個軍火零售商的醜惡嘴臉便顯露出來了。那槍，放個兩槍三槍地便啞了火，有過分的更是炸開了膛。

而院落中的火力甚猛，且槍法奇準，內機局這邊根本無法抗衡，只能趴在地上被動挨打。

「撤！」周通扔掉了手中打不響的手槍，手中扣了五枚透骨釘，顧不上流彈四竄，從地上爬起，貓著腰便往後飛奔。

可是，山路兩側以及山坡之上，同時響起了槍聲。唯一的生路，便是山路一側的萬丈深淵。若是在白天，以周通的身手，或許還有攀岩而下的可能，但這是黑夜，且又下著雨，若是想從懸崖出逃生，只會落個粉身碎骨死無全屍。

「衝過去！」周通振臂高呼，同時，突覺胸口一震。

再一震。

接著便是一股強大的力量將他的整個人向後推翻。

前兩震，不過是中了兩顆手槍子彈，最後一下，則是中了步槍子彈。身中三彈，焉有苟活之理？那周通倒地後，手腳抽搐了兩下，便魂歸故里了。

相比周通，那李喜兒卻是聰明了許多。爆炸後，槍聲四起，而已方受美利堅黑心軍火零售商所累而無法組織起有效反攻，那李喜兒便知道大勢已去。求生的技巧有很多，此種情況下最合適的技巧便是裝死，李喜兒既不組織進攻也不組織後撤，而是迅速地拖來兩具屬下的屍體蓋在了自己身上。

董彪扛著他那杆心愛的毛瑟九八步槍，從山路的一段大踏步來到了院落跟前，身後，一左一右跟著冒牌孫先生和羅獵二人。

「狼多肉少啊！早知如此，就不該叫那麼多弟兄來。」董彪卸下肩上的步槍，習慣性地衝著槍口吹了口氣，又壓上了三發子彈。

羅獵道：「你總算還吃了幾口，可距離那麼遠，咱玩飛刀的，卻只能乾看著。」

董彪轉身笑道：「活該！誰讓你不跟彪哥學槍的呢？」

院落中三間破屋走出六名弟兄，三人扛著長槍，另三人手握兩把短槍。緊跟著，山路另一端和山坡上的各三名弟兄也來到了董彪面前。

「抓緊打掃乾淨了，每具屍體先補上兩槍，確定真死了再扔山崖下去。」董彪吩咐完畢，叼上了一支萬寶路。

十二名兄弟同時補槍，那槍聲的密集度也是不低，劈哩啪啦的每一聲槍響，都讓躲在兩具屍體下的李喜兒心驚膽戰。

「你們都給彪哥長點眼啊！看清楚了有沒有那個李喜兒，這婊子養的是個死太監，褲襠裡沒男人的玩意。」董彪美美地抽著煙，看著弟兄們挨個補槍後，再將屍體拋下山崖。

李喜兒終於按捺不住，長嘯一聲，翻身而起。

七八弟兄下意識地便將手中長短槍招呼了過去。

「砰砰砰砰——」

那李喜兒登時被打成了篩子。

「我靠！」董彪扔掉了手中煙頭，急衝過去，對著李喜兒的襠部踹了一腳，然後轉過臉來，怒火中燒，吼道：「你們幾個……膽肥了是不？敢跟彪哥搶肉吃？」

那幾名弟兄面面相覷，不敢搭話。

董彪借勢繼續發飆：「老子剛才就被你們幾個氣得不行？你大爺的，個個把槍都打得那麼準，老子一共才幹掉了五個人，肉他媽全被你們幾個吃光了。靠，就剩這麼一個還不給老子留下來？」

其中有一兄弟忽然指著一側道：「彪哥，那邊還有塊肉！」

順著那兄弟手指的方向看去，董彪呲笑一聲，道：「缺胳膊斷腿的，沒吊勁！行了，你們幹活吧，記住了，再有能站起來的，給咱們羅大少爺留著！」

董彪的嗓門夠大，二十米之外的羅獵都能聽得清楚，待董彪扛著槍回到了羅獵和冒牌孫先生的面前時，羅獵再次提出了抗議：「彪哥，你幹嘛要叫我羅大少爺呢？」

董彪再點了支煙，似笑非笑道：「等濱哥收了你做乾兒子，你不就是羅大少爺了？」

羅獵一怔，隨即苦笑道：「彪哥，你開什麼玩笑。」

董彪哼笑道：「我像是跟你開玩笑嗎？就這事，我都跟濱哥提過三回了。」

羅獵忽地笑開了：「看來，濱哥對你的提議並不感興趣。」

董彪噴了口煙，斜著眼看著羅獵，道：「你小子怎麼猜到的？」

羅獵道：「這還用猜麼？濱哥要是感興趣，還用得著你說三回？」

董彪將步槍背在了肩上，騰出了一隻手，搭在了羅獵肩上：「講真，濱哥不是不感興趣，而是不願意強迫你的意願，只要彪哥堅持，你小子，早晚得改口叫我彪叔。」

羅獵笑道：「你要是想讓我改口叫你彪叔，那你就明說，幹嘛拐彎抹角呢？是吧，彪叔？」

董彪愣了幾秒，冷哼了一聲，掉頭就走。走出幾步後，喊道：「別傻呆著了，咱們該回洛杉磯去見濱哥了！」

開車過來的時候，山路雖然顛簸，人坐在車中相當辛苦，而且車子走起來並不見得就比用兩條腿快多少，因而，任由董彪如何呼喚，羅獵和冒牌孫先生就是不搭理。

安良堂的弟兄們幹活非常麻利，不多會兒，便把八十具屍體全都拋下了山崖，至於連鎖雷炸出來的坑坑窪窪還有散落在地上的彈殼，那幫兄弟卻是懶得處理。

待大夥走到了公路上的時候，董彪抽著煙已經等在了路口。

「怎麼著，是想走回洛杉磯嗎？」

冒牌孫先生和羅獵一言不發，直接上車。

董彪不禁嘟囔了一句：「臉皮真厚！」

一弟兄上前，彙報道：「彪哥，一共八十，跟咱們估計的數字還差了點。」

董彪抽了口煙，道：「漏網幾個不是件壞事，總得有人回去報喪不是？你們幾個的車藏哪了？要不要先搭彪哥的車去把車開過來？」

那兄弟搖頭道：「不用了，彪哥，車子是抬到隱藏點的，人去少了，弄不出來，你先回去，別讓濱哥等急了。」

待上了路，冒牌孫先生從後面拍了下董彪的肩，道：「彪哥，客氣話兄弟我就不多說了，有機會回國，一定要想著跟我聯繫。」

環球大馬戲團在聖達戈的演出再獲成功。

趙大新左臂挨了那一下，可是傷得不輕，因而，原先鐵定為壓軸大戲的彭家班《決鬥》節目換做了洋人表演的空中飛人，而彭家班只是由二師兄，四師姐，以及五師兄六師兄四人表演了一個雜耍。

整個馬戲團當中，除了當事人趙大新和羅獵之外，沒有人知道那天駛往聖達戈的火車莫名其妙停在了半道上之後究竟發生了什麼。大家該表演的時候表演，該休息的時候休息，生活工作沒有發生絲毫的改變。

趙大新仍舊像往常一樣，身為大師兄，自然要打理著師弟師妹們的一切，羅獵依舊頑劣，不單只會捉弄艾莉絲，還時不早晚地捉弄一下師兄師姐們。

艾莉絲依舊開朗，只要不提及西蒙神父，隨時都能聽得到艾莉絲銀鈴一般的笑聲。但是，西蒙神父卻是艾莉絲永遠無法繞開的一個人名。

西蒙神父兌現了他的諾言，放棄了他在聖約翰大教堂的崇高地位，跟隨環球大馬戲團來到了聖達戈卻無所事事。小安德森要打理環球大馬戲團的各種瑣碎事務，自然不能每天都抽出時間來陪西蒙神父說話聊天。幸虧還有羅獵，等艾莉絲回房間睡覺後，他總是會敲響西蒙神父的房門，陪西蒙神父聊上個半小時四十分鐘的閒話。

聖達戈之後，環球大馬戲團回到了東海岸，在亞特蘭大、華盛頓以及費城三座城市巡演後，終於回到了紐約，而這時候，春天已過，盛夏已至。

甘荷已然臨近了預產期，趙大新早早地便將甘荷送進了蘭諾斯丘醫院。雖然，一天近兩美元的費用著實有些讓人心疼，但已經打破了精神枷鎖全然回歸到平常生活中來的趙大新卻覺得很值。他人生的希望就在甘荷肚子裡的這孩子身上了，因而，即便花更大的代價，趙大新也一定要確保母子平安。

西蒙在神父的位置做了十年，自然有些積蓄，但也談不上多有錢。離開了聖約翰大教堂，自然就沒有了收入來源，跟著馬戲團走了一路那是沒辦法，只能住在酒店中，但到了紐約之後，西蒙神父在馬戲團駐地的邊上租了一間民房做為棲身場所。

二師兄汪濤和四師姐甘蓮擔負起了買菜做飯的工作，而羅獵和艾莉絲則承包了給大師兄大師嫂送飯的任務。羅獵心善，每次準備飯菜的時候，都要多準備一份，或者是在去醫院的路上，又或者是在回來的時候，順便拐個彎，給西蒙神父送過去。艾莉絲沒有絲毫阻攔的意思，只是她從來不跟著羅獵踏進西蒙神父的棲身房間。而西蒙神父也很知趣，每當羅獵給他送飯的時候，他只是默默地走上陽台，遠遠地看上一眼心愛的女兒。

彭家班和環球大馬戲團的合約只剩下了三個月，小安德森先生再次顯現出了他的厚道，同時也是為了讓紐約的觀眾有個適應的過程，於是便不再要求彭家班登台表演，但薪水卻一分不少地發放到彭家班的帳戶上。趙大新過意不去，跟小安德森提出了最好能將薪水減半的要求，但遭到了小安德森的嚴詞拒絕。小安德森的理由很簡單，當初，馬場被那鐸、胡易青下毒，死了一多半的馬匹，馬戲團風雨飄搖，但彭家班卻鼎力支持。如今，環球大馬戲團如日中天，也該是對彭家班做出回報的時候了。

不用演出的日子有些單調但同時也有些愜意，趙大新有了充足的時間在醫院陪護著甘荷，而二師兄汪濤和四師姐甘蓮更是可以藉口買菜做飯而整日廝磨在一起，五師兄六師兄也早已厭倦了舞台，剛好借這個機會，能把英文讀寫好好地自學一番。只有羅獵、艾莉絲兩個小年輕始終覺得有勁沒地方使。

艾莉絲有表演的癮，無法跟著彭家班登台，於是便摻和到了馬戲團的其他節目中去。艾莉絲長得漂亮，舞姿又好，各個節目組均是爭著搶著要她，結果，每天晚上的演出，艾莉絲卻成了馬戲團最忙的演員。

一開始的時候，羅獵還會去表演場觀看艾莉絲的演出，但連看了幾天，便覺得乏味了。這一日，趁著艾莉絲正在忙於各個節目組之間，羅獵偷偷溜出來，跑去西蒙神父那邊跟西蒙神父聊天。

「西蒙，你覺得我做些什麼好呢？學槍吧，真的很無聊，彪哥倒是送了我一把左輪，可子彈卻沒多少，早就被我用完了。要是再去買子彈呢，又太貴，實在不划算。」相處久了，羅獵和西蒙神父已然成了忘年交，因而，羅獵對西蒙神父的稱呼也簡單了，變成了直呼其名。

西蒙神父道：「諾力，既然你徵求我的意見，那麼我鄭重向你推薦一項運動，拳擊。我想，你很適合練拳擊，如果能夠苦下功夫的話，說不準一段時間後，你能拿到羽量級的金腰帶呢！」西蒙神父說著，還擺出了拳擊的架勢，做了兩個刺拳的動作。

羅獵笑道：「西洋拳？西洋拳能有中華武術厲害？不能用腳用肘，只能用兩隻拳頭，更沒有摔鎖翻拿這些技巧，無聊，不想學。」

西蒙神父再做了一個組合拳的動作，笑道：「不一樣，諾力，我並沒有說中華武術不如拳擊，這是兩種運動，各有各的魅力……」

羅獵打斷了西蒙神父，道：「不想學就是不想學，西蒙，你說得再怎麼好聽，我還是不想學，你還是換一個建議吧。」

西蒙神父認真地思索了片刻，雙眼突然放出光芒來，驚喜道：「我怎麼把凱文給忘記了呢？諾力，我想到了一個建議，你一定會感興趣的。」

羅獵著急道：「那你就趕緊說嘛！」

西蒙神父先是呵呵笑了兩聲，才道：「我在聖約翰大教堂的時候結識了一個朋友，叫凱文·戈登，他是一個非常優秀的心理學家，精通催眠術和讀心術，怎麼樣？諾力，你是不是已經充滿了期待？」

羅獵驚道：「催眠術？讀心術？西蒙，你說的那個人不會是個騙子吧？我想，所謂的催眠術還有讀心術只不過是傳說而已。」

西蒙神父笑道：「不，諾力，它真實存在，而且，並非巫術，是真正的科學。」

羅獵聳了下肩，撇了下嘴，搖頭道：「不，不，我還是不敢相信。」

西蒙神父道：「相不相信先放在一邊，諾力，告訴我，假若凱文並不是一個騙子，他的催眠術以及讀心術真實而有效，你會不會有興趣呢？」

羅獵道：「假若你說的是真的話，我想，對我來說，已經不是感不感興趣的問題了，而是我不知道能不能控制住自己激動的心情。」

西蒙神父道：「凱文在曼哈頓開了一家私人診所，為病人提供心理治療服務，我知道他的地址，諾力，明天你不用給我送飯來了，我想去一趟曼哈頓，找一找我的這位老朋友。」

羅獵開心道：「西蒙，真是太棒了，說吧，你想要我怎樣感謝你呢？」

西蒙神父連連擺手，道：「哦，不，諾力，一直以來，都是你在幫我，今天能向你做出回報，是我的榮幸。」

羅獵道：「西蒙，我對你的幫助僅僅是舉手之勞，而你卻為我提供了可遇而不可求的資源，所以，我必須感謝你。好吧，我告訴你一個關於艾莉絲的秘密。」

一聽到艾莉絲的名字，西蒙神父頓時來了精神，連忙將身子傾了過來。

羅獵頗為神秘道：「艾莉絲最愛吃我大師嫂燒的紅燒肉，可是呢，大師嫂這些天要生孩子住進了醫院，我二師兄和四師姐燒的紅燒肉卻非常難吃。我跟你說呀，我大師嫂燒紅燒肉的秘訣已經被我偷學到了，等你從曼哈頓回來，我教你燒紅燒肉，艾莉絲吃了，一定會非常開心。」

甘荷做的紅燒肉，相比國內的餐館要差了許多，但艾莉絲從來沒到過中華，更沒有吃過正宗的中華菜，因而，能吃到甘荷燒的紅燒肉，對艾莉絲來說，已經是人間美味了。燒紅燒肉其實並不難，重點也就是火候的把握，另外便是需要多一些時間。可是，二師兄汪濤和四師姐甘蓮的心思根本不在燒菜做飯上，因而，做出的紅燒肉是又肥又膩，實在是難以下嚥。

聰明的人往往學什麼都容易而且還很快，羅獵只是看過大師嫂做過一次紅燒肉便已經記住了所有的步驟，因而，說自己已經偷學到了並非是單純的吹牛。

西蒙神父聽了羅獵的話很是興奮，但僅僅是一瞬間，情緒便低落下來。「諾力，我這兒什麼廚具都沒有，怎麼為艾莉絲燒菜呢？」

羅獵向西蒙神父招了招手，示意他把耳朵靠過來。待西蒙神父領會後將耳朵側了過來的時候，羅獵附在西蒙神父的耳邊悄聲說了幾句。

西蒙神父疑道：「這樣能行嗎？」

羅獵篤定回道：「我說行，就一定行！」

第十章

惡作劇

羅獵也不得不承認，凱文確實有些能耐，
有那麼一瞬間，他真的產生了精神恍惚的感覺。
因為跟凱文是第一次見面，羅獵便順著這種恍惚裝作睡著狀態。
可是，當凱文問出必須要用是或者不是來回答問題的時候，
毫無經驗的羅獵不知道該如何應對，乾脆就來了個惡作劇。

凱文．戈登的診所位於曼哈頓區麥迪森大道上，這裡是紐約最繁華的地方，也是達官顯貴們最為集中的地方。富人以及有權勢人的心理壓力遠大於普通人，因而，心理上出問題的機率也要比普通人多了許多，凱文將診所開在了麥迪森大道上，單是租房的費用便比其他地區多出了將近一倍，但這兒病人多，生意自然興隆，因而，多花點房租對凱文來說絕對是划算的。

西蒙神父找到了凱文的診所時，已經接近中午，而凱文仍舊在為一個病人提供催眠減壓服務。西蒙神父等了許久，快到十二點鐘的時候，才見到了凱文。

老朋友相見，自然是開心興奮，凱文給了西蒙神父一個超級擁抱。

「西蒙，我的神父，你怎麼回到紐約來了呢？」凱文將西蒙神父請進了他的辦公室，尚未坐定，便著急詢問。

西蒙神父美滋滋地回應道：「凱文，我的朋友，我迫不及待地想和你分享我的喜悅，我找到我的女兒了！」

凱文愣了下，不由地搖了搖頭，道：「西蒙，這並不是一個純粹的好消息，我在恭喜你的同時也在為你深深的擔憂，我的朋友，你是不是有麻煩了？」

西蒙神父笑道：「謝謝你，凱文，只有真正的朋友才會為我擔憂。凱文，我只是離開了聖約翰大教堂，並沒有離開教會，所以我現在還沒有什麼麻煩。哦，不，我現在唯一的麻煩就是我的女兒還不肯認我。」

凱文起身倒了兩杯威士忌，端了過來，道：「你離開她的時候，她才三歲，一晃眼已經十五年了，西蒙，她不會記得你的，所以，不肯認你也是正常。」

西蒙神父接過酒杯，淺啜了一口，道：「我不怪她，錯在我，是我傷害了她。」

凱文歎了口氣，道：「也不能全怪你，西蒙，在當時的環境下，進入教會是你唯一的選擇。」

西蒙神父道：「有因才會有果，我不想把責任推給席琳娜，凱文，你是我最好的朋友，你應該能理解我，對嗎？」

凱文舉了杯，笑道：「往事不堪回首，西蒙，我們不說那些陳舊的都要老掉牙的過去了。說說現在吧，我能有什麼地方可以幫到你的？」

西蒙神父道：「我真的有事情要求到你。艾莉絲的男朋友，一個很棒的中華小夥子，他對你的催眠術和讀心術非常感興趣，我想介紹他做你的學生。」

凱文不由蹙緊了眉頭，道：「中華人？西蒙，你知道我對中華人的印象並不好，他們善於鑽營唯利是圖，若是學會了催眠術和讀心術，只怕會拿來做壞事。」

西蒙神父道：「不，凱文，諾力是一個非常善良非常正直的小夥子，請你相信他，我可以為他做擔保！」

凱文點了點頭，道：「能得到神父擔保的人並不多，即便是白人。好吧，我可以改變我對那個中華小夥的態度，但是我必須提前說明，並不是每一個人都有資格學習催眠術和讀心術的，尤其是催眠，它需要學習者的天賦。所以，你必須將他帶到我的面前，我要驗證他有沒有這份天賦才能做出最終的決定。」

這一點倒是西蒙神父事先所沒能想到的。當下心忖，若是諾力沒有通過凱文的驗證，那麼他便會失去一次討好艾莉絲的機會，這對他來說，損失實在巨大，簡直無法忍受。「凱文，聽我說，凱文，不是每個人都像你這樣擁有極高的天賦，我欠諾力的，我能為他所做的只有將他介紹給你，並跟你學習催眠和讀心術，我已經向他拍著胸脯做出了保證，凱文，我的朋友，你不會讓我在一個小夥子面前食言吧？要知道，他可是艾莉絲的男朋友，是艾莉絲最信任的人，甚至超過了席琳娜。」

凱文頗為無奈地搖搖頭，道：「看來，我必須要為你打破原則了，好吧，我的朋友，能幫到你才是我最樂意的，我願意為你打破原則，將那個中華小夥帶來吧。」

西蒙神父開心地放下了手中酒杯，上前擁抱了凱文，並道：「謝謝你，我的朋友，是該吃午飯的時候了，不如我們找家餐廳，邊吃邊聊，如何？」

當晚，西蒙神父將這個好消息告訴了羅獵。

小時候，羅獵聽爺爺講過江湖中的蠱心術或是叫攝心迷魂術，只要施術者和被施術者對上了眼神，那麼被施術者就會立刻感到一陣眩暈從而失去了理智，任由施術者擺佈。更有甚者，連眼神都不用對，只需要將被施術者的名字以及生辰八字寫在一個玩偶上，然後催動咒符，便可以控制被施術者的心智。這在中華，不過是個江湖傳說，雖然傳說者說得有鼻子有眼跟真的似的，但親身經歷過的人卻是少之又少。爺爺當時還告訴羅獵說，但凡練就這種巫術的人，其眼睛都是藍色的。

後來，羅獵去到中西學堂讀書，接觸到了洋人，發現各個洋人的眼睛都是湛藍的，羅獵還以為這些洋人都是因為練習攝心迷魂術才把眼睛練得變了色。等長大了一些，懂的道理也就多了，羅獵漸漸改變了思想，以為所謂的蠱心術或是攝心迷魂術只是江湖行騙的一些招數，本應該不存在。

但來到美利堅合眾國之後，羅獵才發現他錯了。洋人的催眠術真實存在，而且為數不少，當然水準有高有低。這催眠術和中華的攝心迷魂術極為類似，只是施術者的手法有所不同而已。

有著這樣的心理歷程，羅獵難免對催眠術產生了濃烈的好奇感。

因而，當西蒙神父告知說凱文．戈登已經同意傳授他催眠術和讀心術的時候，羅獵顯得非常興奮。「真是太好了，西蒙，我什麼時候才能見到凱文？」

「嗯……」西蒙神父微笑道：「可能明天也可能後天，或大後天也說不準。」

羅獵隨即明白了西蒙神父的小心思，指著他笑道：「我知道了，什麼時候能見到凱文，取決於我什麼時候能教你燒紅燒肉給艾莉絲吃，對麼？」

西蒙神父倒也坦誠，點頭認下了，道：「諾力，你得理解我，我擔心你一旦見到了凱文，就會被他的催眠術和讀心術所吸引，便再也沒時間兌現你的承諾了。」

羅獵笑道：「老奸巨猾啊，西蒙，不過，你的考慮是對的，我也有這個擔心，所以，咱們最好儘快將紅燒肉計畫實施了。艾莉絲明天上午會參加一個新節目的排練，咱們就借這個機會把紅燒肉給做了，如何？」

西蒙神父露出了開心的笑容。

艾莉絲跟著新的節目組排練了整個上午，待排練完，早已是饑腸轆轆。迫不及待推開彭家班用來做飯吃飯的房間門，一股濃郁的紅燒肉香味撲面而來。艾莉絲當場愣住了，連著深吸了幾大口氣，驚喜道：「是大師嫂回來了，是麼？」

羅獵依舊斜倚在廚房的門框上，撇嘴回道：「大師嫂還沒生，怎麼能回來呢？再說了，就算生完了，也不能立刻下廚房給咱們燒菜啊！」

艾莉絲貪婪地又深吸了幾口香氣，道：「可是，這分明就是大師嫂才能燒出來的紅燒肉香味啊！」

羅獵道：「這世上並不是只有大師嫂才會燒紅燒肉，也不僅有大師嫂願意為你燒紅燒肉。」

艾莉絲像是明白了什麼，撲上去抱住了羅獵，在羅獵的臉頰上重重地親吻了一口，道：「難道是我的大貓咪親自下廚了？」

羅獵拍了下艾莉絲的後背，往廚房裡的方向努了下嘴。艾莉絲轉頭望去，看到了灶台前正忙著裝菜的西蒙神父的背影。

「西蒙？怎麼會是你？」艾莉絲的口吻中只有驚奇，卻聽不到有什麼不快。

西蒙神父停下了手中動作，轉過身來，侷促道：「艾莉絲，是諾力告訴我的，這紅燒肉也是他教我做的，我第一次做菜，也不知道做得好不好吃。」西蒙神父顯得很是緊張，一雙大手在圍裙上擦來擦去，就好像沾上了什麼永遠也擦不乾淨的汙物。

「好不好吃要嘗過才知道！」艾莉絲從羅獵身邊擠進了廚房，貼著西蒙神父的身子，伸手捏了一塊肉放進了口中。肉剛出鍋，溫度很高，燙得艾莉絲不住地倒吸冷氣。「哦，天哪，比大師嫂做的還要好吃！西蒙，你是怎麼做到的？」艾莉絲不顧形象，更不顧再次被燙到，又捏了一塊肉放進了嘴裡才肯甘休。

西蒙神父慈愛地看著艾莉絲，道：「你喜歡吃，那我就天天給你做。」

艾莉絲嚼著紅燒肉，咯咯咯笑開了，道：「那樣的話，我會胖成一隻跳不動舞的肥兔子，我的大貓咪也會不喜歡我的。」

羅獵道：「廢話少說，趕緊吃飯，吃完還要去醫院給大師兄大師嫂送飯呢！」

五師兄、六師兄也循著肉香趕來了，汪濤、甘蓮也沒做什麼新菜，將昨晚上剩的菜折到了一塊熱過了端到了桌上，羅獵先裝好了兩份飯菜放到了一旁，然後大夥圍在一塊開吃午飯。

艾莉絲並沒有因為飯桌上多了個西蒙神父而有什麼異常，和平時一樣，跟大夥有說有笑，時不早晚地還能跟西蒙神父說上一句兩句。這對西蒙神父來說，已經讓他感到足夠幸福的了。

「艾莉絲，我想，從明天開始我就沒時間去看你的演出了。」羅獵已經吃飽了，可艾莉絲卻還不願意放下筷子，即便聽到了羅獵的這話，她也僅僅是簡單應了一句：「為什麼？」然後，將注意力仍舊放在了紅燒肉上。

羅獵剔著牙，道：「西蒙給我介紹了一位心理醫生……」

艾莉絲猛然抬頭，著急道：「諾力，你怎麼了？為什麼要去看心理醫生？」

羅獵笑道：「不是看醫生，是去跟凱文醫生學習催眠術和讀心術！」

「嚇死我了，諾力。」艾莉絲捶了下自己的胸口，然後又盯上了那盆紅燒肉，「既然你喜歡，那你就去學習吧，我不用你陪的。」艾莉絲再夾了一塊肉，塞進嘴巴裡的時候，卻不合時宜地打了個飽嗝。

凱文對羅獵的到來表示了歡迎，但感覺得到，凱文的這種熱情不過是禮節性的，是看在西蒙神父的情面上才會對羅獵展露出笑容。

「你叫諾力？你信奉主嗎？」寒暄之後，凱文跟羅獵聊起天來。

西蒙神父搶著回道：「諾力當然是主的孩子，在聖約翰大教堂，他已經向我提出了請求，要我為他洗禮。」

凱文笑著搖頭道：「西蒙，我既然已經答應了你，就絕不會反悔，你用不著為諾力辯解什麼，我只是想跟他聊聊天說說話，體會一下他的談吐，這也可以指導我對他的教學。」

西蒙神父歉意一笑，將身子仰在了椅背上，不再言語。

凱文收起了笑容，嚴肅道：「諾力，你首先要對萬能的主起誓，保證你不會將學到的讀心術催眠術用在做壞事上，要像萬能的主一樣，恩澤眾生。」

羅獵伸出右手，在額頭及胸前畫了個十字架，正色道：「我，諾力，向萬能的主起誓，這一生絕不做壞事，更不會用學到的讀心術催眠術來害人！」

凱文點了點頭，露出了些許笑容，道：「很好，你的聲音很有磁性，發音也很準確，是塊學習催眠術的材料。不過，你還得再過一關，跟我來，諾力。」凱文站起身來，向診所的治療室走去。

羅獵跟著起身，看了西蒙神父一眼，然後跟著凱文走進了治療室。

治療室中的燈光昏暗，色調偏暖，四面壁上掛滿了各種造型的相框，相框裡的圖像很單調，但看上去卻讓人感覺很舒服。房間中的家私設施並不多，只是在正中間擺放了一張寬大的沙發床，床前有一張窄窄的桌子，桌子另一側，是一張簡易的木椅。

「諾力，坐下吧，對，就坐在這張沙發床上。」凱文的聲音很溫柔，先一步坐到了那張簡易木椅上，隨手掰開了桌面上的一個開關，房間中登時響起了音樂聲。

羅獵聽不出來那音樂的風格類型，只覺得聽在耳朵裡甚是空靈，讓人產生了一種虛無縹緲的感覺。

「很好，諾力，很好，你看這是什麼？」待羅獵坐到了沙發床上之後，凱文拿來了一個木架，放在了桌面上，木架不大，做工甚是精美。凱文隨即又拿出了一個栓著細線的黑色小球，掛在了木架橫樑上，並撥動黑色小球，使其做起了鐘擺運動，「對，諾力，看著它，目不轉睛地看著它。」

此刻，羅獵心中依然明白，凱文這是準備要對他施展催眠術。

有西蒙神父這層關係，羅獵對凱文有著最基本的信任，雖然不明白他為什麼要這麼做，但也知道，凱文絕不會加害於他。再加上好奇心驅使，羅獵非常愉快地接受了凱文的建議。

「諾力，從布魯克林來到曼哈頓麥迪森大道很辛苦吧，我想，你一定有些疲憊……」凱文的語速很慢，語調極其輕柔。

羅獵不由點了點頭。

「好的，諾力，看著它，看著它……你現在已經緩緩地來到了一片幽靜的森林，你沒有同伴，只有你一個人，你有些睏了，所以你想睡一會兒，沒關係的，諾力，想睡就睡吧，閉上你的眼睛，睡吧，我的孩子……」凱文越說越慢，越說越是輕柔。

羅獵緩緩地閉上了雙眼。

凱文臉上洋溢出成功者的微笑，緩緩起身，悄無聲息地來到羅獵身邊，托住了羅獵的肩腰，輕柔道：「你需要更舒適一些……來，跟著我，靠過來……」

羅獵跟著凱文的雙手，緩緩地將身子靠在了沙發床的靠背上。

「森林很幽靜……空氣很清新……微風輕拂過你的臉頰……煦暖的陽光透過森林的枝葉灑在了你的身上……我知道，諾力……你之所以想學習催眠術只是因為好奇……對麼？」帶著成功者才配擁有的笑容，凱文終於問出了自己想問的話語。

被催眠的人仍舊會保持和施術者之間的溝通關係，雖然無法用語言來表述自己內心中的真實想法，但面對施術者提出的是或者不是的問題時，總還是會有所反應，比如面部的表情，又或是喉管間的嗯呀聲。

凱文卻沒看到羅獵的面部表情發生絲毫的變化，聽到的羅獵的回饋聲音更是讓他詫異。

「呼——嚕——」

凱文滿臉的笑容頓時變成了尷尬。

這可不是催眠成功，那羅獵，是踏踏實實地主動性睡著了。

睡就睡吧，反正預約的下一個病人要半個小時後才會到來，凱文無奈地搖了搖頭，歎了口氣，轉身離開了治療室。

凱文前腳剛出去，羅獵後腳隨即坐了起來，臉上流露出頑劣的笑容，口中嘟囔了一句：「我又不睏，幹嘛要睡覺？」

成功的催眠，不單要求施術者要有高超的技能，同時也要求受術者要有一定的心理暗示接受性。而羅獵從小就不願意被他人強迫，自我意識非常強烈，這樣的人，受暗示性往往極差，自然很難被催眠。

不過，羅獵也不得不承認，凱文確實有些能耐，有那麼一瞬間，他真的產生了精神恍惚的感覺。因為跟凱文是第一次見面，因而，羅獵便順著這種恍惚的感覺裝作了睡著的狀態。可是，當凱文問出必須要用是或者不是來回答問題的時候，毫無經驗的羅獵不知道該如何應對，乾脆就來了個惡作劇，打起了呼嚕。

走出治療室，凱文對西蒙神父做了個攤手聳肩的動作，表達了他的失落和無奈。

西蒙神父不解問道：「凱文，怎麼啦？」

凱文道：「他讓我第三次品嘗到了催眠失敗的滋味。」

西蒙神父犯起了愁雲，道：「這麼說，他真的不適合學習催眠術？」

凱文道：「哦，不，西蒙，你別誤會。恰恰相反，受暗示性越弱的人往往暗示他人的能力就越強，你帶來的這個小夥子，可能真的很適合學習催眠術。」

西蒙神父鬆了口氣。

這時，羅獵突然從治療室的房門中彈出了頭來，笑道：「凱文，這麼說，我沒睡著反倒是一件好事嘍？」

凱文的挫折感陡然間加大了一整倍。受術者直接進入真睡眠狀態，雖然也是催眠失敗，但最起碼還可以說對受術者起到了一定的作用，可受術者根本沒有入睡的意思……

一頓紅燒肉讓西蒙神父嘗到了甜頭，他抓住一切機會討好羅獵，目的只是想再為艾莉絲燒一次紅燒肉。

羅獵頻頻搖頭，道：「西蒙，不是我不幫你，可你也要想一想，再怎麼好吃的菜，連吃兩頓最多三頓，也要膩了。所以啊，這一招不能多用啊！」

西蒙神父歎道：「可是，我是多麼想看到艾莉絲開心地吃著我燒的菜啊！」

羅獵道：「那你可以學別的中華菜啊？只要是做得好吃的中華菜，艾莉絲都很愛吃的。」

西蒙神父雙眼閃出光亮來，急切道：「諾力，你可以繼續教我嗎？」

羅獵笑道：「你當我是大廚啊？那道紅燒肉也只是我偶然間從大師嫂那邊學來的……對了，西蒙，你可以去請教我大師嫂啊！」

西蒙神父擔憂道：「我跟你大師嫂並不熟，再說，她現在就要臨產了，多不方便啊！」

羅獵想了想，覺得也是。「那怎麼辦呢？紐約倒是有不少中華餐館，可是，那些餐館……」羅獵禁不住搖了搖頭。真正的大廚才不會遠渡重洋來洋人的地方開餐館，那些唐人街的餐館，無非是那些有了點積蓄又不想再做勞工的華人租個店面做一些家常便飯。「對了，西蒙，我想到了一個地方，保管你能學到最正宗的中華菜。」

羅獵想到的，便是顧先生的安良堂。

顧浩然並不希望在自己的堂口整日要看到一個洋人的面龐，可是，他又不願意薄了羅獵的面子，畢竟面前的這位年輕人乃是兄弟堂口的接班人。

「先說好了哦，羅獵，你難得向顧叔開次口，顧叔肯定不能薄了你的面子，但是，我不管那洋人是不是神父，人品又如何如何，他來我堂口學習廚藝可以，但絕不能四下裡隨意走動，來了，就直接進廚房，學完了，直接離開堂口，能做得到嗎？」

羅獵的回答自然是沒問題。

顧浩然的安良堂大廚的英文水準很一般，而西蒙神父基本聽不懂中文，因而，在學菜的過程中，存在著嚴重的溝通障礙。萬般艱難中，西蒙神父還是堅持了下來，花了三天的時間，終於又學會了一道菜，剁椒魚頭。

西蒙神父隨即在菜市場買了一個好大的魚頭。洋人們也愛吃魚，但從不吃魚頭，對魚肉的要求也很苛刻，不能有毛刺，還得去了魚骨。因而，菜市場的魚頭賣的還非常便宜。買好了魚頭，西蒙神父興沖沖來到了彭家班的廚房。

羅獵不在，廚房中，汪濤和甘蓮正在卿卿我我。看到西蒙神父手中拎著的碩大魚頭，甘蓮不禁苦笑道：「西蒙神父，你這是要做什麼呀？」

西蒙神父興高采烈地邊比劃邊道：「我學了一道中華菜，叫，叫……」

甘蓮接道：「是不是叫『剁椒魚頭』？」

西蒙神父連連點頭，應道：「對對，『剁椒魚頭』，今天，我要為大家展現我的學習成果。」

甘蓮道：「可是，西蒙神父，咱們可沒有足夠大的鐵鍋啊！」

西蒙神父不禁一愣。

也只是片刻，西蒙神父隨即轉身出門，一路小跑，跑出了馬戲團駐地，在附近一連找尋了數十家商鋪，總算買到了合適的鐵鍋。

「歐耶！這世上沒什麼難題能阻擋了一個父親對他女兒的愛！」西蒙神父為自己加油鼓勁後，又是一路小跑回到了彭家班的廚房。

然而，廚房和飯廳卻是空無一人。

「晚是晚了些，可是，這個時間他們也不應該都吃過了呀？」西蒙神父百思而不得其解。

彭家班的人全都聚集在了蘭諾斯丘醫院產房的門前，就在西蒙神父正在四處尋覓合適的鐵鍋時，羅獵為大夥帶來了好消息，大師姐甘荷就要生產了，已經被醫生送進了產房。

大夥都在焦急地等待，趙大新更是連坐都不肯坐，在產房門口踱過來踱過去。

「大師兄，麻煩你能不能安靜一下，來來回回的，把人的眼睛都晃暈了。」羅獵嬉皮笑臉地挑逗著趙大新。

趙大新轉過身來瞪了羅獵一眼，只停下了幾秒鐘，便下意識地重新踱起了步來。

「大師兄，洋人醫生的水準還是很高的，你就放心地坐下來等著吧，要不然，等會都沒氣力抱孩子了。」二師兄汪濤也跟著勸道。

趙大新重重地歎了一聲，坐在了走廊邊上的連椅上。只是片刻，那產房的門不知道是被風吹了一下還是被裡面的人碰了一下，總之是發出了丁點聲響，那趙大新像是被刺激到了，騰地一下站起身來，衝向了產房的房門。

確定為無意義之舉措後，趙大新悻悻然重新踱步。

羅獵很是無聊，打起了六師兄的主意。「六師兄，別看書了，看書多沒意思，來，我跟你做個遊戲。」

六師兄滿富貴跟羅獵的年齡差距最小，可也比羅獵大了八歲之多，近五年下來，早就養成了讓著羅獵的習慣。聽到師弟的要求，滿富貴合上了英文書。

「六師兄，來，看著我的手指頭。」羅獵伸出了右手食指，在滿富貴的面前左右搖晃：「對，就這樣，很好，我知道你看書看累了……」

滿富貴禁不住打了個哈欠。

「現在，你已經來到了一片幽靜的森林中……你沒有同伴，只有你一個人……你有些睏了，所以你想睡一會……」羅獵繼續施展著他剛學到沒多久的催眠術。

滿富貴骨碌碌轉了一圈眼珠子，莫名其妙道：「我不睏啊！為什麼要睡？」

羅獵呆呆地看著六師兄，雙眸中流露出來的，盡是失望。

艾莉絲來得晚了，接到消息的時候，她還在排練。排練結束後，艾莉絲一路飛奔，到了產房門口，看到大夥還都在等著，艾莉絲一邊大口喘著粗氣，一邊開心道：「上帝保佑……我要成為第一個抱小寶寶的人。」

羅獵呲哼一聲，懟道：「恐怕你的願望要落空了，第一個抱寶寶的人不是醫生就是護士，怎麼可能輪到你呢？」

艾莉絲做了個旋轉的舞蹈動作，給了羅獵一個白眼，道：「醫生護士除外！」

羅獵又是一聲呲哼，道：「即便如此，那也該是寶寶的媽媽最先抱寶寶。」

艾莉絲又轉了一圈，再給了羅獵一個白眼，道：「大師嫂也要除外，我只跟你們比！」

甘蓮笑著調侃道：「艾莉絲，你那麼喜歡寶寶，為什麼不考慮自己生一個呢？」

艾莉絲傻乎乎回道：「生孩子是兩個人的事情，我一個人怎麼能做得到？」

甘蓮繼續戲謔，道：「那就找羅獵幫你啊！」

艾莉絲也不害臊，轉頭去看羅獵。

可是，鬼馬精靈的羅獵在甘蓮剛一開口的時候便意識到了不妙，早已起身去往洗手間了，這姊妹兩個的玩笑，他權當是沒聽到。

便在這時，產房的門打開了，兩名護士小姐推著一輛病床車走了出來，車上，躺著一臉疲憊卻又充滿了幸福的甘荷，甘荷的身邊，則是一個襁褓。

趙大新第一個衝了上去。

那一瞬間，他居然沒有顧及襁褓中的孩子，而是憐愛地捧住了甘荷的臉頰，道：「師妹，你受累了。」甘荷登時淚目，流著淚微笑著應道：「師兄，你也受累了。」

艾莉絲果然是第一個抱起了寶寶的人，抱在懷中，艾莉絲便要去解開襁褓，被護士小姐急忙攔住了。艾莉絲委屈道：「我只是想看看他是男孩還是女孩！」

護士小姐微笑回答道：「是個男孩，他所有的資訊在出生卡片上都有記錄。」

大夥將襁褓傳了一圈，每個人都抱了一會，最後才傳到了趙大新的懷中。抱著自己的兒子，趙大新傻傻地笑開了：「趙振華，叫爸爸……」

佯裝去洗手間的羅獵聽到了這邊的動靜，急沖沖趕來，看了眼趙大新懷中的孩子，登時皺緊了眉頭：「不對啊，這孩子長得怎麼一點都不像大師兄呢？更不像大師嫂。護士小姐，你們是不是抱錯孩子了？」

其中一名護士小姐面帶慍色回應道：「我們蘭諾斯丘醫院怎麼能發生這種低級錯誤呢？」另一名護士小姐的性格要溫和一些，解釋道：「嬰兒長期在羊水中浸泡，剛出生的時候皮膚會有自然褶皺現象，所以，還無法看出嬰兒的長相。」

羅獵聽了這個解釋，雖然不甚滿意，卻也只能聳聳肩待在一旁了。

眾人將甘荷母子送入了病房，又陪到了下午近三點鐘，直到大夥都餓得有些撐不住了，這才想起來中午根本就沒吃飯。

「回去吧，都回去吃飯。」趙大新終於從傻愣狀態中走了出來，又恢復了他大師兄的一貫作風：「二師弟，四師妹，醫生說你們大師嫂最好能吃點帶湯汁的食物……」

甘蓮理解接道：「我知道，大師兄，二師兄早就準備好了。」

回到了馬戲團駐地，艾莉絲和羅獵爭先恐後地奔進了廚房找吃的。二人在廚房中撲了個空，卻在餐桌上發現了驚喜。

「諾力，這是誰做的菜，看上去很好吃的樣子。」艾莉絲迫不及待地衝進了廚房，拿出了筷子。「哦，好辣，可是，我很喜歡。」

羅獵只知道西蒙正在安良堂中學做菜，但對他學會了什麼菜卻是一無所知，因而，對這一道味道尚可但品相欠佳的剁椒魚頭也是說不出出處來。

甘蓮跟著進了房間，看到了餐桌上的那道菜，幽幽地歎了一聲，道：「西蒙神父真是不容易。」

艾莉絲驚疑道：「四師姐，你是說這魚頭是西蒙做的？」

甘蓮點了點頭，道：「十點多的時候，西蒙拎著這個魚頭進了廚房，可是，咱們卻沒有適合的鐵鍋來做這道菜，西蒙就一路小跑出去買鐵鍋了，估計是等他買來鐵鍋的時候，咱們已經去了醫院。」

艾莉絲突然放下了手中的筷子，沉靜了下來。

羅獵關切道：「艾莉絲，你怎麼啦？」

艾莉絲稍有傷感道：「我在想，西蒙他可能也沒吃午飯。」

羅獵道：「不會的，他沒有等到我們回來，一定是出去在外面吃了。」

艾莉絲黯然搖頭，道：「諾力，你能幫我去把西蒙叫來一塊吃嗎？」

羅獵不懷好意地笑道：「艾莉絲，你這是打算原諒西蒙了嗎？」

艾莉絲忽地來了精氣神，嚷道：「他想得美，他拋棄了我整整十五年，我至少也要懲罰他十五個月。」

羅獵冷哼一聲，懟道：「你就吹吧！反正在美利堅合眾國也沒有哪條法律規定不准吹牛說大話。」

艾莉絲拋過來一個輕蔑的眼神，挑釁道：「敢不敢打賭？」

羅獵起身就往外面走，邊走邊道：「賭你個頭！」

艾莉絲在身後喊道：「諾力，你去哪，你是生氣了嗎？」

羅獵回道：「是的，我很生氣，所以我要去找西蒙訴說對你的怨言。」

羅獵真的去找了西蒙，他有心促成西蒙和艾莉絲父女兩個的和解，那麼，每一次相處的機會都應當倍加珍惜，更何況，這一次是艾莉絲首先提出來的。只是，當羅獵敲響西蒙神父的房間門時，卻沒能得到西蒙神父的回應，隔壁房東出來應話，說西蒙神父去了曼哈頓，已經去了很久了。

一晃眼，便是一周過去了，甘荷出了院，在趙大新的陪同下，抱著兒子回到了大家的身邊。這肯定是一個值得慶祝的時刻，於是，羅獵提議，是不是多弄幾個菜，大夥喝點酒，一塊高興高興。同樣是吃貨的艾莉絲第一個表示了贊同。師兄師姐們自然也不會反對，於是，汪濤和甘蓮拿了錢，出去張羅買菜。

羅獵又提議道：「二師兄和四師姐做的菜真是不敢恭維，我認為，如此重要的宴席，咱們應該請一個真正會做菜的大廚來。」

趙大新冷哼道：「你大師嫂剛出院，還在月子中，你忍心讓她下廚房？」

羅獵神秘一笑，瞥了眼一旁的艾莉絲，道：「我可是聽說西蒙神父的廚藝大漲，不單學會了做紅燒肉和剁椒魚肉，還學會了糖醋里脊，椒鹽排骨，四喜肉丸……」

近段日子，羅獵可是沒少跟艾莉絲交流中華的各種美食名菜，每一道菜都會說得艾莉絲口水橫流，當下，羅獵一開口便報出了好幾個令艾莉絲饞涎欲滴的菜名來，那艾莉絲怎麼能忍受得了：「不要說了！諾力，你還不趕緊去把西蒙叫過來呀！」

做菜這門手藝，想學精了，很難，但若只是入門，卻是簡單。西蒙神父雖然無法突破語言障礙這道難關，但他善於觀察記憶，人又勤快，因而，在有了一定基礎後，其廚藝得到了突飛猛進的提升。對羅獵的邀請，西蒙神父自然是滿心歡喜地答應下來，出門的時候，還特意背上了一個鼓鼓囊囊的背包。

「西蒙，你怎麼還背個包呢？」羅獵不解西蒙神父用意，禁不住問了一聲。

西蒙神父呵呵笑道：「這包裡全都是各種佐料。」

羅獵不由地對西蒙神父豎起了大拇指：「呵，真沒想到啊，你還是有備而來。」

艾莉絲不知道是有意在躲著西蒙神父還是真的坐不住，跑去排練廳跟別的節目組排練去了，西蒙神父雖然沒見到艾莉絲，但知道他做的每一道菜，艾莉絲都會品嘗，因而，仍舊是十分開心地一頭栽進了廚房。

傍晚時分，大夥團聚在餐桌周圍，餐桌上，堆放了十幾道各色菜餚。

趙大新開了瓶紅酒，給每個人都倒上了，剛要開口說話，卻被羅獵搶了先：「恭喜大師兄喜得貴子啊！也恭喜咱們彭家班有了第三代，行了，別的都是廢話，開吃開喝吧！」

艾莉絲的中文水準已經相當不錯，因而，大夥在一塊的時候很少說英文，即便西蒙神父在場，大夥也是亮出了各自的家鄉話。西蒙雖然聽不太懂，但能隨時看到艾莉絲，那心情，也是格外開心。

吃喝了一會，羅獵突然站起身來往外走。

艾莉絲急忙問道：「諾力，你去幹嘛？」

羅獵這次沒用噓噓這種詞彙，而是用一個很是優雅的說法：「我去方便一下。」

艾莉絲的中文水準雖然很不錯，日常對話完全應付得來，但方便這種詞彙，卻還是第一次聽到，於是便側臉向甘蓮問道：「四師姐，羅獵說他去方便，方便是什麼意思呢？」

甘蓮莞爾一笑，附在艾莉絲耳邊做出了解釋。

艾莉絲聽懂了，露出了不好意思的笑容。

酒足飯飽，大夥準備散場，西蒙神父雖然意猶未盡，卻也只能起身告辭。

「西蒙，謝謝，你今天做的菜真的很棒！」羅獵向西蒙神父表達了由衷的謝意。其他人也跟著向西蒙神父表示感謝和讚美，包括艾莉絲，「謝謝你，西蒙，真希望每天都能吃到你做的菜。」

便是這麼簡單的一句話，卻使得西蒙神父婆娑了淚眼。

為了避免尷尬，羅獵轉頭對艾莉絲用中文道：「你想得美！」

艾莉絲咯咯笑道：「我長得也美！」轉而又對西蒙神父道：「西蒙，下次能吃到你做的菜會是什麼時候呢？」因為被羅獵打了個岔，艾莉絲一時忘記了改回英文。西蒙神父只聽懂了艾莉絲叫他的名字，所問的問題卻是一頭霧水。

羅獵替西蒙神父做了回答：「等西蒙方便的時候吧。」

艾莉絲登時瞪圓了雙眼，張大了嘴巴，驚愕道：「諾力，你在說什麼？西蒙可是我的父親，你怎麼能讓他在方便的時候……」

眾人一片愕然。

甘蓮最先反應過來，捂著嘴呵呵笑開了，笑了幾聲後，才向大夥做了解釋。

眾人從愕然頓時轉變成了哄笑。

艾莉絲也明白了此方便非彼方便，不由跟著也笑開了，笑得是前仰後合，連眼淚都要笑出來了。

唯有西蒙神父始終是一頭霧水。當他看到艾莉絲突然瞪圓雙眼吃驚地張大了嘴巴的時候，他雖然不知道發生了什麼，可心情卻陡然緊張起來，但也就一瞬間的事，那甘蓮說了幾句，大夥又哈哈大笑，而艾莉絲笑得更是過分，西蒙神父的心情才再次放鬆下來。

羅獵注意到了西蒙神父的尷尬，於是走過去，在西蒙神父的耳邊悄聲道：「剛才，艾莉絲對我有了點誤會，她在吼我的時候，說西蒙可是我的父親。西蒙，這說明艾莉絲心中是認你的，所以，你可要加油哦！」

西蒙神父聽了羅獵的悄悄話，顯得很激動，並鄭重地點了點頭。

西蒙神父先走了一步，汪濤帶著老五老六，三人收拾餐桌，而艾莉絲跟著甘蓮去了甘荷的房間。

趙大新總算是逮著了機會，一把拉住了要跟著甘蓮、艾莉絲去看小寶寶的羅獵。「小七，等會再去，大師兄有些話想跟你說。」

羅獵翻著眼皮回道：「肉麻婆婆媽媽的話，你還是少說為妙，我不愛聽。」

趙大新苦笑道：「可我還是要說，小七，謝謝你，謝謝你讓我獲得了重生。」

羅獵誇張地打了個哆嗦，道：「果真肉麻！」

趙大新又道：「這些天我想了很多，想得最多的便是後怕，當時要不是你攔著我，唉，便不會有大師兄現在這麼幸福的一家人。」

羅獵直勾勾看著趙大新，一臉壞笑道：「可我後悔了，咋辦呢？」

趙大新一怔，隨即就明白了過來，呵呵笑道：「可不是嘛，本來這彭家班的班主就會是你了，可惜，你大師兄卻還活著。」

羅獵打了個響指，轉身就走，邊走邊嚷道：「對嘍，你猜對嘍，所以，我現在要把對你的不滿全都發洩到趙振華的身上去嘍！」

趙大新微笑凝視著羅獵逐漸遠去的背影，不由地搖了搖頭，輕歎了一聲，呢喃自語道：「這個小七，真是拿你沒辦法，唉，也不知道你什麼時候才能真正長大……」

「**催眠只是一種手段，而讀心才是核心。**」閒暇之餘，凱文饒有興趣地給羅獵灌輸著他那一行的理論基礎。

凱文從來沒帶過學生。對他來說，教會了徒弟餓死了師父的思想根深蒂固，因而，想拜他為師的人倒是不少，可他卻視而不見，一個不收。但羅獵不同，一是礙著西蒙神父的面子，凱文不得不收下這個小夥子，二是因為羅獵純粹是因為好奇心才投入到他凱文的門下做了學生，即便將來在此行當上的成就超過了老師，那麼，做老師的凱文也不用擔心會被學生搶了飯碗。

羅獵在凱文的診所中從來沒把自己當過外人，會說話有眼色的優點發揮得淋漓盡致，使得凱文漸漸喜歡上了這個來自中華的年輕人。

「讀心術聽上去似乎很玄奧，其實卻很簡單，用科學的詞彙來描述，其實就是心理學。我們每個人對同一件事物會有不同的認識，即便他把這種認識深深地埋在了心裡，可是，在他無意間的語言以及表情和肢體動作等方面，我們還是能捕捉到一些蛛絲馬跡。舉個簡單的例子，諾力，剛才我說話的時候，你將自己的身體向我這邊傾斜了一些，這就說明，你很可能對我說話的內容產生了興趣。」凱文在羅獵身上找到了當老師的樂趣，因而，對羅獵講解起理論知識來，也是不厭其煩。

羅獵跟凱文學習已有了快一個月的時間了，對催眠術的手法和技巧也都掌握了個差不多，但實施起來的效果卻總是不盡人意。而好奇心則隨著時間的推移以及自身對催眠術的逐漸熟悉不斷下降，因而，繼續學習的動力和積極性都出現了一定的問題。

凱文雖然是第一次當老師帶學生，但他精通讀心術，所以，羅獵的這種思想變化，他看得非常清楚。

「我們在對病人實施催眠的時候，需要我們做到和病人的心靈相通，這樣，催眠的效果才會達到最佳。那麼，怎麼樣才能做到心靈相通呢？」凱文說到這兒，不經意地賣了個關子，端起杯子來飲啜了一小口咖啡。

羅獵接道：「就需要我們通過對病人無意間的言語、表情以及各種下意識的動作來判斷病人在想些什麼，對麼？」

凱文露出了欣慰笑容，道：「諾力，你真聰明，你說的完全正確。」

羅獵又道：「可是，每個人的心理不同，習慣不同，他所表現出來的無意間言語、表情、和各種下意識動作也會有所不同，那麼，我們又該如何評判呢？」

凱文道：「差異不可避免，但共性也是客觀存在，初學者可以先從共性著手，若是悟性頗高，可以再去研究其差異性。諾力，我這兒有本書，可以送給你，當你讀完了這本書，或許你就會有所感悟。」

羅獵接過書來，隨手翻看了幾頁。洋人的書和中華的書有著很大區別，中華的書即便是用蠅頭小楷來編撰，也沒有多少個字，但洋人的書頁上卻是字小量大。因而同樣厚度的一本書，中華書或許一天就能讀完，但洋人書至少也要花個兩三天才行。

「謝謝你，凱文，我一定會認真把這本書讀完。」

一本書，只是讀完很簡單，不管有多厚，所花的時間總是有限。但若是想讀懂一本書可就不那麼簡單了，極端情況下，即便用去了一輩子的時間，也很難完全讀懂一本書。凱文送給羅獵的這本書，從字面上並不難讀懂，但從其內容上，卻甚是博大深奧。待羅獵總算是有所感悟的時候，趙振華已經滿月了。

這一日，趙大新找到了羅獵，跟羅獵商量起歸程的事情。「小七，咱們跟環球大馬戲團的合約只剩下兩個月不到了，這段時間因為大師兄的原因，咱們始終不能登台演出，大師兄始終覺得有些愧對小安德森先生。眼下，你家大侄子也滿月了，這季候也到了夏天，出趟遠門對你大侄子和大師嫂來說應該沒問題，所以啊，我就在想，咱們是不是跟小安德森先生打聲招呼，提前兩個月解除合約，大夥一塊回金山。」

羅獵也過膩了這種無所事事的生活，僅僅是一個對催眠術讀心術的興趣無法支撐他繼續留在紐約無聊下去，因而對趙大新的提議很是贊同：「好啊，說實在的，我早就想回去了。」提到了金山，羅獵自然想到了安良堂的濱哥、彪哥，而彪哥承諾過他，要叫他練槍。練槍或許很辛苦，但打槍卻是很痛快，羅獵幻想著能在彪哥那兒得到足夠用的免費子彈，能讓自己打個痛快。

「你要不要徵求一下艾莉絲的意見呢？大師兄擔心她一下子失去了登舞台表演的機會，她會很難過。」

羅獵應道：「大師兄，你還是不怎麼瞭解艾莉絲，她之所以迷戀舞台，只是因為她喜歡唱歌跳舞，至於舞台有多大，觀眾有多少，她並不在乎的。再說，等咱們回到了金山，濱哥一樣會幫她找到繼續登上舞台唱歌跳舞的機會，她又怎會不開心呢？」

趙大新道：「那我就放心了。小七，今天你就不要去凱文的診所了，陪我一塊去見小安德森先生，好麼？」

小安德森早就想到了會有這麼一天，但是，當這一天真的到來的時候，他的情緒還是受到了影響。

「親愛的趙，諾力，你知道我有多捨不得你們麼？在環球大馬戲團最為低落的時候，你們選擇了留下來，拿著一半不到的薪水，吃著最簡單的飯菜，陪著我走完了最艱難的一段路程，現在，環球大馬戲團成了行業翹楚，可你們卻要向我說再見了，我的朋友，我知道此刻我不能再挽留你們，但上帝才知道，我是多麼希望你們能夠改變主意啊！」小安德森真情流露，雙眸中閃現出藍色的淚光。

趙大新道：「小安德森先生，請你理解我們，彭家班真的是演不動了，我的左臂受了重傷，連帶著右臂也有些不靈便，飛刀表演的品質大打折扣，而諾力一個人在舞台上孤掌難鳴。至於我們彭家班表演的其他節目，客觀地說，品質水準都很一般，配不上這份薪水。所以，我們還是決定急流勇退，不給環球大馬戲團拖後腿。」

小安德森道：「我懂，我都懂，我的朋友，那和胡兩個人讓我對中華人失望透頂，但你和你的師弟師妹們卻又讓我對中華人無比崇敬。是的，每個國家每一個民族，都有好人和壞人之分，而你們，我的朋友，顯然屬於前者。」

羅獵笑道：「小安德森先生，你也一樣，也屬於前者。」

小安德森笑道：「謝謝你對我的認同和讚賞，諾力，我想知道，你是屬於前者呢還是屬於後者？我一直以為你也是個好人，可是，你卻要拐騙走了我們美麗的艾莉絲，你知道，環球大馬戲團中會有多少人恨你恨得咬牙嗎？」

羅獵聳肩笑道：「從這個角度看，我可能真不是個好人。」

跟羅獵的玩笑使得小安德森的心情看上去好了許多，他從辦公桌的抽屜中取出了一本支票，拿起鋼筆，唰唰唰寫了幾筆，然後撕下剛開好的支票，來到了趙大新的面前。「我承諾過你的師父老鬼先生，當環球大馬戲團渡過難關後，一定會將彭家班欠下的薪水雙倍奉還。趙，我親愛的朋友，你必須要讓我完成這個諾言。」

這是一張全國通兌的現金支票，小安德森開出的金額是兩千美元，趙大新只瞄了一眼，便連連擺手，道：「小安德森先生，實在抱歉，這筆錢我不能拿。」

小安德森肅容道：「老鬼先生還有你們兌現了自己的諾言，可你卻不允許我兌現自己的諾言，這會讓我寢食難安。趙，我可以理解你們，但希望你也能理解我。」

趙大新道：「即便如此，那也不用支付這麼多錢啊！」

小安德森道：「我把欠下你們的薪水轉化成馬戲團的股份了，以此計算，這筆錢並不多。我的朋友，收下它吧，不然，我真的不知道我今後還有沒有臉面說我是你們的朋友。」

羅獵在一旁勸說道：「大師兄，收下吧，不然，小安德森先生會生氣的。」轉而又看了小安德森一眼，羅獵接道：「單是生氣也就罷了，我擔心他會很傷心。」

小安德森道：「諾力，你就像鑽進了我的身體中一樣，洞察了我的一切。」

趙大新輕歎一聲，只好收下了支票。

從小安德森的辦公室出來，趙大新問道：「小七，我去買火車票，你要不要跟我一塊去？」

羅獵搖了搖頭，回道：「我就不跟你去了，顧先生那邊，凱文那邊，都需要我過去跟人家打聲招呼說聲再見。」

金山的緯度和紐約相差不多，但太平洋的季風卻比大西洋要涼爽了許多，再加上金山的城市規模連紐約的五分之一都不到，因而，金山的夏季要比紐約好過了許多。

曹濱對歸來的彭家班表示了熱烈的歡迎，設下接風宴，並親自做陪。

「五年時間不算太長，卻也著實不短，謝謝你們，帶走了一個稚氣未脫的羅獵，還來了一個英俊瀟灑的羅獵，這杯酒，我敬你們，同時也是敬你們的師父老鬼。」數月不見，曹濱的鬢角又多了幾絲銀髮，但看其精神，卻像是年輕了好幾歲。

董彪跟道：「五年前，你們還都很年輕，彪哥那會才三十幾歲，轉眼間，你們都到了早該成家卻沒成家的年紀，而彪哥也跟在濱哥後面成了不惑之人。光陰似箭啊，所以，彪哥勸你們，抓緊時間把家成了，就像你們大師兄一樣，多幸福啊！」

董彪的話明顯有所指，所指方向，很清楚的便是汪濤甘蓮這一對，可是，艾莉絲卻非要往自己身上攬，這女郎端著酒杯站了起來，對著董彪道：「彪哥，我和諾力還都年輕，不過，只要諾力同意，我是不會有意見的。」

羅獵登時尷尬至極。

可那董彪，卻像是抓住了難得的機會，連忙調侃羅獵道：「羅獵，當著大夥的面，你就表個態唄！」

虧得還有大師兄厚道，又心疼羅獵，及時起身為羅獵解了圍：「濱哥，我們師父不在，還想請濱哥為我二師弟和四師妹做個主。」

曹濱微笑頷首道：「老鬼的徒弟便是我曹濱的侄子，這個主濱哥給你們做了。」

汪濤拉著甘蓮連忙起身向曹濱敬茶，甘蓮似乎有些不情願，但在甘荷嚴厲的目光下，還是扭捏著順從了汪濤。

曹濱接過了汪濤敬來的茶盞，道：「你們先安頓下來，濱哥給你們選個好日子再把喜事給辦了，就這個月吧，大新，你要多擔待些，該置辦的都辦齊了，錢不夠，來找濱哥。」

趙大新規規矩矩道：「錢倒是不缺，這些年在環球大馬戲團也積攢了幾千美元呢，他倆的喜事，就缺個長輩做主，今天濱哥點了頭，那就沒什麼好擔心的了。」

董彪拿著一雙筷子虛空點著趙大新，戲謔道：「這麼好的機會，還不訛濱哥點錢？要是換做了羅獵，肯定不會把自己的家底子亮出來。是吧，羅獵？」

羅獵翻了翻眼皮，便將董彪帶溝裡去了：「彪哥，你什麼時候能給兄弟們娶個彪嫂回來呀？」

接風宴結束，曹濱回了堂口，董彪安排了車輛送艾莉絲去了席琳娜那邊，接著便把彭家班眾人帶到了一處四合院。

「這院子是咱們安良堂起家時的堂口，濱哥一直沒捨得拆了重建，你們別看它有些陳舊，這房子蓋得可真是扎實，牆後頂高，冬暖夏涼，所有的傢俱全都是上等的紅杉樹材。」董彪對這座四合院充滿了感情，一邊跟大夥說著，一邊閑不下來的這裡擺弄那裡擦拭。「正堂三間，中間的可以拿出來做客堂，兩邊兩間，大新你看著怎麼用吧。西邊兩間正廂房，老二你們小倆口的，東邊兩間偏廂房，老五老六你倆住。」

董彪安排完了，羅獵卻傻了：「彪哥，那我睡哪兒呢？」

董彪笑道：「你跟我回堂口，濱哥吩咐了，打明天開始，給你開小灶。」

羅獵撇嘴道：「我才不要吃小灶，我要跟大夥一塊吃。」

董彪噗嗤笑出了聲來，道：「他們年紀都大了，吃不了小灶，再說，這些小灶對你師兄師姐來說也不感興趣。老五老六，你們想學槍嗎？想練搏擊嗎？想學馬術嗎？就是嘛，我猜你倆現在只想學怎麼樣才能儘快找到婆姨，對不？」

羅獵驚呼道：「這個小灶啊！不過，聽上去蠻刺激的，彪哥，你剛才說了個搏擊，搏擊是什麼？是拳擊嗎？」

董彪呲哼了一聲，道：「搏擊就是搏擊，我也說不清楚，等你見了你的搏擊師父，就會明白了。」

看著彭家班眾人將行李都搬進了各自的房間，董彪拍了拍羅獵的肩，招呼道：「羅大少爺，咱們是不是該回去了？」

羅獵跟著董彪出了院子上了車，卻突然笑道：「彪哥，我突然想到了一個問題，你怎麼在濱哥面前不叫我羅大少爺呢？」

董彪一怔，隨即笑道：「你當我是不敢，對麼？好吧，你贏了，彪哥確實不敢，被你濱哥削了兩回了，可是，羅大少爺，彪哥是真想促成這件事，怎麼樣，給彪哥個面子唄。」

羅獵冷哼一聲，乾脆回絕道：「門都沒有！」

車子上了路，駛到了唐人街上，羅獵五年前的記憶一下湧現了出來。

便是在這條街上，身無分文的他和安翟擺起了算命攤，依靠著安翟的那點不入流的算命本事，小哥倆居然沒被餓著。想到了安翟，自然也就想到了師父，跟他們兩個已經有三年的時間斷了聯繫了，也不知他們爺倆現在還好麼？

車子駛過唐人街，羅獵記得，再拐個彎，便要到了安良堂的堂口了。「彪哥，時間還早哩，咱們不能在外面轉悠轉悠嗎？」羅獵湊近了董彪，嬉皮笑臉提了個要求，全然忘記了剛才回絕董彪時的乾脆俐落。

「怎麼？想去欣賞一下金山的夜景？也好，那咱們就去海濱大道轉一轉，金山的海關警署可就在那兒。」董彪說著，轉過頭來看了羅獵一眼，臉上閃現出一絲壞笑。

羅獵還清晰地記得，便是在海關警署的門口，他第一次見到了董彪。羅獵對董彪的第一印象可謂是差到了極點。那時候的羅獵，對董彪不單只有恨，更多的是怕。

但現在卻完全相反。羅獵對曹濱還有著強烈的敬畏之心，但對董彪，卻只有親近感。董彪吹鬍子瞪眼的時候或許能嚇得了別的弟兄，但羅獵卻知道，那都是董彪的虛張聲勢，只要做兄弟的在心中尊敬他，他絕對不會對兄弟有任何欺負的行為。

「去那幹嘛？非得勾起我痛苦的回憶你才開心嗎？彪哥，我是想去見一個人，西蒙神父，艾莉絲的父親。」羅獵先說了句玩笑話，然後一本正經地對董彪說了實話。

「艾莉絲的父親？那不就你將來的老丈人嗎？嗯，是該見見。他在哪座教堂？」董彪拍了下開車司機的肩，示意他不用轉彎，向金山市區的方向直行。忽地又想到了什麼，董彪疑道：「艾莉絲的母親不就是席琳娜護士嗎？我跟她很熟的，可怎麼從來沒聽她說過艾莉絲的父親呢？」

羅獵道：「西蒙神父不知道是何原因，十五年前離開了席琳娜和艾莉絲母女，直到我們在洛杉磯演出的時候，西蒙神父看到了艾莉絲，父親的直覺使得他向小安德森做了求證，這才確定了艾莉絲果然是他的女兒。」

董彪笑道：「依我看啊，你這個老丈人不是好玩意，神父不允許結婚，他一定是為了當上神父才拋棄席琳娜和艾莉絲母女倆的。」

羅獵道：「最初我也這麼想，可是，西蒙神父否定了這種說法，他雖然不肯告訴我事情的真相，但我相信，他並沒有撒謊。他為了艾莉絲，已經放棄了他所擁有的一切，雖然艾莉絲始終不肯叫他一聲父親，但西蒙神父仍舊深深地愛著艾莉絲，從洛杉磯到聖達戈，再到亞特蘭大、華盛頓以及費城，最後到紐約，西蒙神父一直都無怨無悔地陪伴著艾莉絲。」

董彪輕歎一聲，道：「如今艾莉絲回到了金山，於是，西蒙神父也就跟著來到了金山，是麼？」

羅獵點了點頭，道：「西蒙神父很可憐的，他離開了聖約翰大教堂，也就沒有了收入，這麼長時間來，單是住酒店就花了不少錢。對了，彪哥，你能不能幫西蒙神父找間房子住呢？」

董彪道：「你老丈人的事，就是你的事，你羅獵的事，就是你彪哥的事，簡單，小事，等會你見了他，就跟他說，只要他願意，就來唐人街住好了，咱安良堂的空房子，可多了去了。」

羅獵喜道：「謝謝你，彪哥。」

董彪突然撇嘴壞笑道：「等明天給你開了小灶，你不恨我，便是燒高香嘍！」

羅獵不服氣，反詰道：「不就是苦點累點麼？放心，我是羅獵，不是羅大少爺，這點苦累，對我來說算不上什麼的。」

董彪一連冷笑數聲，笑得羅獵起了一身的雞皮疙瘩。「話可不要說得那麼滿那麼早，當初，濱哥給我開小灶的時候，我可是背地裡把濱哥的祖宗八代都問候了好幾遍。彪哥尚且如此，我就不信你小子能挺得下來。」

金山市區哈瑞森大街三三五號是一幢不怎麼起眼的灰黑色大樓，大樓不算太高，從外面看，也就是四層的樣子，但這幢大樓的占地面積卻是不小，四四方方的，橫寬和縱深相差不多，都要有五六十米。大樓入口處豎了一塊牌子，上面寫滿了入主本幢大樓的各個機構或是公司的名字。

從一層到三層，牌子上都列了許多不知名的機構或是公司名，但在第四層上，只列了一個：國王搏擊俱樂部。

「就這兒麼？彪哥，我怎麼覺得這兒就像是騙人錢的培訓機構呢？」羅獵看了看這塊招牌，再抬頭看了看這幢大樓，不禁流露出了狐疑的神色。

董彪道：「怎麼？嫌它不夠氣派，是麼？」

羅獵應道：「那倒不是，就是感覺不像是個練功夫的地方。」

董彪笑道：「山不在高，有什麼來著？」

羅獵接道：「有仙則名，水不在深，有龍則靈。」

董彪道：「是嘍！這家俱樂部的創始人叫賓尼，中量級拳王，想當年絕對是打遍天下無敵手，濱哥在他手下也撐不過三分鐘。後來年齡大了，打不動了，就弄了這麼個俱樂部。諾力，可別小看它，裡面可謂是藏龍臥虎，隨便找個人出來，都有可能把彪哥打個半身不遂。」

羅獵聳肩笑道：「那個人肯定不是我。」

請續看《替天行盜》第二輯卷十二 真假難辨

替天行盜II 卷11 機不可失

作者：石章魚
發行人：陳曉林
出版所：風雲時代出版股份有限公司
地址：10576台北市民生東路五段178號7樓之3
電話：(02) 2756-0949
傳真：(02) 2765-3799
執行主編：劉宇青
美術設計：許惠芳
行銷企劃：林安莉
業務總監：張瑋鳳

初版日期：2022年8月
版權授權：閱文集團
ISBN ：978-626-7025-66-6
風雲書網：http://www.eastbooks.com.tw
官方部落格：http://eastbooks.pixnet.net/blog
Facebook：http://www.facebook.com/h7560949
E-mail：h7560949@ms15.hinet.net
劃撥帳號：12043291
戶名：風雲時代出版股份有限公司

風雲發行所：33373桃園市龜山區公西村2鄰復興街304巷96號
電話：(03) 318-1378
傳真：(03) 318-1378
法律顧問：永然法律事務所 李永然律師
　　　　　北辰著作權事務所 蕭雄淋律師

行政院新聞局局版台業字第3595號 營利事業統一編號22759935

定價：290元

國家圖書館出版品預行編目資料

替天行盜　第二輯　／石章魚　著. -- 臺北市：風雲時代出版股份有限公司，2022.02-　冊；公分

ISBN 978-626-7025-66-6（第11冊；平裝）

857.7　　110022741